미당과의 만남

이숭원(李崇源)

1955년 서울에서 태어나 서울대학교 국어교육과를 졸업하고 같은 학교 대학원에서 문학박사학위를 받았다. 충남대, 한림대 교수를 거쳐 현재 서울여자대학교 국어국문학과 교수로 재직 중이다. 문학평론가로 활동하여 시와시학상, 김달진문학상, 편운문학상, 김환태평론문학상, 현대불교문학상을 받았다. 중요 저서로『감성의 파문』(2006년 문화관광부 우수학술도서),『백석 시의 심층적 탐구』(2007년 문화관광부 우수학술도서),『세속의 성전』(2008년 문화관광부 우수교양도서),『백석을 만나다』(2008년 문화관광부 우수학술도서),『영랑을 만나다』(2010년 문화관광부 우수학술도서),『시 속으로』(2012년 학술원 우수학술도서),『갈매나무의 시인, 백석』(2013년 문화예술위원회 우수문학도서) 등이 있다.

미당과의 만남

초판 1쇄 발행 | 2013년 12월 27일
초판 3쇄 발행 | 2015년 8월 10일

지은이 | 이숭원
펴낸이 | 지현구
펴낸곳 | 태학사
등　록 | 제406-2006-00008호
주　소 | 경기도 파주시 광인사길 223
전　화 | 마케팅부 (031)955-7580~82　편집부 (031)955-7585~89
전　송 | (031)955-0910
전자우편 | thaehak4@chol.com
홈페이지 | www.thaehaksa.com

ISBN 978-89-5966-628-7 93810

이 도서의 국립중앙도서관 출판시도서목록(CIP)은 서지정보유통지원시스템 홈페이지 (http://seoji.nl.gp.kr)와 국가자료공동목록시스템(http://www.nl.go.kr/kolisnet)에서 이용하실 수 있습니다.(CIP제어번호: CIP2013028489)

미당과의 만남

서정주 대표시 해설

이숭원

태학사

이 책을 읽는 분들에게

서정주가 남긴 시집에서 내게 감동을 주거나 깊은 인상을 남긴 작품 80편을 골라 정독하고 평설하였다. 이 작품들을 공식적인 대표작이라고 할 수는 없지만, 내가 생각하는 서정주의 대표작이라고 말할 수는 있을 것이다. 서정주 문학에 대한 찬반양론을 고려하면서도 일정한 선입견에 얽매이지 않고 각 작품의 전체적 맥락을 충실히 해석하려고 노력했다. 감수성이 예민하던 중·고등학교 시절, 시인에 대한 사전 지식 없이 작품만을 읽고 거기서 감흥을 얻었다. 어쩌면 그때 오히려 작품을 투명하고 명석하게 읽은 것이 아닌가 하는 생각이 든다. 시인이 남긴 작품이야말로 그의 내면을 가장 잘 드러내는 거울이다. 시가 열어주는 감성의 문을 통해 시인의 마음의 흐름에 다가가려 했다. 작품 인용과 해설에 적용한 기준은 다음과 같다.

1. 작품의 표기는 원본의 음성적 가치를 훼손하지 않는 선에서 현행 한글 맞춤법 규정에 따라 교정하되, 시어 교정은 국립국어원에서 편찬한 『표준국어대사전』의 등재 유무를 기준으로 삼았다. 교정이 불가능하거나 음성적 특질이 뚜렷한 말은 원본대로 적고, 방언이나 옛말이 쓰인 경우에도 『표준국어대사전』에 등재된 것이면 원본대로 적었다. 한자는 뜻의 파악을 위해 필요한 경우에만 병기했다. 음감을 고려하여 비표준어를 그대로 둔 곳은 주를 달아 이유를 밝혔다. 이러한 작업을 통해, 여러 판본에 무질서하게 이본이 유통되는 혼란을 막고, 누구든지 믿음을 가지고 인용할 수 있는 서정주 시의 정본을 제시하고자 했다.

2. 작품 배열의 순서는 해당 작품이 지면에 최초로 발표된 시기를 기준으로 했다. 그렇게 해야 시의식의 변화에 따라 작품의 의미를 제대로

이해할 수 있기 때문이다. 발표 지면을 알 수 없는 경우에는 시집의 수록 순서에 의해 작품을 배치했다.

3. 시 본문과 작품 해설 하단에 있는 각주는 내가 작성한 것이고, 작품에 들어 있는 원래의 주는 '•'으로 표시했다.

4. 사람의 나이를 말할 때 언론 매체에서 사용하는 방식을 따랐다. 일상생활에서 통용되는 우리식 나이는 태어난 해부터 한 살로 치지만 이런 방식은 우리나라에서만 사용된다고 한다. 만 나이는 출생 일자까지 고려하기 때문에 계산이 복잡해진다. 그래서 신문·방송에서는 출생 일자는 생각하지 않고 현재 연도에서 출생 연도를 뺀 숫자를 나이로 제시한다. 이 책에서도 이런 방식으로 나이를 표시했다.

5. 시인을 지칭할 때 문맥의 흐름에 따라 서정주라고도 하고 미당이라고도 했다. 이 두 호칭을 통일하지 않은 것은 그 단어를 선택했을 때의 내 감각을 살리기 위해서다. 퇴고하면서 다시 읽어 보니, 객관적인 사실을 서술할 때는 서정주라고 쓰고 창작의 주체를 친근하게 지칭할 때는 미당이라고 쓴 것 같다.

6. 책 뒤에 붙인 시인 연보는 여러 자료를 참고해 사실로 확인될 만한 사항만 모아 작성했는데, 시인의 삶의 내력과 정신의 흐름을 드러내기 위해 각각의 자료를 적절히 활용해 전기문학적 효과가 나타나도록 서술했다. 여기 제시된 내용은 모두 전거가 확실한 것들이다.

지금까지 많은 책을 냈지만 후세에 남길 만한 저작을 고르라면,『정지용 시의 심층적 탐구』(1999),『백석을 만나다』(2008), 그리고 이 책을 택할 것이다. 이 세 권의 책이 모두 태학사의 도움으로 나왔다. 지현구

사장님과 태학사 여러분께 감사할 따름이다. 원본 자료의 검색과 입력에 도움을 준 이은경에게도 고마운 마음을 전한다.

2013년 11월 7일

이숭원

차례

작품 확정의 원칙과 과정

서정주의 시를 자세히 읽기 위해서는 우선 확실한 정본을 결정해야 한다. 시의 표기와 형태가 고정되어 있을 때 충실한 작품 분석이 가능하기 때문이다. 지금까지 정본 작업을 해온 관례에 따라 서정주의 작품에서도 첫 발표지의 작품이 시집에 수록된 경우 시집의 작품을 정본으로 삼고 첫 발표지의 작품을 참고자료로 검토한다. 첫 발표지를 알 수 없는 경우는 시집의 작품만을 놓고 시어와 형태를 결정한다.

시인이 생전에 시집을 내는 경우 대개 그러한 것처럼, 서정주의 작품도 처음 지면에 발표된 후 시집에 수록되면서 부분적인 수정 과정을 거쳤다. 서정주의 활동 기간이 오래다 보니 전집이나 선집이 간행될 때 기존 시집에 수록되었던 작품의 표기나 형태가 변경되어 수록되는 경우가 생긴다. 이 때문에 한 편의 시에 여러 이본이 생겨 유통되는데, 여기서 파생되는 혼란을 막기 위해서도 정본을 정하는 작업이 중요하다.

서정주의 시 전집은 크게 보면 두 차례 간행되었다. 첫 번째 시 전집은 1972년 11월 일지사에서 간행한 『서정주 문학 전집』의 제1권이다. 이 전집은 그때까지 발간된 모든 시집의 작품을 수록하고 시집에 수록되지 않은 작품과 전집을 출간하는 시점까지의 근작시도 수록하였다. 그런데 이 전집의 치명적인 결함은 원본 작품의 표기가 출판 당시의 정서법에 맞게 모두 교정되었다는 점이다. 그 결과 서정주의 독특한 시어가 어법에 맞는 표준어로 대치되었고 심지어 시의 문맥에 맞지 않는 말로 바뀌는 경우도 생겼으며, 시 형태까지 상당 부분 변형이 일어났다.

두 번째 전집은 1983년 5월 민음사에서 간행된 『미당 서정주 시 전집』이다. 이 전집은 최초 시집의 표기를 최대한 살려 수록함으로써 일지사판 전집의 문제점을 극복한 것처럼 보인다. 그러나 시집에 수록된 작품을 새로 조판하면서 교정 과정에서 어쩔 수 없는 오류가 적지 않게 발생했다. 두 번째 전집의 연장 선상에서 출판된 전집이 1991년 10월 민음사에서 간행된 두 권의 『미당 서정주 시 전집』이다. 이 책은 활판으로 인쇄된 1983년판 전집을 전자 조판으로 다시 편집하면서 1991년까지 간행된 시집의 작품까지 포함하여 두 권의 책으로 나누어 출판한 것이다. 이 과정에서 또다시 오류가 발생했다. 이 연장 선상에서 다시 출판된 전집이 1994년 12월 민음사에서 간행된 세 권의 『미당 시 전집』인데, 이 책은 1991년 판본에 그다음 시집을 포함하여 세 권으로 나눈 것이기 때문에 1991년과 동일한 표기를 보여준다.

이러한 경우, 우리가 신뢰할 수 있는 정본으로 내세우게 되는 것은 시집에 수록된 작품이다. 처음 지면에 발표한 작품을 시인이 수정하고 편집자가 교정을 보아 시집에 수록했기 때문에 시인의 창작 의도가 가장 충실히 반영된 작품이 시집에 수록된 작품이라고 할 수 있다. 그런데 시집의 작품을 정본으로 삼고 인용할 때에도 혼란이나 오류가 생길 수 있다. 다음은 1941년에 간행된 『화사집』의 작품을 원문 그대로 옮긴 『화사집』(문학동네, 2001)에 수록된 「화사」를 인용한 것이다.

麝香 薄荷의 뒤안길이다.
아름다운 베암‥‥
을마나 크다란 슬픔으로 태여났기에, 저리도 징그라운 몸둥아리냐

꽃다님 같다.

너의할아버지가 이브를 꼬여내든 達辯의 혓바닥이
소리잃은채 닐룽그리는 붉은 아가리로
푸른 하눌이다. ‥‥물어뜯어라. 원통히무러뜯어,

다라나거라. 저놈의 대가리!

돌 팔매를 쏘면서, 쏘면서, 麝香 芳草ㅅ길
저놈의 뒤를 따르는 것은
우리 할아버지의안해가 이브라서 그러는게 아니라
石油 먹은듯…石油 먹은듯…가쁜 숨결이야

바눌에 꼬여 두를까부다. 꽃다님보단도 아름다운 빛…

크레오파투라의 피먹은양 붉게 타오르는
고흔 입설이다…슴여라! 베암.

우리순네는 스믈난 색시, 고양이같이 고흔 입설…슴여라! 베암.

　그런데 역시 시집의 원문에 충실하게 작품을 옮겼다는 1983년 민음
사판 전집에는 다음과 같은 형태로 수록되어 있다.

　麝香 薄荷의 뒤안길이다.
　아름다운 베암…
　을마나 크다란 슬픔으로 태여났기에, 저리도 징그라운 몸둥아리냐

　꽃다님 같다.
　너의할아버지가 이브를 꼬여내든 達辯의 혓바닥이
　소리잃은채 널룽그리는 붉은 아가리로
　푸른 하눌이다. …물어뜯어라. 원통히무러뜯어,

　다라나거라. 저놈의 대가리!

돌 팔매를 쏘면서, 쏘면서, 麝香 芳草ㅅ길
저놈의 뒤를 따르는 것은
우리 할아버지의안해가 이브라서 그러는게 아니라
石油 먹은듯…石油 먹은듯…가쁜 숨결이야

바눌에 꼬여 두를까부다. 꽃다님보단도 아름다운 빛…

크레오파투라의 피먹은양 붉게 타오르는 고흔 입설이다…… 슴여라! 베암.

우리순네는 스믈난 색시, 고양이같이 고흔 입설…… 슴여라! 베암.

이 두 판본에서 말줄임표의 형태 차이는 표기 수단의 변화에 의한 것
이므로 문제될 것이 없다. 문제는 "꽃다님 같다."가 독립된 연인가 하는
점과 "크레오파투라의 피먹은양 붉게 타오르는 / 고흔 입설이다… 슴여
라! 베암."이 한 행으로 이어진 것인가 두 행으로 구분된 것인가 하는
점이다. "꽃다님 같다."의 차이가 나타난 것은 원본 『화사집』이 여기서
지면이 바뀌기 때문이다. 지면이 바뀌는 부분에서 문학동네판은 연이
바뀐 것으로 본 것이고, 민음사판은 행이 이어진 것으로 본 것이다. 문
맥으로 볼 때, 또 『시인부락』(2호, 1936. 12) 발표본과 비교해볼 때, "꽃다
님 같다."는 독립된 연으로 보는 것이 타당하다. "크레오파투라의 피먹
은양 붉게 타오르는 / 고흔 입설이다…… 슴여라! 베암."이 민음사판에
서 한 행으로 묶인 것은 명백한 오기다. 따라서 이 부분은 원본대로 두
행으로 구분되어야 한다. 그러니까 1983년 민음사판 전집의 「화사」는
두 군데 오류가 나타난 것이다.
　1983년의 활판본을 없애고 전자 조판으로 바꾸어 1991년에 새로 출
간된 전집에도 이 오류는 그대로 계승되었다. 전자 조판으로 바뀌면서
말줄임표가 표기법에 맞게 수정되고, "원통히무러뜯어" 다음의 쉼표가

마침표로 수정된 것은 받아들일 수 있는 일이다. 문제는 엉뚱한 데서 발생한다. 이 책에는 "바눌에 꼬여 두를까부다. 꽃다님보단도 아름다운 빛……"에서 지면이 끝나고 그다음 쪽에 "크레오파투라의 피먹은양 붉게 타오르는 고흔 입설이다…… 슴여라! 베암."이 배치되어 있다. 이 전집에서 시를 인용하는 경우 이 두 연을 한 연의 연속된 두 행으로 보고 한 연으로 인용하는 사례가 아주 많다. 이 점을 감안해서 앞으로 시를 조판할 때 연이 구분되는 곳에서 지면이 바뀌면 다음 쪽의 첫 행을 조금 아래로 배치한다든가 하는 방법으로 연이 나뉜다는 표시를 해야 할 것이다.

그러면 앞으로 서정주의 시를 인용하고 해설하는 경우 지금 사람들이 읽을 수 있는 교정본을 확정해서 제시해야 할 텐데 시집 원본 표기를 어디까지 교정해야 하느냐 하는 문제가 남는다. 앞에서 언급한 1972년의 일지사판 전집에는 「화사」가 다음과 같이 기재되어 있다.

麝香 薄荷의 뒤안길이다.
아름다운 배암…….
얼마나 커다란 슬픔으로 태어났기에
저리도 징그러운 몸뚱어리냐.

꽃대님 같다.
너의 할아버지가 이브를 꼬여 내던 達辯의 혓바닥이
소리 잃은 채 날름거리는 붉은 아가리로
푸른 하늘이다. ……물어뜯어라, 원통히 물어뜯어,

달아나거라, 저놈의 대가리!

돌팔매를 쏘면서, 쏘면서, 麝香 芳草ㅅ길

저놈의 뒤를 따르는 것은

우리 할아버지의 아내가 이브라서 그러는 게 아니라

石油 먹은 듯…… 石油 먹은 듯…… 가쁜 숨결이야.

바늘에 꼬여 두를까 부다. 꽃대님보다도 아름다운 빛……

클레오파트라의 피 먹은 양 붉게 타오르는

고운 입술이다……. 스며라, 배암!

우리 순네는 스물난 색시, 고양이같이 고운

입술…… 스며라, 배암!

앞에서 언급한 것처럼 당시 맞춤법에 맞게 시어가 교정된 것은 물론 문장 부호의 변화와 시 형태의 변화가 일어난 것을 확인할 수 있다. 얼핏 보면 『화사집』 원본 표기보다 읽기 쉽게 된 것은 사실이다. 그러나 마지막 행이 무리하게 두 행으로 구분된 것은 이해하기 어려운 일이다. 이러한 개작에 서정주 시인이 얼마나 관여했는지는 알 수 없다. 아마도 전문 편집인이자 한글 맞춤법에도 정통한 일지사 김성재 사장의 취지가 많이 작용하지 않았을까 짐작될 뿐이다.

이렇게 보면 일반 독자의 입장에서는 세 가지 형태의 「화사」가 존재하는 것이 된다. 한글 맞춤법이 어느 정도 확정된 1973년 이후의 작품은 문제가 없으나 그 이전의 작품은 '원전 시집', '1972년판 전집', '1983년판 시전집' 등 세 가지 형태가 존재한다. 전문 연구자의 입장에서는 어느 판본의 작품을 대상으로 한다고 기준을 정하면 될 것이다. 그러나 작품의 충실한 해석과 이해를 목표로 하는 경우라면 원본의 형태를 유지하면서 현행 맞춤법에 맞는 방식으로 수정이 이루어진 정본을 확정하는 작업이 필요하다.

이때 도움이 되는 자료가 1956년 11월에 정음사에서 출간된 『서정주 시선』이다. 이 책에는 기존 『화사집』과 『귀촉도』에 실렸던 작품이 일부 재수록되어 있다. 이때는 출판문화가 어느 정도 정착된 시기라 시인 자신이 직접 교정을 보았을 것이다. 이 책에 재수록된 『화사집』과 『귀촉도』 작품들의 표기 상태를 보면, 첫 시집의 표기가 시인에 의해 어떻게 바뀌었는지 그 변화의 정도를 가늠할 수 있다.

『서정주 시선』은 『화사집』의 「화사」를 거의 그대로 옮기고 있는데, "돌팔매를 쏘면서, 쏘면서, 麝香 芳草ㅅ길 / 저놈의 뒤를 따르는 것은"을 한 행으로 처리한 것이 다르고, 네 군데의 음을 바꾸어 적었다. "다라나거라"를 "달아나거라"로, "크레오파투라"를 "크레오파트라"로, "고흔"을 "고은"으로(이것도 앞에 나오는 "고흔"은 "고은"으로 적었으나 뒤에 나오는 "고흔"은 그대로 두었다), "스믈난"을 "스물난"으로 바꾸었다. 표기법의 차이로 인해 이 정도의 변화는 충분히 허용될 수 있을 것이다. 예를 들어 "하눌"이 "하늘"로, "안해"가 "아내"로, "슴여라"가 "스며라"로 바뀐다고 해서 음감이나 의미의 차이가 나타나는 것은 아니다. 현대의 독자를 위해서 이러한 변경은 수용해야 할 것이다. "돌팔매를 ~ 따르는 것은"은 『시인부락』 발표본도 한 행으로 되어 있다. 『화사집』도 이 부분이 한 행인지 두 행인지 사실은 명확하지 않다. 그다음에 이어지는 시행이 길이가 긴 것을 보면 이 시행도 한 행으로 보는 것이 자연스럽다. 이런 사실로 볼 때, 『서정주 시선』의 행과 연 구분이 상당한 근거를 가지고 수행된 것임을 알 수 있다.

또 하나 참고할 수 있는 자료는 1988년 5월에 간행된 시집 『팔할이 바람』(혜원출판사)이다. 이 책의 「자서」에서 서정주는 그의 시집 출간 역사상 유일하게 "이 시의 맞춤법은 내 원고에 충실했음을 밝혀둔다."라고 밝히고 있기 때문이다. 이 발언을 그대로 받아들이면, 이 시집의 시어 운용 방식을 통해 서정주가 지닌 시어의 의미와 소리에 대한 감각을 익힐 수 있을 것으로 생각하기 쉽다. 그러나 정작 『팔할이 바람』을 보면 대부분의 시어는 표준어로 표기했고 몇 개의 시어만 부분적으로 방언 형식으로 표기하고 있을 뿐이다. 예를 들어 "시쿰케"(시큼하게)라든가 "꼬치"(고추), "이뻐"(예뻐), "넌출"(넝쿨) 등 사전을 통해 충분히 뜻을 알 수 있는 말들이 사용되고 있어서 「자서」를 보았을 때의 기대와는 달리 시인 특유의 어법은 별로 발견할 수 없는 상태다.

이러한 점들을 고려해볼 때, 『서정주 시선』은 서정주 시의 정본을 확정하는 데 매우 귀중한 자료가 된다. 『서정주 시선』에 재수록된 『화사』와 『귀촉도』의 시편들은 『서정주 시선』의 수록 형태를 정본으로 수용해야 할 것이다. 그리고 일반인을 위한 현대어 정본을 작성할 때에도 『서정주 시선』의 교정 방법을 기본으로 삼는 것이 합리적이다. 현대 표기로 완전히 교정된 일지사판 『서정주 문학 전집』은 현대어로 바꿀 수 있는 수위를 결정하는 참고 자료로 활용할 수 있을 것이다.

서정주 시를 이해하는 데 처음 수록된 원본의 구어적 표기를 그대로 제시하는 것은 일반 독자에게 큰 의미가 없다. 예를 들어 「화사」에 나오는 "을마나 크다란 슬픔으로 태여났기에, 저리도 징그라운 몸둥아리냐"를 원문 그대로 제시할 경우 오늘날 대부분의 독자는 "을마나", "크다란", "징그라운" 등의 전라도 방언의 음성적 특성을 거의 인지하지 못하고 그냥 "얼마나", "커다란", "징그러운" 등으로 읽을 가능성이 높기 때문이다. 그래서 원본의 음성적 가치를 훼손하지 않는 선에서 현대 표기로 바꾸어 적고 후대의 시 선집에서 저자에 의해 교정된 것이 확실시되는 형태가 있다면 그것도 받아들여 읽기 쉬운 형태로 제시하고자 한다. 이 작업에는 어쩔 수 없이 나의 주관적 판단이 상당 부분 작용할 것 같다. 주관적 판단이 개입된 경우에는 그 이유를 밝히고 관련된 사항에 대해 해명을 할 것이다.

그러면 「화사」를 예로 들어 내가 생각하는 정본을 제시하고 정본 확정의 과정을 설명해보겠다.

사향麝香 박하薄荷의 뒤안길이다.

아름다운 배암……

얼마나 커다란 슬픔으로 태어났기에, 저리도 징그러운 몸뚱아리냐.

꽃대님 같다.

너의 할아버지가 이브를 꼬여내던 달변의 혓바닥이

소리 잃은 채 널룽거리는 붉은 아가리로

푸른 하늘이다. ……물어뜯어라, 원통히 물어뜯어.

달아나거라, 저놈의 대가리!

돌팔매를 쏘면서, 쏘면서, 사향 방초 길 저놈의 뒤를 따르는 것은

우리 할아버지의 아내가 이브라서 그러는 게 아니라

석유 먹은 듯…… 석유 먹은 듯…… 가쁜 숨결이야

바늘에 꼬여 두를까 보다. 꽃대님보다도 아름다운 빛……

클레오파트라의 피 먹은 양 붉게 타오르는

고운 입술이다…… 스며라! 배암.

우리 순네는 스물 난 색시, 고양이같이 고운 입술…… 스며라! 배암.

　문장 부호와 연 구분은 거의 『화사집』의 형태를 수용했다. 단어의 표
기 원칙은 국립국어원에서 편찬한 『표준국어대사전』의 등재 유무를 기
준으로 삼았다. 한자는 뜻의 파악을 위해 병기가 필요한 경우만 적었다.
원본의 "베암"은 "배암"과 음이 실제로는 구분되지 않고 『표준국어대사

전』에 "배암"이 "뱀"의 잘못된 말로 등재되어 있기에 "배암"으로 적었다. "몸뚱아리"도 사전에 방언으로 등재되어 있어서 원본의 음을 살려 적었다. "꽃대님" 역시 사전에 "색대님"의 잘못된 말로 등재되어 있다. "넬룽거리는"은 원본의 "넬룽그리는"에서 '그리는'만 현재의 음으로 바꾸어 적었다. '넬룽'까지 '날름'으로 바꾸면 소리의 느낌이 많이 달라지기 때문이다. "안해"와 "바눌", "고흔", "입설", "스믈" 등은 표준어로 바꾸어도 소리의 차이가 거의 없기 때문에 바꾸어 적었다. 앞으로 인용하는 서정주의 모든 시는 이 원칙에 의해 교정하여 적고, 필요한 경우는 근거를 제시할 것이다.

시
와

해
설

문둥이

해와 하늘빛이
문둥이는 서러워

보리밭에 달 뜨면
애기 하나 먹고

꽃처럼 붉은 울음을 밤새 울었다

* 『시인부락』(1936. 11), 『화사집』(1941. 2).

해설

서정주의 초기 시에는 '문둥이'라는 시어가 자주 등장한다. 「맥하麥夏」 (『자오선』, 1937. 1)에 "바위 속 산도야지 식식거리며 / 피 흘리고 간 두럭 길 두럭길에/붉은 옷 입은 문둥이가 울어"라는 구절이 나오고, 「달밤」(『시인부락』 2호, 1936. 12)에 "푸른 달빛쯤 먹어도 안 질리고 / 간덩이 하나쯤 씹어도 안 질린다 // 이 문둥이처럼 징그러운 것"이라는 구절이 나온다. 그리고 만주에 가서 쓴 「민들레꽃」(『삼천리』, 1941. 4)에 "네 눈썹을 적시우는 용천의 하늘 밑에"라는 구절이 나오는데, 여기 나오는 '용천'도 문둥병을 뜻하는 말이다. 초기 산문 「속 나의 방랑기」(『인문평론』, 1940. 4)에도 임유라任幽羅라는 여성에 대한 가망 없는 연정의 상처를 반추하면서 "나는 사실인즉 불치의 천형병자天刑病者였다. 능구렁이였다. 익사하려는 슬픔이었다."라고 고백하고 있다. 그는 훗날 자서전에서 자신이 짝사랑하는 여인에게 그의 시 「문둥이」를 보냈다고 하면서 "지독한 문둥이와 같은 격리감 속에 그 질투와 사랑의 맑은 숙제를 풀지 못해 헤매고 다녔다."[1]고 기록했다. 이와 같은 구절로 볼 때 '문둥이'는 저주받은 천형의 존재로서 자신을 자학적으로 표현한 말임을 알 수 있다.

이 시는 서정주가 주관해서 낸 『시인부락』 1호의 첫 페이지를 장식한 작품이다. 『시인부락』 1호의 편집 겸 발행인은 서정주로 되어 있다. 그는 자신의 시를 제일 앞에 실었는데, 제일 처음에 「문둥이」를 놓고, 그 다음에 「옥야獄夜」와 「대낮」을 배치했다. 이러한 배열을 통해 「문둥이」에 대한 그의 선호를 표시했을 것이다. 그는 이상을 만났던 일을 회고하면서 이상이 그의 시 「문둥이」를 암송으로 일본인 친구에게 일어로 들

---

1 서정주, 『미당 자서전 2』, 민음사, 1994, 49쪽.

려주더니 "이건 꽤 무섭지?"라고 물었다고 기록했다. 그는 "보리밭에 달 뜨면 / 애기 하나 먹고"를 두고 그렇게 말한 것 같다고 추측하면서 그 정도를 무섭다고 말한 이상의 태도에 대해 뜻밖에도 소년다운 순정함이 깃들어 있다고 해석했다.[2] 이런 여러 가지 점으로 볼 때 이 작품은 길이가 짧지만 서정주의 초기 대표작으로 내세우기에 충분한 질량을 지닌 것으로 판단된다.

이 작품은 시조처럼 4음보 3장 형식을 취하고 있다. 첫 연은 문둥이의 비극적인 운명을 압축적으로 표현했다. 나병 환자는 흉한 외형 때문에 남의 눈을 피해 다닌다. 마을에 나병 환자가 들어서면 돌팔매질을 해서 내쫓거나 빨리 먹을 것을 주어서 멀리 가게 했다. 똑같은 사람으로 태어나 이렇게 흉한 병에 걸려 남에게 쫓겨 다니는 것이 당사자에게는 죽기보다 더 괴로웠을 것이다. 흉한 모습도 모습이지만 하늘에 큰 죄를 져 저주받았다는 생각 때문에 남의 눈을 피해 다녔을 것이다. 이러한 문둥이의 생각을 간단한 네 마디 말로 나타냈는데, 그 압축의 기법은 실로 놀랍다. "해와 하늘빛"이라는 두 마디 말은 '밝은 대낮', '사람들이 모여 사는 세상', '건강과 축복을 주는 하늘' 등 복합적인 의미를 한꺼번에 환기한다. 그다음에 이어지는 "문둥이는 서러워"라는 말은 세상에 등을 돌리고 살아가는 문둥이라는 존재의 참혹한 고통과 슬픔을 집약적으로 드러낸다. 이렇게 간명한 어사로 문둥이의 처지와 운명을 압축해내는 것은 흔한 일이 아니다.

두 번째 연은 매우 무심한 어조로 문둥이의 살아나려는 몸부림을 표현했다. 어디서 유래된 말인지는 모르지만 어린애의 간이 그 병을 낫게 한다는 속설이 상당 기간 유포되었다. 일제강점기 신문을 보면 실제로 어린애를 잡아다가 간을 빼 먹은 엽기적인 참사가 여러 건 보도되고 있다. 보리밭은 여름이 가까울수록 줄기가 높이 자라 문둥이가 은신하기

2 서정주, 「李箱의 일」, 『서정주문학전집』 5, 일지사, 1972, 95~96쪽.

에 적당하고 달이 뜨는 밤은 사람들이 다니지 않으니 문둥이가 활동할 수 있는 시간이다. 그런 상황에서 어린애의 간을 빼 먹는 끔찍한 일을 시인은 아무렇지 않은 듯 "애기 하나 먹고"라고 간단히 표현했다. 이 담담한 어법이 인간으로서 이렇게 끔찍한 일을 벌일 수밖에 없는 상황의 비극성, 인간 존재의 모순을 오히려 잘 드러낸다.

전환은 마지막 3연에서 온다. "꽃처럼 붉은 울음을 밤새 울었다"는 마지막 구절에는 문둥이도 결국 인간이라는 시인의 처절한 육성이 비유의 어법으로 구현되어 있다. 어린애의 간을 빼 먹는다는 무서운 문둥이지만 그도 인간이기에 아무도 보이지 않는 침묵의 밤이 오면 인간으로서의 통절한 눈물을 흘린다는 것이다. "꽃처럼 붉은"이라는 말로 포기할 수 없는 인간의 본능과 근원적 생명력을 표현했고, "밤새"라는 말로 정서의 지속성과 강렬한 양태를 표현했다. 세상에 버림받은 참혹한 존재지만 그 역시 살아 있는 인간이라는 시인의 독자적인 인식과 표현을 여기서 접하게 된다.

이렇게 간단한 말과 짧은 형식으로 인간 운명의 비극적 이원성, 천형의 잔혹함과 통회의 간절함을 표현한 시는 동서고금에 드물다. 이런 시는 누구에게 배우거나 학습해서 나오는 것이 아니다. 천재적 직관에 가까운 독특한 사색과 타고난 언어 감각에 의해 탄생하는 것이다. 이런 개성적인 시를 당시 나른한 시단에 던진 미당 서정주야말로 시의 새로운 지평을 연 첨단의 시인이라 하지 않을 수가 없다.

대낮

따서 먹으면 자는 듯이 죽는다는
붉은 꽃밭 사이 길이 있어

핫슈[1] 먹은 듯 취해 나자빠진
능구렁이 같은 등어리[2] 길로,
님은 달아나며 나를 부르고……

강한 향기로 흐르는 코피
두 손에 받으며 나는 쫓느니

밤처럼 고요한 끓는 대낮에
우리 둘이는 온몸이 달아……

● 『시인부락』(1936. 11), 『화사집』.

---

1 『화사집』에는 "아편의 일종"이라는 주가 달려 있다. 핫슈는 대마를 가리키는 'hashsh(hash)'
에서 온 말이다. 『서정주 시선』(1956)에는 "핫슈"가 "鴉片"으로 바뀌어 표기되었지만, 이 말의
독특한 음감을 살리기 위해 『화사집』 표기로 적는다.

2 이 말을 "등허리"로 표기해서는 안 된다. 『시인부락』, 『화사집』, 『서정주 시선』에 "등어릿길"
로 표기되어 있고, '등과 허리'를 나타내는 말이 아니라 "등성이"에 해당하는 말이기 때문이다.

해설

　서정주의 초기 시 중 성性과 관련된 퇴폐성을 지닌 작품들은 거의 다 『화사집』에 수록되었다. 「대낮」과 유사한 모티프가 들어 있는 작품은 「화사」, 「입맞춤」, 「맥하」, 「도화 도화桃花桃花」, 「정오의 언덕에서」 등 이다. 이 작품들에 담긴 성적 표현을 실제의 상황으로 생각할 필요는 없 다. 여기 나타난 육체적 사랑의 관능적 표현은 청년기의 젊은 시인이 가 지고 있는 내적 충동의 상상적 재현에 해당한다. 젊음의 절정에 선 20대 의 시인은 삶의 고뇌와 청춘의 몸부림을 관능적, 육체적 도취의 양상으 로 표현한 것이다. 상상의 표현이기 때문에 여자가 먼저 유혹을 하거나 뱀과 관련된 불길한 성교 장면이 개입한다. 교차되는 환상의 혼류는 시 의 구조도 불안정하게 해서 「입맞춤」, 「도화 도화」, 「정오의 언덕에서」 의 짜임새는 어지럽게 흩어져 있다. 그중 비교적 완결된 시적 구조를 보 이는 작품이 「대낮」이다.

　'대낮'은 청춘의 표상이다. 여름 또한 젊음의 상징이다. "끓는 대낮"이 라는 시어는 젊음의 열기가 가장 고양된 상태를 나타낸다. "붉은 꽃밭" 과 "강한 향기" 역시 젊음의 고조된 생명 상태를 환기한다. 스물한 살 문학청년의 타오르는 생의 열망과 성적 충동이 강렬한 상징적 시어로 제시되었다.

　첫 연의 "따서 먹으면 자는 듯이 죽는다는 / 붉은 꽃밭"은 아름다움과 죽음의 이중적 복합성을 드러낸다. 이것은 구약성서 「창세기」에 나오는 금단의 열매 이야기를 연상시킨다. 무엇을 하지 말라는 금지의 명령은 그것을 해보고 싶은 충동을 불러일으킨다. 더군다나 금기의 대상이 "붉 은 꽃밭"처럼 생의 충동과 연관된 것이라면 그것이 지닌 매혹적인 유인 력 때문에 금기는 더 큰 욕망을 불러일으킨다. 그러나 금기의 파괴는 추방, 육체적 억압, 죽음 등의 형벌로 이어진다.

서정주 초기 시의 사랑의 유혹은 거의 다 금기와 욕망의 이중성을 드러낸다. 불처럼 타오르는 생의 충동은 금기를 깨뜨리게 되고 금기의 파괴로 인해 인간은 고통을 받고 죄의식에 시달린다. 1930년대 중반의 보수적 사회 환경 속에서 남녀의 자유로운 육체적 사랑은 당연히 이단시되고 금기시되었을 것이다. 육체적 사랑의 길은 "따서 먹으면 자는 듯이 죽는다는 / 붉은 꽃밭 사이"에 있다. 님과 사랑을 나누려면 그 길로 갈 수밖에 없다.

사랑의 충동은 죽음의 결말로 이어진다. 이것은 남녀의 성행위가 갖는 상징성과도 통한다. 남성이 사정하는 순간 여성은 남성의 정자를 받아들이고 남성의 성기는 자기의 정액을 여성에게 내준 채 무력하게 위축되고 만다. 서정주의 초기 시에 여성 쪽에서 능동적으로 나오는 장면이 많은 것도 여성이 지닌 성 능력의 무의식적 투사로 볼 수 있다. 육체적 접촉이 끝나면 무력하게 주저앉아버리는 남성이기에 여성이 먼저 유혹하고 성행위를 주도하는 존재로 설정되었을지 모른다.

2연에서 "꽃밭 사이"의 길은 "핫슈 먹은 듯 취해 나자빠진 / 능구렁이 같은 등어리 길"로 전환된다. "핫슈 먹은 듯 취해 나자빠진"은 육체적 접촉의 고혹성을 암시한다. 죽음의 불길함을 넘어설 정도의 도취감을 "핫슈"라는 말로 나타냈다. 관능의 애욕은 생명을 탕진해도 좋을 만큼 쾌락적인 몽롱한 도취감을 안겨주는 것이다. 그러나 그 길에도 죽음의 불길함은 여전히 도사리고 있으므로 "능구렁이 같은 등어리 길"이라고 표현했다. 몽롱한 쾌감과 불길한 두려움이 혼재된 그 길을 넘어야 님을 만날 수 있는 것이다. "달아나며 나를 부르고"라는 말은 미당이 지닌 여성에 대한 이중적 시선을 암시한다. 여성이 나를 피해 달아나지만 그 달아남이 사실은 나를 유혹하는 행위라는 생각은 사춘기 시절 거의 모든 남성이 지니고 있는 그릇된 상념이다.

3연의 "코피"는 죽음이나 능구렁이 같은 불길한 예감과 연관된 말이다. 그것은 "강한 향기"와도 관련되어 있다. 이 부분의 의미가 강한 향기 때문에 코피가 흐른다는 것인지, 코피의 냄새가 강한 향기를 풍긴다는 것인지 분명치 않지만 관능적 충동과 관련된 것은 틀림없다. 화자는 코피를 두 손에 받으며 님을 쫓아가는 것으로 되어 있다. 먹으면 죽는다는 꽃잎과 핫슈 먹은 듯한 능구렁이가 환기하는 불길한 예감의 결과적 현상이 코피의 유출이다. 이 코피는 첫 성관계의 출혈을 연상시키기도 한다.

마지막 4연은 불길한 경과 지점을 다 지내고 육체적 결합의 절정에 이른 상태를 나타낸다. 사랑의 욕정으로 불타오른 남녀는 관능적 쾌락의 절정으로 치닫는다. 그 성애性愛의 시간은 "밤처럼 고요한 끓는 대낮"이다. 이 상황의 표현도 매우 흥미롭다. 육체적 결합을 이루는 시간은 보통 밤인데, 이 남녀는 환한 대낮에 성애를 나눈다. 이것부터가 도발적이고 금기를 위반한 것이다.

대낮에 사랑을 나누려면 주위가 밤처럼 고요해야 한다. 즉 남의 시선이 차단되어 있어야 한다. 남의 눈을 피해서 은밀하게 나누는 사랑이기에 더욱 뜨겁게 달아오를 수 있다. 쾌락의 탐닉은 마약의 흡입처럼 은폐의 비밀 속에 더 강화될 수 있다. 「문둥이」에 나오는 "보리밭에 달 뜨면 / 애기 하나 먹고"라는 구절도 은폐된 쾌락의 변형으로 해석할 수 있다. 이 은폐 상태의 도취는 미당 시에 반복되어 나타나는 요소이기에 그 상호관계를 유심히 살펴볼 필요가 있다.

화사花蛇

사향麝香 박하薄荷의 뒤안길이다.
아름다운 배암……
얼마나 커다란 슬픔으로 태어났기에, 저리도 징그러운 몸뚱아리냐.

꽃대님 같다.

너의 할아버지가 이브를 꼬여내던 달변의 혓바닥이
소리 잃은 채 낼룽거리는 붉은 아가리로
푸른 하늘이다. ……물어뜯어라, 원통히 물어뜯어.

달아나거라, 저놈의 대가리!

돌팔매를 쏘면서, 쏘면서, 사향 방초 길 저놈의 뒤를 따르는 것은
우리 할아버지의 아내가 이브라서 그러는 게 아니라
석유 먹은 듯…… 석유 먹은 듯…… 가쁜 숨결이야

바늘에 꼬여 두를까 보다. 꽃대님보다도 아름다운 빛……

클레오파트라의 피 먹은 양 붉게 타오르는
고운 입술이다…… 스며라! 배암.

우리 순네는 스물 난 색시, 고양이같이 고운 입술…… 스며라! 배암.

*『시인부락』(1936. 12), 『화사집』.

해설

앞서 논의한 원칙에 의해 「화사」의 정본을 제시했다. 이렇게 시의 형태를 정리해놓으니 형태적 특징이 한눈에 들어온다. 이 시는 3행, 1행의 구조가 세 번 반복되고 2행, 1행의 형태로 마무리를 짓는다. 상당히 정제된 형태미를 이루고 있음을 확인할 수 있다. 이러한 형태적 특성을 고려하여 읽으면 시의 내용도 훨씬 쉽게 파악된다.

1연은 꽃뱀이 나타난 공간의 특성과 뱀의 외형을 표현했다. "사향"은 사향노루에서 얻는 약재인데 향료로도 쓰이고, "박하" 역시 향료를 얻는 식물이다. 그런데 사향에 해당하는 영어 'musk'는 사향 냄새를 풍기는 각종 식물을 다 일컫는 말로 사용된다. 그러니까 첫 행은 여러 가지 고혹적인 향기가 풍기는 풀밭 길을 나타낸 것으로 읽으면 된다. "뒤안길"은 집 뒤쪽에 난 길을 뜻하는 말로 뱀이 다니는 호젓한 길을 지칭한 것이다. 꽃뱀은 무늬는 꽃처럼 아름다운데 징그러운 몸뚱이를 갖고 있다. 그렇게 된 데는 무슨 슬픈 사연이 있을 것이라고 상상했다.

2연은 뱀의 아름다운 겉모습을 짧게 요약적으로 비유했다. '대님'은 남자가 하기 때문에 옥색 비단을 써서 은은한 색감이 돌게 착용하는 경우는 있지만 꽃처럼 화려한 대님을 두른 경우는 없다. 쉽사리 보기 힘든 특이한 형상임을 나타내기 위해 "꽃대님"에 비유했을 것이다.

3연은 1연에서 상상한 "커다란 슬픔"과 연결되어 있는 「창세기」의 신화를 끌어왔다. 이브를 꼬여 금단의 열매를 먹게 했다는 뱀은 이제는 소리를 잃고 혀만 날름거린다. 「창세기」에 뱀을 지상에서 가장 간교한 자로 언급했으니 원통한 마음에 하늘을 물어뜯으로고 말한다. 여기에는 자기 자신을 저주받은 존재로 설정하여 기존의 규범에 반항하고 싶어 하는 미당 자신의 의식이 투영되어 있다.

4연은 그 저주받은 존재를 지상에서 추방하고 싶은 또 하나의 충동을 한 줄의 외침으로 표현했다. 대상에 대한 혐오감이 더욱 강해져 3연의 "혓바닥"과 "아가리"가 여기서는 "대가리"로 변했다. 여기서 화사를 대하는 화자의 심리가 이중적으로 변주되는 것을 볼 수 있다.

5연은 꽃뱀을 쫓아내고 싶으면서도 그것을 뒤따르게 되는 화자의 이중적 심리를 표현했다. 자신은 이브와는 아무 연관이 없는데 뱀만 보면 돌팔매질을 하고 그러면서도 그것을 끝까지 뒤쫓는다. 석유 먹은 것처럼 가쁜 숨결을 내뱉으면서도 뱀의 뒤를 이렇게 뒤쫓는 이유는 무엇일까? 자신도 정확히 파악할 수 없는, 저주받은 존재라는 동질감, 현실에서 탈출하려는 욕망 때문일 것이다. "석유"는 마음속에 치솟는 욕망의 불길을 환기하는 시어다.

동질성에 대한 기대가 6연에서 꽃대님의 빛깔로 다시 형상화되었다. 그런데 바늘에 꼬여 두른다는 말은 죽음을 전제로 하기 때문에 그 아름다움은 대상의 죽음을 통해 획득되는 아름다움이다. 꽃뱀의 일탈적 반항, 저주받은 존재로서의 몸부림은 현실에서의 죽음을 통해 비로소 획득될 수 있으리라는 예감이 이러한 시행을 낳게 했을 것이다.

7연은 꽃뱀의 아름다움을 클레오파트라의 붉고 고운 입술로 비유했다. 천하 절세미인의 아름다운 입술에 꽃뱀의 어떤 요소가 깃들어 있다고 본 것은 여성을 유혹과 파멸의 대상으로 파악한 결과다. 요즘 말로 하면 팜므 파탈에 대한 인식이다.

8연은 "스물 난 색시", "우리 순네"의 고운 입술에 꽃뱀의 요소가 스며들기를 소망하는 어구로 끝을 맺는다. "우리 순네"도 고혹적인 여성이니, 그녀도 유혹과 파멸의 대상으로 내게 다가올 수 있을 것이다.

이러한 8연의 내용을 종합해볼 때, 이 시는 꽃뱀의 이중성에 초점이 놓인 것임을 알 수 있다. 그것은 매혹과 저주다. 그것은 '아름다운 빛깔'과 '징그러운 몸뚱이'로 대비되고 '달변의 혓바닥'과 '붉은 아가리(대가리)'로 대립된다. 후반부로 가면 '클레오파트라(순네)의 입술과 '스며드는 뱀'의 형상으로 변주된다. 황홀한 아름다움의 유혹은 자기파멸의 저주와 맞붙어 있다. 화자는 그 어느 한쪽도 버리려 하지 않는다. 아름다움의 유혹과 함께 파멸의 저주도 즐기려 한다. 그것이 돌팔매를 쏘면서 뒤를 따르는 이중적 행위의 근거다. 그것은 석유로 더욱 가열되는 내적 욕망의 분출이다. 이 시를 가로지르는 용마루는 젊음의 절정에서 분출되는 "가쁜 숨결", 즉 매혹과 저주를 탐하는 맹목의 열정이다.

수대동水帶洞 시

흰 무명옷 갈아입고 난 마음
싸늘한 돌담에 기대어 서면
사뭇 숫스러워지는 생각, 고구려에 사는 듯
아스럼 눈감았던 내 넋의 시골
별 생겨나듯 돌아오는 사투리.

등잔불 벌써 키어지는데……
오랫동안 나는 잘못 살았구나.
샤알 보오드레—르처럼 섧고 괴로운 서울 여자를[1]
아조 아조 인제는 잊어버려,

선왕산 그늘 수대동 14번지
장수강 뻘밭에 소금 구워 먹던
증조할아버지 적 흙으로 지은 집
오매는 남보단 조개를 잘 줍고
아버지는 등짐 서른 말 졌느니

여기는 바로 십 년 전 옛날
초록 저고리 입었던 금녀, 꽃각시 비녀 하여 웃던 삼월의

---

1 『서정주 시선』에는 "서울 여자를"이 한 행으로 독립되어 있으나 그것은 행의 길이가
길어서 뒤로 밀린 것 같다. "샤알 보오드레 — 르"의 외래어 표기는 "샤를 보들레르"지만,
이 시를 쓸 당시의 서정주의 어감을 살려 『화사집』 표기 그대로 적는다.

금녀, 나와 둘이 있던 곳.

머잖아 봄은 다시 오리니
금녀 동생을 나는 얻으리
눈썹이 검은 금녀 동생,
얻어선 새로 수대동 살리.

* 『시건설』(1938. 6), 『화사집』.

해설

　서정주의 초기시 중 이렇게 긍정적이고 생활친화적인 시는 보기 어렵다. 앞에서 검토한 세 편의 작품과 비교하면 그 차이를 쉽게 파악할 수 있다. 그 점에서 보면 이 시는 분명 이질적이다. 그래서 흔히 이 작품을 근대의 비극성에서 벗어나 고향의 발견을 통해 동양적 영원성으로 회귀하는 전환기의 작품으로 해석했다. 그러나 이 시가 발표된 것이 1938년 6월이라는 사실을 알면 그러한 해석이 근거 없는 것임을 알게 된다. 이 시기 이후에 비극적 갈등과 번민을 보여주는 작품이 다수 발표되고 있기 때문이다. 그러면 이 작품이 왜 이렇게 자기반성적이고 긍정적인 면모를 보이는가를 분석해볼 필요가 있다.

　서정주가 이 시를 쓴 것은 적어도 1938년 5월 이전일 것이다. 이 시에 나오는 "십년 전 옛날"이 고향을 떠나 서울로 유학 간 시점을 의미하는 것이라면 창작 시점은 1938년 이전으로 올라갈 수 없다. 그가 줄포 공립보통학교를 졸업하고 중앙고등보통학교로 입학하기 위해 고향을 떠난 것이 1929년 3월 이후의 일이기 때문이다. 이 시를 쓰기 전, 1935년에서 1937년에 이르는 시기에 서정주는 떠돌이처럼 살았다. 박한영 선사의 권유로 중앙불교전문학교를 다니다가 해인사로 가서 소학생들을 가르치기도 하였다. 그 뒤 다시 서울로 와 불교전문학교를 휴학하고 『시인부락』 동인으로 참여하고, 『시인부락』이 종간되자 또 제주도로 가서 몇 달을 머물러 있기도 했다. 이렇게 떠돌이 생활이 계속되자 그의 부친은 아들을 불러들여 결혼을 권유했고, 1938년 3월 27일 전라북도 정읍 처가에서 결혼식을 올렸다. 이러한 전기적 사실로 볼 때 「수대동 시」는 서울에서의 떠돌이 생활에 종지부를 찍고 고향으로 돌아가 결혼할 것을 작정한 시기의 작품으로 보는 것이 타당하다. "싸늘한 돌담에 기대어 서면", "머잖아 봄은 다시 오리니" 등의 구절로 볼 때 1937년 말에서 1938년 초에 이르는 시기에 창작된 것으로 보인다.[1]

생활의 안정을 눈앞에 둔 시인은 자신의 서울 생활을 청산하고 고향으로 돌아가려는 마음의 준비를 하고 있다. 전문학교 교복은 진작 벗어버렸고 즐겨 입던 양복과 중절모도 던져버리고, 이제 흰 무명옷 입은 단정한 마음으로 고향으로 돌아가 친숙한 사투리를 쓰며 살아갈 날을 예감해본다. 오랫동안 고향을 떠나 있었기에 고향은 고구려처럼 아득한 과거의 정황으로 떠오른다. 그러나 자신의 핏줄이 박힌 곳이기에 고향의 사투리는 밤하늘에 "별 생겨나듯" 정겹고도 아름다운 느낌으로 되살아난다. 사투리가 별처럼 떠오르듯 고향의 등잔불은 벌써 환하게 밝혀지는 것 같다.

그동안의 방황을 끝내고 고향에 정착하기 위해서는 과거와의 단절이 필요하다. 그는 자신의 반성적 태도를 "오랫동안 나는 잘못 살았구나."라는 한마디 말로 요약한다. 그가 깊이 경도되었던 샤를 보들레르의 이름을 들어 과거의 청산을 선언한다. 여기서 "샤알 보오드레ㅡ르처럼"이 꾸며주는 말은 무엇인가? '보들레르처럼 서럽고 괴로운 서울 여자'라는 뜻인가, 아니면 서럽고 괴로운 서울 여자를 '보들레르처럼 잊어버린다'는 뜻인가? 이 구절은 참으로 미묘한 위치에 있다. 요지는 보들레르의 퇴폐 미학과 서울 여자로 상징되는 퇴폐적 생활을 함께 청산한다는 뜻이리라. 그러니까 샤를 보들레르를 잊듯이 서럽고 괴로운 서울 여자도 잊는다는 뜻이다. 허랑방탕한 청춘의 편력, 유랑의 매혹을 떠나 조상이 물려준 집에 정착하여 부모와 함께 살아볼 생각을 하는 것이다.

고향의 상징인 선왕산과 장수강을 떠올리며 고향에서 건실하게 생활하고 있는 부모님을 생각하니 그곳을 떠났던 십 년 전의 추억이 새삼 눈앞에 그려진다. 고향의 여자친구 "금녀"가 초록 저고리에 비녀를 하고

---

1 1938년 1월 31일이 음력 설날이다.

시집가는 각시 단장을 한 모습도 떠오른다. 금녀라는 가상의 인물을 설정하여 머잖아 봄이 오면 금녀 동생 같은 아내를 얻어 수대동에서 새롭게 살게 될 것이라고 희망 어린 어조로 이야기하고 있다. 결혼을 앞둔 기대와 설렘이 이러한 긍정적 어법을 탄생시킨 것이다.

바다

귀 기울여도 있는 것은 역시 바다와 나뿐.
밀려왔다 밀려가는 무수한 물결 위에 무수한 밤이 왕래하나
길은 항시 어디나 있고, 길은 결국 아무 데도 없다.

아— 반딧불 만한 등불 하나도 없이
울음에 젖은 얼굴을 온전한 어둠 속에 숨기어가지고…… 너는,
무언의 해심海心에 홀로 타오르는
한낱 꽃 같은 심장으로 침몰하라.

아— 스스로이 푸르른 정열에 넘쳐
둥그런 하늘을 이고 웅얼거리는 바다, 바다의 깊이 위에
네 구멍 뚫린 피리를 불고…… 청년아.[1]

애비를 잊어버려
에미를 잊어버려
형제와 친척과 동무를 잊어버려,
마지막 네 계집을 잊어버려,

아라스카로[2] 가라 아니 아라비아로 가라 아니 아메리카로 가라 아니

---

1 『화사집』에서 여기서 페이지가 바뀐다. 『미당 시 전집』에서는 한 연으로 처리했지만,
'원본 확정의 원칙'에서 밝힌 기준에 의해, 『서정주 시선』에 연 구분이 되어 있으므로 연을
나눈다.
2 "아라스카"의 외래어 표기는 '알래스카'지만, 이어지는 말들과의 음감을 고려하여 그대

아프리카로 가라 아니 침몰하라. 침몰하라. 침몰하라![3]

오— 어지러운 심장의 무게 위에 풀잎처럼 흩날리는 머리카락을 달고
이리도 괴로운 나는 어찌 끝끝내 바다에 그득해야 하는가.

눈 떠라. 사랑하는 눈을 떠라…… 청년아,
산 바다의 어느 동서남북으로도
밤과 피에 젖은 국토가 있다.

아라스카로 가라!
아라비아로 가라!
아메리카로 가라!
아프리카로 가라!

* 『사해공론』(1938. 10), 『화사집』.

로 적는다.
　3 이 부분의 시행 구성은 판본마다 다른데, 『서정주 시선』의 형식을 따라 하나의 이어진
시행으로 본다.

해설

이 시의 연 구분은 판본마다 다른데, '원본 확정의 원칙'에서 밝힌 대로 『서정주 시선』에 수록된 작품은 별다른 이유가 없는 한 그 판본의 형식을 따르기로 했으므로 위와 같이 8연의 형식으로 정리했다.

스물세 살의 나이에 발표된 이 작품에는 탈주의 충동과 좌절의 예감이 엇갈린다. 그것은 어디론가 가야 하지만 막상 갈 곳이 없는 청춘의 방황을 그대로 반영한다. 이 시의 시간적 배경은 밤이다. 1연에서 화자는 밤에 밀려오는 파도 소리를 들으며 그 소리를 통해 무수한 물결이 밀려오고 밀려가는 모습을 감지한다. "바다와 나뿐"이라는 말은 청년기에 갖는 절대적 고독의 심리를 단적으로 드러낸다. 바다는 무한히 열려 있고 그 위로 무수한 물결과 시간이 오고가지만 바다 위에는 아무 자취도 남지 않는다. "길은 항시 어디나 있고, 길은 결국 아무 데도 없다."는 시행은 바다 앞에 선 청년 서정주의 내면을 단적으로 표현한 말이다. 바다를 통해 어디로든 갈 수 있지만 자신이 갈 길은 어디에도 없는 것이다.

화자가 지칭하는 '너'는 곧 '나'의 분신이다. 희미한 등불조차 없는 상황에서 너는 "울음에 젖은 얼굴을 온전한 어둠 속에 숨기어가지고" 있다. 그렇게 암울한 모습의 '너'에게 화자는 꽃처럼 타오르는 심장을 바다의 심장에 침몰시키라고 요청한다. 암울한 상황에 놓인 '너'가 타오르는 꽃 같은 심장을 갖고 있을지 의심스럽지만 화자는 그렇게 강변한다. 바다는 이러한 심정을 아는지 모르는지 푸르른 정열에 넘쳐 둥그런 하늘을 이고 유혹의 말을 웅얼거린다. 청년은 거기 호응하려는 듯 "네 구멍 뚫린 피리"를 분다. 여기서 피리는 바다의 심장을 향해 자신의 마음을 전달하려는 송신의 기표다.

화자는 다시 청년에게(사실은 자기 자신에게) 자신이 소중하게 생각하는 것을 모두 버리라고 말한다. 이 구절은 『임제록』에 나오는 구절 "부처를 만나면 부처를 죽이고 조사를 만나면 조사를 죽이고 아라한을 만나면 아라한을 죽이고 부모를 만나면 부모를 죽이고 친척이나 권속을 만나면 친척이나 권속을 죽이라"는 말을 패러디한 것이다. 이것은 그가 1933년 이후 인연을 맺은 석전 박한영과 연결된 불교 학습의 영향이다. 현실의 굴레에서 벗어나 모든 것을 부정한 존재는 지상 어디든 자유롭게 갈 수 있을 것이다.

그다음 연은 '아' 음의 연속으로 자유로운 편력의 분방함을 표현하였다. 북부의 동토 알래스카건 열사의 극지 아라비아건 문명의 대륙 아메리카건 원시의 오지 아프리카건 바다는 그를 어디로든 이끌 수 있다. 아니, 이미 모든 것을 부정한 사람이라면 바다에 그대로 침몰해도 좋은 것이다. "길은 결국 아무 데도 없다."는 것을 알고 있는 화자이기에 그 길이 침몰로 끝나리라는 예감도 갖고 있다.

그러나 실제적으로는 집착에서 벗어나지 못한 인간이기에 번민하는 마음은 무겁기만 하고 바람에 흩날리는 머리칼만 가벼울 뿐이다. 번민하고 방황하는 자신의 마음이 파도처럼 바다에 가득히 퍼져간다. 화자는 다시 번민에 사로잡힌 청년에게(자기 자신에게) 눈을 뜨라고 말한다. 현실의 괴로운 굴레에서 벗어나 새로운 세계로 탈출하라고 권유한다. 세상 동서남북 어디건 무수한(무한한) 밤과 생명(열정)의 피가 담겨 있는 새로운 영역이 펼쳐져 있지 않은가. 세상에서 소중하다고 여기는 모든 것을 버리고 미지의 세계로 나아가라고 격정적인 명령형 동사를 사용하여 힘차게 외치고 있다. 그 미지의 세계가 너의 "국토"가 될 것이라고 단언한다.

마지막 연에 미지의 세계로 나아가라는 단호한 명령형 동사가 뚜렷한 시행으로 나열된다. 느낌표가 크게 찍힌 네 개의 대등한 시행은 일제강점기 폐쇄된 상황 속에서 어디로든 탈출해야 한다는 강박관념에 사로잡힌 자아의 몸부림을 그대로 반영한다. 탈주의 소망은 "귀 기울여도 있는 것은 역시 바다와 나뿐"이라는 첫 시행에 이미 내포되어 있었다. 세상 모든 것이 의미를 잃고 사라져도 끝내 남는 것은 "역시 바다와 나뿐"이라는 의미가 담겨 있기 때문이다. 바다는 화자의 기대 지평을 이끄는 상징적 대상으로 시인의 의식을 관통하고 있다.

부활

내 너를 찾아왔다 순아¹. 너 참 내 앞에 많이 있구나. 내가 혼자서 종로를 걸어가면 사방에서 네가 웃고 오는구나. 새벽닭이 울 때마다 보고 싶었다. 내 부르는 소리 귓가에 들리더냐. 순아, 이것이 몇 만 시간 만이냐. 그날 꽃상여 산 넘어서 간 다음 내 눈동자 속에는 빈 하늘만 남더니, 매만져 볼 머리카락 하나 머리카락 하나 없더니, 비만 자꾸 오고…… 촉燭불 밖에 부흥이² 우는 돌문을 열고 가면 강물은 또 몇 천 린지, 한 번 가선 소식 없던 그 어려운 주소住所에서 너 무슨 무지개로 내려왔느냐. 종로 네거리에 뿌우여니 흩어져서, 뭐라고 조잘대며 햇볕에 오는 애들. 그중에도 열아홉 살쯤 스무 살쯤 되는 애들. 그들의 눈망울 속에, 핏대에, 가슴속에 들어앉아 순아! 순아! 순아! 너 인제 모두 다 내 앞에 오는구나.

• 『조선일보』(1939. 7. 19), 『화사집』.

---

1 『화사집』에 "叟娜"로, 『조선일보』와 『서정주 시선』에는 "순아"로 표기되어 있다. "叟娜"의 "叟娜" 오식 가능성 여부를 떠나 『조선일보』와 『서정주 시선』 표기를 중시하여 "순아"로 교정한다.

2 '부엉이'의 사투리로 '부흥이'가 사전에 등재되어 있고, 서정주가 일관되게 "부흥이"로 적고 있기 때문에 원본대로 적는다.

해설

　서정주가 『화사집』 원고를 출판사에 넘긴 것은 1938년 가을이다. 시집 출판이 늦어지자 시집에 수록된 작품을 지면에 발표했는데, 「부활」도 시집이 나오기 전 『조선일보』에 발표했다. 『조선일보』에는 "순아, 이것이 몇 만 시간 만이냐!"의 위치가 바뀌고, 행이 구분된 형태로 발표되었다. 이러한 수정이 누구의 뜻에 의해 이루어진 것인지는 알 수 없지만 시의 문맥 파악에 더 도움을 주는 것은 사실이다. 『조선일보』 발표본을 원문 형태대로 인용하면 다음과 같다.

　　내 너를 차저왓다 순아. 너 참 내아페 만히 잇구나.
　　내가 혼자서 鐘路를 걸어가면 사방에서 네가웃고 오는구나.
　　순아, 이것이 멧萬시간만이냐!
　　새벽닭이 울때마다 보고시펏다. 내 부르는소리 귀ㅅ가에 들리더냐
　　그날 꽃喪阜 山넘어서 간다음 내 눈동자속에는 빈하늘만 남더니
　　매만저볼 머리카락하나 머리카락하나 업더니
　　비만 자꾸 오고. …… 燭불박게 부흥이 우는 돌門을 열고 가면 강물은 또 멧천린지
　　한번가선 소식업던 그어려운住所에서 너 무슨 무지개로 네려왓느냐
　　鐘路네거리에 뿌우여니 흐터저서
　　무어라고 조잘대며 햇벼테 오는애들, 그중에도 열아홉살쯤 스무살쯤 되는애들, ─ 그들의 눈망울 속에 핏대에 가슴속에 들어안저
　　순아! 순아! 순아! 너 인제 모두다 내아페 오는구나.

　『화사집』과 『서정주 시선』 수록본은 대동소이하고 『화사집』의 "臾娜"

가 『서정주 시선』에 "순아"로 바뀌어 있을 뿐이다. 『조선일보』와 『서정주 시선』에 "순아"로 되어 있는 것, 또 『귀촉도』 발문에서 김동리가 "曳娜"라고 언급한 것을 근거로 『화사집』의 "臾娜(유나)"가 "曳娜(수나)"의 오기가 아니냐는 의견이 나오기도 했다. 그러나 뜻과 소리도 잘 알 수 없는 한자로 논란을 벌이는 것은 온당한 일이 아니다. 시인이 생전에 발표한 두 지면에 다 "순아"로 되어 있고, 시인이 직접 낭송을 할 때도 "순아"라고 한 점, 꽃상여를 타고 죽음의 세계로 갔다가 종로 네거리에 살아 돌아오는 젊은 여인의 이름으로는 친숙한 "순아"가 어울린다는 점 등을 고려하여, 이 시에 나오는 여성의 이름을 "순아"로 확정하여 후세에 전하는 것이 옳을 것이다.

"내 너를 찾아왔다 순아."라는 첫 구절은 보고 싶은 사람을 찾아온 사람이 하는 말로 참으로 간결하면서도 적실하다. 정말 보고 싶은 사람을 찾아왔을 때 이외에 다른 무슨 말을 할 수 있겠는가? 그런데 네가 혼자가 아니라 내 앞에 많이 있다고 했다. 혼자서 종로를 걸어가면 사방에서 네가 웃고 온다고도 했다. 이것은 무슨 말인가? 너의 '실재'가 아니라 너의 '환영'을 그렇게 많이 본다는 뜻이다. 너는 꽃상여에 실려 죽음의 세계로 갔고, 그로부터 "몇 만 시간"이 흘렀다고 화자는 말했다. 하루는 24시간, 1년은 8,760시간. 네가 떠난 지 여러 해가 지난 것이다. 그렇게 시간이 흘렀는데도 나는 새벽닭이 울 때마다 네가 보고 싶어서 너를 애타게 호명하였다. 그러나 매만져볼 "머리카락 하나" 없는 빈 하늘에는 비만 내리고 아득한 강물만 길게 이어져 너의 자취를 찾을 수가 없었다.

그렇게 볼 수 없었던 네가 어째서 오늘 종로 네거리에는 아련한 무지개처럼 흩어져서 뭐라고 조잘대는 소리까지 내며 내 앞에 이렇게 많이 올 수 있는 것인가? 여기 나오는 "한 번 가선 소식 없던 그 어려운 주소住所"라는 표현은 읽는 이의 가슴을 저리게 한다. 죽음의 막막한 단절과 재귀의 불가능성을 이렇게 절묘하게 표현한 시구는 미당 이전에 우리에게 없었다. 여기서 "주소住所"라는 한자어는 누가 사는 집 주소를 의미하는 것이 아니라 한자의 뜻 그대로 사람이 머무는 장소라는 뜻일 텐데 "어려운"이라는 수식어를 붙여 죽음과 삶의 단절감과, 사후 세계의 불가지성不可知性을 함께 표현한 수법은 시의 귀재 미당이 아니면 구사하기 힘든 대목이다. 도저히 알 수 없고 갈 수도 없는 죽음의 세계, "한 번 가선 소식 없던 그 어려운 주소"에서 너는 어떻게 종로 네거리로 내려올 수 있었던 것인가?

여기서부터는 우리의 상상력이 작동되어야 한다. 사람도 오가지 않는 한적한 시골길이 아니라 많은 사람이 오가는 종로 네거리. 시골에서는 좀처럼 볼 수 없는 열아홉, 스무 살쯤의 젊은 여인들이 함께 나타날 수 있는 거리는 종로 네거리 외에는 없다. 종로 네거리를 경쾌하고 명랑하게 조잘대며 걷는 젊은 여인들의 모습이 모두 순이의 분신으로 보이는 것이다. 이것은 종로 네거리라는 번화한 거리가 시인에게 안겨준 축복의 환상이다. 겉모습만 순이로 보이는 것이 아니라 그들의 보이지 않는 눈망울 속에, 가슴 속에, 혈액 속에 순이가 들어앉아 찬란한 환영으로 나에게 다가온다. 이것을 시인은 "부활"이라고 했다. 인간은 상상의 힘에 의해 "몇 만 시간"의 시간적 간격과 "몇 천 리 강물"의 공간적 간격을 초월하여 기막힌 "부활"을 체험할 수 있다. 이러한 기막힌 상상적 체험을 그는 이미 20대 초반의 나이에 가슴과 혈관 안에 담아두었던 것이다.

자화상

애비는 종이었다. 밤이 깊어도 오지 않았다.
파뿌리같이 늙은 할머니와 대추 꽃이 한 주 서 있을 뿐이었다.
어매는 달을 두고 풋살구가 꼭 하나만 먹고 싶다 하였으나…… 흙으로
바람벽한 호롱불 밑에
손톱이 까만 에미의 아들.
갑오년¹이라든가 바다에 나가서는 돌아오지 않는다 하는 외할아버지
의 숱 많은 머리털과 그 커다란 눈이 나는 닮았다 한다.

스물세 해 동안 나를 키운 건 팔 할이 바람이다.
세상은 가도 가도 부끄럽기만 하더라.
어떤 이는 내 눈에서 죄인을 읽고 가고
어떤 이는 내 입에서 천치를 읽고 가나
나는 아무것도 뉘우치진 않으련다.²

찬란히 틔워 오는 어느 아침에도
이마 위에 얹힌 시의 이슬에는
몇 방울의 피가 언제나 섞여 있어

---

1 『시건설』에는 "甲戌年"으로 되어 있는데, 미당의 전기적 사실을 고려하면 '갑술년'(1874)
이 아니라 '갑오년'(1894)이 사리에 맞는다.
2 일부 판본에서 이 부분까지를 한 연으로 본 것은 『화사집』의 시 형태를 오판했기 때문이
다. "스물세 해 동안 나를 키운 건 팔 할이 바람이다."부터 페이지가 바뀌는데 이것을 앞부분
과 이어진 연으로 본 것이다. 『시건설』에 3연으로 되어 있고, 문맥의 흐름으로 보아도 3연으
로 확정하는 것이 타당하다.

볕이거나 그늘이거나 혓바닥 늘어트린
병든 수캐마냥 헐떡거리며 나는 왔다.

*『시건설』(1939. 10), 『화사집』.

해설

첫 시집 『화사집』의 첫 페이지를 장식하고 있는 작품이다. 작품 끝에 "此一篇昭和十二年丁丑歲仲秋作. 作者時年二十三也"라는 한문 어구를 집어넣었는데, 『시건설』에는 들어 있지 않던 말이다. "이 작품은 소화 12년(1937년)인 정축년 중추(음력 8월)에 지은 것으로 자신의 나이 23세 때"라는 뜻이다. 『시건설』은 1936년 11월 평안북도 중강진에서 창간된 작은 부피의 시 전문지다. 이 잡지에 그는 「절망의 노래一 부흥이」(1936. 11), 「흐르는 불」(1937. 9), 「수대동 시」(1938. 6), 「여름밤」(1938. 12) 등 여러 편의 작품을 발표한 바 있다. 6호(1938. 12)의 광고란을 보면 7집은 우리 시단을 총동원하여 침체의 시단을 흔들어보겠다는 의욕을 가지고 1939년 봄에 혁신호를 간행하겠다고 예고하고 있다. 그러나 실제로 7호가 간행된 것은 1939년 10월이다. 6호에 실린 7호 광고에 이미 서정주의 「자화상」이 나와 있는 것으로 보아 작품은 그전에 보냈을 것이다. 인쇄소도 7호부터는 서울로 옮겨 깨끗한 자체에 가로쓰기로 판을 짠 것이 인상적이다. 이 지면에 실린 「자화상」은 『화사집』의 그것과 조금 다르다. 시행 배치가 산문시 형태를 취하고 있고 "어매"가 "어머니"로, "甲午年"이 "甲戌年"으로 되어 있는 등 표기에 약간의 차이를 보인다. 그러나 전체적인 내용에는 별 차이가 없다.

첫 행에 나오는 "애비는 종이었다."라는 구절은 실제의 사실을 말한 것이 아니다. 그의 부친은 전라도 부호의 농지를 관리하는 일을 맡고 있었지만 종은 아니었다. 여기에는 스물두 살의 젊은 나이로 가혹한 시대를 살아가던 시인의 예민한 자의식이 포함되어 있다. 일제강점기에 생활의 압박감을 느끼고 있던 당시의 독자들은 이 첫 행에서 강한 충격을 받았을 것이다. 이천만 동포가 일제의 지배하에 종살이를 하고 있는 형편이었기 때문이다. 그다음에 바로 이어지는 "밤이 깊어도 오지 않았다."라는 말은 가장이 없는 공허한 결핍감을 환기하면서, 그다음에 나오는 궁색한 집안 풍경을 연결하는 고리 역할을 한다.

집안의 기둥인 아버지는 오지 않고 "파뿌리같이 늙은 할머니"만 남아 있을 뿐이다. 하얗게 늙어버린 할머니는 이미 모든 생산과 활동의 기능을 상실한 존재다. 그 할머니와 대응되는 존재가 "대추 꽃"이다. 사실은 대추 꽃이 핀 대추나무가 한 주 서 있었을 텐데 시인은 늙은 할머니와의 호응을 위해 그냥 "대추 꽃"이라고 했다. 대추나무의 큰 형상보다 작고 희미한 대추 꽃이 할머니의 형상과 어울린다고 생각한 것이다. 그다음에는 임신한 어머니의 모습을 이야기했다. 이것은 현재의 상황이 아니라 과거의 내력을 회고한 것인데 뒷부분은 의도적으로 생략했다.

"달을 두고"라는 말은 일상생활에서도 많이 쓰는 표현이다. 가령 '사흘을 두고 울었다'라고 하면 사흘 동안 계속해서 울었다는 뜻이다. 따라서 "달을 두고"는 '한 달 이상 계속해서'라는 뜻이 된다. 어머니는 입덧을 하는 기간 동안 여러 차례 풋살구 같은 신 것이 "꼭 하나만" 먹고 싶다고 하였으나 입덧을 달래줄 과일은 아무것도 없었다. 그런 궁핍한 상황에서 아이를 낳았고, 그 아이는 지금 "손톱이 까만 에미의 아들"로 앉아 있다. 여기서 어머니의 사연을 서술할 때는 어머니의 방언인 "어매"를 쓰고 자신의 비루한 처지를 말할 때는 어머니의 낮춤말인 "에미"를 쓴 것도 문맥에 따라 다른 단어를 선택하는 미당의 뛰어난 재능을 보여주는 좋은 예다.

"흙으로 바람벽한 호롱불 밑에"라는 구절은 자연스럽게 읽히지만 사실은 문법적으로는 성립되지 않는 구문이다. 흙으로 만든 바람벽에 둘러싸인 방이 있고 그 방에 켜놓은 호롱불 밑에 아들이 있는 것인데, 이 상황을 압축해서 위와 같이 표현한 것이다. 문법 구문을 어긴 구절인데 전혀 어색하지 않게 읽히는 데 이 시구의 묘미가 있다. 이들을 둘러싼 공간은 전체적으로 어둡고 답답하다. 움직이는 생명의 기미 같은 것은 보이지 않는다. 그림자처럼 정체되어 있는 공간에 빛나는 것은 "호롱불" 뿐인데 그것은 "손톱이 까만" 나의 모습을 비출 뿐이다.

시의 화자인 '나'는 이 어둡고 답답한 공간에 머물지 않고 탈출해 나왔다. 갑오년인가에 바다로 나가 돌아오지 않는 할아버지처럼 새로운 세계를 향해 나아갔다. 그로부터 계속된 힘겨운 방랑과 시련의 역정을 시인은 "바람"으로 표현하였다. "스물세 해 동안 나를 키운 건 팔 할이 바람"이라는 표현 속에 바람의 다양한 의미가 한꺼번에 소용돌이친다. 그 바람은 희망을 날려버리는 바람이고 병적인 세계로 유랑하게 하는 바람이며 죽음과 맞닿은 시련을 안겨주는 바람이다. 그러면서도 그 바람은 그를 키운 것이기에, 희망을 찾아가게 하는 바람이며 병적인 세계에서 벗어나게 하는 바람이며 고통과 시련을 이겨내게 하는 바람이다. "팔 할"이라는 시어도 절묘한 효과를 나타낸다. 그것은 "스물세 해"라는 수치와 대응하면서 음성적으로는 "바람"의 음상과 호응한다. 이 시구를 발성할 때 일어나는 파열음의 연속은 바람을 헤치고 살아온 사람의 처연한 격정과 극기의 정신 같은 것을 연상시킨다.

이렇게 방황과 시련 속에 살아온 나이기에 세상을 대하는 것이 부끄럽기만 하다. 이 부끄러움은 윤동주의 경우처럼 자아의 순결성과 관련된 것이 아니라 현실적 죄의식에 바탕을 둔 부끄러움이다. 말하자면 바람에 휩쓸려 거칠게 살아왔기에 남에게 떳떳하게 나설 만한 일을 하지 못했다는 부끄러움이다. 현실 생활에 적응하지 못하고 바람 따라 유랑하는 자아의 모습은 현실의 규범을 따르지 않는다는 점에서 죄인이며, 남들과 어울리지 못한다는 점에서 바보에 가깝다. 그래서 사람들은 반항적인 "내 눈"에서 "죄인"의 모습을 보고 허황된 말을 하는 "내 입"에서 "천치"의 모습을 본다. 자학에 가까울 정도로 스스로를 부정하면서도 나는 결코 뉘우치지 않겠다고 당당히 말한다. 이것은 삶의 새로운 출구를 찾아 유랑의 세계로 뛰어든 젊은이의 단호한 육성이다. 바보가 되건 죄인이 되건 그것은 자기 책임이므로 후회는 없는 것이다.

이 당당함은 죄인이나 천치의 상태를 자인하는 것이므로 위악적이기도 하고, 뉘우치지 않겠다는 단호한 부정은 자기중심적 저돌성을 연상시키기도 한다. 자신의 모습을 "헛바닥 늘어트린 병든 수캐"로 비하한 것은 '죄인'과 '천치'보다 더 극단적인 부정의식을 드러낸다. 이 부정의 형상은 "찬란히 틔워 오는 어느 아침"의 이미지와 정면으로 대립된다. '틔워 오는'의 상승과 "늘어트린"의 하강, "병든 수캐"의 절망적 쇠락과 '찬란한 아침'의 희망적 소생이 선명한 이항대립의 두 축을 형성한다. 이 것은 다시 "시의 이슬"과 "몇 방울의 피"의 대립으로 이어진다. 투명하고 맑은 시의 이슬은 찬란한 아침에 포함되는 현상이고 몇 방울의 피는 "병든 수캐"와 어울리는 요소다. 그런데 시인은 시의 이슬에 언제나 몇 방울의 피가 섞여 있다고 썼다.

이 피는 동물적 육체성을 상징하며 원초적 생명력을 의미한다. 이 생명력은 젊음의 열정과 관련된다. "병든 수캐"처럼 헐떡이면서도 무엇인가를 찾아 헤매게 하는 내부의 동력, 그 열정이 피다. 시를 쓰는 것은 '맑은 이슬'의 순수함만으로 되는 것이 아니다. 모든 시의 창조에는 고통스런 자기 번민과 열정의 몸부림이 포함되어 있다. 가만히 앉아서 아침이 오기만을 기다리는 자에게 시의 이슬은 맺히지 않는다. 그렇다고 피가 전면에 노출되어 과도한 열정만으로 시를 쓴다면 그것은 자기 파괴나 저주의 외침이 될 것이다. "시의 이슬"에 "몇 방울의 피"가 "언제나 섞여" 있을 때 비로소 찬란한 아침을 물들이는 진정한 시가 창조된다. 이렇게 그는 자기가 가고 있고, 가야 하는, 시인의 길을 선언한 것이다.

시의 이슬에 언제나 몇 방울의 피가 섞여 있다는 사실의 발견은 대단한 일이다. 미당은 시인적 직관으로 이것을 발견하였다. 미당 이전에 이것을 노래한 시인이 없었고, 미당 이후에도 이렇게 표현한 시인은 별로 없다. 이것을 평범한 내용으로 바꾸어 말하면, 무욕과 평정의 상태에 도달하기 위해서는 무수한 고행과 번민의 과정이 필요하다는 뜻이다. 이러한 교훈적 담론은 많은 사람이 제시한 바 있다. 그러나 극히 개인적인 상황에서 출발하여 시인의 실존적 위상을 이렇게 시적인 언어로 표현한 것은 미당이 최초다. 개인적 발화가 시 일반의 존재론적 담론으로 눈부시게 승화하는 이 장면에 미당 시학의 탁월한 성취가 있다. 이 점을 인정하지 않는다면 시에 대한 모든 담론도 허사가 될 것이다.

귀촉도

눈물 아롱 아롱
피리 불고 가신 님의 밟으신 길은
진달래 꽃비 오는 서역西域 삼만 리.
흰 옷깃 여며 여며 가옵신 님의
다시 오진 못하는 파촉巴蜀 삼만 리.

신이나 삼아 줄걸 슬픈 사연의
올올이 아로새긴 육날 메투리.
은장도 푸른 날로 이냥 베어서
부질없는 이 머리털 엮어 드릴걸.

초롱에 불빛, 지친 밤하늘
굽이굽이 은핫물 목이 젖은 새,
차마 아니 솟는 가락 눈이 감겨서
제 피에 취한 새가 귀촉도 운다.
그대 하늘 끝 호을로¹ 가신 님아

* 『여성』(1940. 5), 『귀촉도』(1948. 4).

---

1 "호을로"는 사전에 등재되어 있지 않지만 각 판본에 일관되게 이렇게 표기되어 있어 그대로 적는다.

해설

　서정주는 과거를 회고하는 글에서 적지 않은 시간 착오 현상을 보이고 있다. 그의 불명확한 진술 때문에 시집이나 작품의 창작 연도에 많은 혼란이 야기되었다. 그의 자서전 중 대표적인 것은 『월간문학』(1968. 11~1971. 5)에 연재된 「천지유정」이다. 이 글은 『서정주 문학 전집 3』(일지사, 1972)에 그대로 수록되었고, 그 책에 함께 수록된 「내 마음의 편력」을 합하여 약간의 내용을 보충하고 문장을 가다듬어 출판한 것이 『미당 자서전』(민음사, 1994)이다. 「천지유정」의 뒤를 이어 1955년 이후의 일을 써보겠다고 시작한 「속 천지유정」(『월간문학』, 1974. 2~1974. 11)은 여덟 차례 간신히 연재하고 건강상의 이유로 중단되었다. 그 외의 다른 지면에도 과거를 회고한 글이 있으나 그것은 이 자서전을 토대로 약간의 내용을 가감한 것들이다.

　그는 자서전에서 이 시에 대해 1936년 해인사 강사직을 마치고 고향에 돌아와 지내던 몇 달 사이에 쓴 것인데, 1937년 『동아일보』 신춘현상문예에 당선한 최금동의 시나리오 「애련송愛戀頌」 속에 넣겠다고 해서 써준 것이라고 했다.[1] 최금동은 1916년 전라남도 함평 태생으로 1935년 중앙불교전문학교에 서정주와 함께 입학했다. 최금동의 당선 공고가 『동아일보』에 정식으로 난 것은 1937년 8월 31일이고, 당선작의 제목은 '환무곡幻舞曲'이며 시나리오가 아니라 영화소설이었다. 『동아일보』는 "작년부터 공모하여오던 영화소설은 지난 7월 말로 마감하여 응모작 백여 편을 얻었다"고 밝히고 예선을 거쳐 엄정히 심사하여 이 작품을 당선작으로 정했다고 밝혔다. 이 작품은 '애련송'으로 개제改題되어 1938년 10

---

1 『미당 자서전 2』, 민음사, 1994, 59쪽.

월 5일부터 12월 14일까지 연재되었고, 이때 영화 촬영이 시작되어 1939년 9월에 개봉되었다. 당선된 것은 1937년 8월이지만 그 전해부터 공모가 시작되었다고 했으니 서정주가 이 시를 쓴 시기를 1936년 가을쯤으로 보아도 어긋나지 않을 것이다. 서정주가 이 시를 굳이 최금동의 시나리오와 관련지어 회고한 것은 이 시가 그의 다른 시와는 달리 여성 화자를 내세워 사별한 님에 대한 비탄의 감정을 노래하고 있기 때문이다.

이 시는 '귀촉도'의 고사를 배경에 깔고 있다. 이것은 고대 중국 촉나라의 마지막 왕 두우杜宇에 얽힌 이야기다. 이 시의 1연에 나오는 "서역 삼만 리"와 "파촉 삼만 리"는 두우의 고사에서 끌어온 말이다. '파촉'은 '촉'나라와 그 아래 있는 '파'나라를 함께 지칭하는 중국의 관습적 용어이고, '서역'은 그보다 서쪽에 있는 중앙아시아 지역을 일컫는 말이다. 즉, 두우가 촉나라에서 서쪽으로 쫓겨갔으니 그가 걸어간 길은 "진달래 꽃비 오는 서역 삼만 리"이고, 서쪽으로 가서 촉나라로 돌아오지 못하고 죽었으니 그 불귀의 길이 "다시 오진 못하는 파촉 삼만 리"가 되는 것이다. 다시 말하면, 서역 삼만 리는 유배지로 가는 길이고 파촉 삼만 리는 고국으로 돌아오는 길이다.[2] 이것을 달리 말하면, 앞의 길은 죽음의 세계로 가는 길이고 뒤의 길은 삶의 세계로 돌아오는 길이다. 한번 죽음의 세계로 떠난 이상 삶의 세계로 돌아오는 것은 불가능하며, 삶과 죽음은 삼만 리라는 아득한 거리로 격리되어 있다.

죽음의 길로 떠난 님을 "피리 불고 가신 님"이라고 여유 있게 표현하고, "진달래 꽃비 오는"이라는 말로 죽음의 길을 미화한 것은 죽음이 주는 슬픔을 달래려는 장치다. "흰 옷깃 여며 여며 가옵신"이란 말도 죽음을 경건하게 받아들이는 조심스러운 태도를 나타낸다. 이러한 경건하고 여유 있는 죽음의 표정은 2연에서 사뭇 달라진다. 1연이 사실과 거리를

---

2 산문 「배회」(『조선일보』, 1938. 8. 13)에서도 "그것을 나는 편의상 내 영혼의 파촉이라 하리라. 시의 고향이라 하리라."는 부분에서 '파촉'을 '고향'의 뜻으로 사용하고 있다.

두고 일반적인 죽음의 양태를 노래한 것이라면, 2연은 화자의 개인적인 처지가 개입된 주관적 표출 형태라 할 수 있다.

님이 죽음의 먼 길을 떠나는데 신도 만들어주지 못했다는 자책감 때문에 잘 만든 미투리 신의 영상이 새겨져 지워지지 않는다고 고백한다. 부질없는 머리털이라도 아낌없이 잘라서 님의 신을 엮어 드릴 수도 있었는데 그리하지 못했다는 회한이 마음을 누른다. 여기 나오는 "올올이 아로새긴", "은장도 푸른 날", "부질없는 이 머리털" 등의 시어는 후회와 자책에 어쩔 줄 몰라 하는 여인의 정한을 효과적으로 나타낸다.

3연은 다시 방향을 바꾸어 1연에 나왔던 귀촉도의 고사를 끌어들여 사별의 정한을 표현한다. 밤새도록 처절하게 우는 귀촉도는 님을 잃은 나의 비통한 심정을 대신 토해내는 것 같다. 초롱의 불빛은 희미하고 깊은 밤하늘엔 은하수만 굽이져 흐르는데, 이 회한의 강물에 목이 젖은 것인지 귀촉도는 솟아나지 않는 가락을 억지로 토해내듯 기막힌 울음소리를 들려준다. 후회와 자책이 피에 녹아들어 스스로도 어찌할 수 없는 피 맺힌 울음을 간신히 토해내는 것이 아닐까? 화자는 귀촉도의 한 맺힌 울음에 힘입어 비로소 자신의 핏속에 담아두었던 절규를 터뜨린다. "그대 하늘 끝 호올로 가신 님아"라고.

이 시는 전래 고사를 동원하여 토속적 정한의 세계를 처연한 가락으로 표현하고 있지만, 이 시기 서정주의 다른 작품에 비하면 그렇게 높은 수준을 보여준 것은 아니다. 다른 작품의 절제미에 비하면 감상적 색채가 농후하고 1, 2, 3연의 시상 전개도 자연스럽지 못하다. 다만 시 전체에 흐르는 호곡과 같은 슬픔의 운율이 시를 지탱하는 기능적 역할을 맡고 있음을 장점으로 내세울 만하다. 일제강점기의 독자에게는 이 시에 담긴 사별의 정한이 강하게 가슴을 때렸을 것이다. 해방 후 두 번째 시집의 표제로 이 작품을 내세운 것도 그러한 대중적 감화력을 중시한 처사로 보인다. 따라서 이 작품을 놓고 서구적 경향에서 이탈하여 전통적 정서로 변화하는 계기를 이룬 작품으로 설명하는 것은 대단히 잘못된 해석이다. 그것은 이 작품의 창작 시기나 창작 배경을 모르고 단지 두 번째 시집의 표제작이라는 선입견을 가지고 피상적으로 고찰한 데서 나온 무지와 오독의 결과다. 이 점을 여기 분명히 밝혀둔다.

밤이 깊으면

밤이 깊으면 숙淑아 너를 생각한다. 달래마늘[1]같이 쬐그만[2] 숙아
너의 전신을.
낭자언저리, 눈언저리, 코언저리, 허리언저리,
키와 머리털과 모가지의 기럭지를
유난히도 가늘던 그 모가지의 기럭지를
그 속에서 울려나오는 서러운 음성을

서러운 서러운 옛날말로 울음 우는 한 마리의 뻐꾸기 새.
그 굳은 바위 속에, 황토밭 위에,
고이는 우물물과 낡은 시계 소리 시계의 바늘 소리
허물어진 돌무더기 위에 어머니의 시체 위에 부어오른 네 눈망울 위에
빠알간 노을을 남기우며 해는 날마다 떴다가는 떨어지고
오직 한결 어둠만이 적시우는 너의 오장육부. 그러한 너의 공복空腹.

뒤안 솔밭의 솔나무 가지를,
거기 감기는 누런 새끼줄을,
엉기는 먹구름을, 먹구름 먹구름 속에서 내 이름자 부르는 소리를, 꽃의
이름처럼 연거퍼 연거퍼서 부르는 소리를, 혹은 그러한 너의 절명絶命을

1 달래의 작은 알뿌리를 의미한다.
2 '쪼끄맣다'의 잘못된 말로 '쬐끄맣다'가 사전에 나오지만, 원시의 어감을 살려 그대로
적는다.

혹은,

혹은,

혹은,

여자야 너 또한 쫓겨 가는 사람의 딸. 껌정 거북표의 고무신짝 끄을고
그 다 찢어진 고무신짝을 질질질질 끄을고

억새풀잎 우거진 준령을 넘어가면
하늘 밑에 길은 어디로나 있느니라.
그 많은 삼등 객차의 보행객의 화륜선의 모이는 곳
목포나 군산 등지. 아무 데거나

그런 데 있는 골목, 골목의 수효를,
커다란 건물과 작은 인가人家를, 불 켰다 불 끄는 모든 인가를,
주식취인소를, 공사립 금융조합, 성결교당을, 미사의 종소리를, 밀매음
굴을,
모여드는 사람들, 사람들을, 사람들을,

결국은 너의 자살 위에서……

철근 콘크리트의 철근 콘크리트의 그 무수한 산판算板알과 나사못과
치차齒車를 단 철근 콘크리트의 밑바닥에서

혹은 어느 인사소개소人事紹介所의 어스컴컴한 방구석에서
속옷까지, 깨끗이 그 치마 뒤에 있는 속옷까지 벗겨야만 하는 그러한
순서.
까만 네 열 개의 손톱으로 쥐어뜯으며 쥐어뜯으며

그래도 끝끝내는 끌려가야만 하는 그러한 너의 순서를.

숙아!

이 밤 속에 밤의 바람벽의 또 밤 속에서
한 마리의 산 귀뚜리와 같이 가느다란 육성으로 나를 부르는 것.
충청도에서, 전라도에서, 비 내리는 항구의 어느 내외주점[3]에서,

사실은 내 척수신경의 한가운데에서,
씻허연[4] 두 줄의 이빨을 내어놓고 나를 부르는 것.
슬픈 인류의 전신全身의 소리로써 나를 부르는 것.
한 개의 종소리와 같이 전선電線과 같이 끊임없이 부르는 것.

블랙블루의 바닷물과 같이, 오히려 찬란한 만세 소리와 같이
피와 같이,
피와 같이,

내 칼끝에 적시어 오는 것.

숙아. 내 생각을 이제는 끊고
시퍼런 단도의 날을 닦는다.

* 『인문평론』(1940. 5), 『귀촉도』.

3 "내외주점"은 '접대부가 나오지 않고 술을 순배로 파는 집'이라고 사전에 풀이되어 있는
데, 여기서는 정식 접대부를 두지 않은 허름한 술집을 가리키는 것 같다.
4 사전에는 '시허옇다'가 나오지만 원시의 어감을 살려 그대로 적는다.

해설

초기에 발표된 거의 유일한 장형의 시로 가난 때문에 객지로 팔려간 어린 소녀에 대한 연민과 분노를 표현한 작품이다. 서정주 시로서는 드물게 도도한 격정의 언어가 작품 전체에 흐르고 있다. 이 작품보다 몇 달 뒤에 발표한 「도화 도화」(『인문평론』, 1940. 10)나 「서풍부」(『문장』, 1940. 10)가 『화사집』에 수록된 데 비해 이 시가 실리지 않은 것은 작품의 길이와 주제 때문이 아닐까 짐작된다. 비루한 현실을 다룬 오장환의 시가 연상되기도 하지만, 오장환보다 묘사가 더 구체적이고 대상에 대한 화자의 감정도 더 직접적으로 표출되어 있으며 구사하는 시어의 유형도 매우 다채롭다.

조그만 숙의 모습을 농촌에서 흔히 볼 수 있는 달래의 둥근 밑뿌리로 비유하여 농촌 출신의 처녀임을 나타낸 다음, 그녀의 세세한 부분들을 다 기억한다고 말했다. 특히 "유난히도 가늘던 그 모가지의 기럭지"를 강조하여 매우 허약한 신체의 소유자임을 밝혔다. 그녀는 어머니의 이른 죽음, 피할 수 없는 가난의 공복 때문에 고향을 떠나 검정 고무신을 끌고 길을 떠났다. 그것은 절명의 길이거나 자살의 길로 이어질 수 있는 불길한 어둠의 길이다.

그녀가 거쳐간 곳은 삼등 객차나 화륜선을 탄 승객들이 모이는 곳, 목포나 군산 같은 항구, 골목을 돌아 구석진 곳에 자리 잡은, 헐값에 몸을 파는 무허가 술집이었을 것이다. 삭막한 도시의 비정한 콘크리트 건물을 돌아 직업소개소를 거쳐 그녀가 도달한 곳은 인간의 마지막 수치심까지 능욕당하는 생의 밑바닥 밀매음 굴이었다. 그렇게 네가 밟고 갔을 아픈 생의 과정을 생각하면 네가 부르는 처절한 소리가 내 척수신경 한 가운데를 뚫고 들린다. 종소리처럼, 전화선처럼 그치지 않고 "슬픈 인류의 전신의 소리"로 내게 울려오는 너의 육성은 이 비정한 세계에 대한 분노와 저항의 자세를 갖게 한다. 그 소리는 붉은 선혈처럼 칼끝을 적시어온다. 너에 대한 슬픔의 감정을 이제는 접고 "시퍼런 단도의 날을 닦는" 매서운 태도를 보이고 있다. 서정주 시로서는 아주 드물게 표독한 심사를 표현했다. 그런 점에서 매우 이채로운 작품이다.

행진곡

잔치는 끝났더라. 마지막 앉아서 국밥들을 마시고
빠알간 불 사르고,
재를 남기고,

포장을 걷으면 저무는 하늘.
일어서서 주인에게 인사를 하자

결국은 조끔씩 취해 가지고
우리 모두 다 돌아가는 사람들.

모가지여
모가지여
모가지여
모가지여

멀리 서 있는 바닷물에선
난타하여 떨어지는 나의 종소리.

* 『신세기』(1940. 11), 『귀촉도』.

해설

이 시에 대해 서정주는 자서전에서 특별히 긴 사연을 덧붙이고 있다. 어디론가 떠돌다가 집에 와보니 오래전에 온 엽서와 전보가 있는데, 『조선일보』 학예부장 김기림이 폐간 기념 시를 써 보내라고 청탁한 전보라는 것이다. 그는 당시의 일을 다음과 같이 회고했는데, 여기에도 부분적인 시간 착오 현상이 나타나고 있다.

어린것이 칭얼거리는 옆에서, 석유 호롱의 희미한 불 밑에서 괴상할 정도의 열심으로 쓰고 있던 것이 생각난다. 김기림은 1938년 내 처녀시집 『화사』가 나온 이후 몇 년 사이 나를 누구보다도 잘 알아주던 얼마 안 되는 사람 중의 하나다. 내 『화사』 출판기념회가 단 열 사람의 참석으로 10원씩의 회비로 요정 명월관에서 열렸을 때도 그는 아주 반가운 미소로 나를 격려해주더니, 이 한 마지막 판을 당해서도 내 생각을 내주었던 모양이다.[1]

『조선일보』가 폐간된 것은 1940년 8월 10일이니 위의 회고가 사실이라면 전보는 그전에 왔을 것이다. 김기림이 도호쿠(東北) 제국대학 유학을 마치고 귀국한 것은 1939년 3월이고 『화사집』이 간행된 것은 1941년 2월인데, 서정주는 시집 원고를 출판사에 넘긴 1938년이 머리에 박혀 위와 같이 회고했을 것이다. 『화사집』 출판기념회가 열린 것은 『조선일보』가 폐간된 다음의 일이다. 서정주가 『조선일보』에 기고한 글은 산문 「배회」(1938. 8. 13)와 「램보오의 두개골」(1938. 8. 14), 앞에서 검토한 시 「부활」(1939. 7. 19), 산문 「칩거자의 수기」(1940. 3. 2~6) 등이다. 김기림이

1 『미당 자서전 2』, 민음사, 1994, 72쪽.

제2차 일본 유학을 마치고 귀국한 것이 1939년 3월이니까 시 「부활」과 산문 「첩거자의 수기」는 김기림이 관여하여 지면에 실렸을 수 있다. 이 때문에 「부활」의 시형 변화가 김기림의 작용에 의한 것이 아닐까 추측 해보기도 한 것이다. 이런 전후 관계로 볼 때 김기림이 서정주에게 시를 청탁했을 가능성은 충분하다.

원고 게재의 시효가 지난 상태였지만 감정을 살려 시를 쓴 다음 발표한 것은 그 몇 달 뒤의 일이다. 그런데 기묘한 것은 이 시가 전라도 일원을 순회 공연하던 연극단원의 연극에 삽입되어 민족주의를 고취시켰다는 혐의 때문에 서정주가 구속되어 석 달 동안 조사를 받았다는 사실이다. 서정주는 이것을 1944년 4월 초순의 일이라고 기록했다. 이미 지면에 발표했던 작품이기 때문에 이 작품을 연극에 활용하는 것은 연극인들의 자유의사에 속하는 일일 텐데, 1944년 전시체제의 살벌한 상황 속에서라면 원작자인 시인이 조사를 받는 경우도 충분히 생길 수 있을 것이다. 여하튼 미당은 이 일화가 자신이 가담한 친일 행적의 치욕을 상쇄시킬 수 있다는 듯이 정성을 다해 기록했다. 그래서인지 『국민문학』(1943. 10)에 실린 일어 시 「항공일에」의 발표도 그 후의 일로 기록하는 착오를 보였다. 문제는 이 작품에 민족주의 고취와 관련지어 해석될 수 있는 요소가 있는가 하는 점이다. 작품의 해석에서 이 문제를 비켜갈 수는 없을 것 같다.

우선 시의 제목과 내용이 모순 관계에 있음이 눈에 띈다. '행진곡'이라는 제목과 달리 내용은 잔치가 끝나서 각자의 길로 돌아가는 쓸쓸한 장면이 제시되어 있다. 자신의 울타리에서 벗어나 미지의 세계로 행진할 수 있는 길은 이미 차단된 상태다. 이러한 제목과 내용의 어긋남도 시의 일반적 관습에서 일탈하여 전통에 반기를 든 젊은 시인의 도전적 창의성을 드러내는 예다. 서정주는 어느 경우에도 남들이 사용하는 상투적인 어법을 그대로 따르지 않았다. 그는 언제나 이전에 시도된 적이 없는 새로운 어법을 창조하기 위해 전력투구했다.

첫 행에 나오는 "마지막"이라는 말이 시 전체의 분위기를 주도하고 있다. "잔치는 끝났더라."라는 방임형의 과거형 어사는 모든 것이 끝나서 돌이킬 수 없게 되었다는 생의 허전한 슬픔을 드러낸다. "국밥들을 마시고"라는 말의 복수형 접미사 '들'은 남은 사람들이 여기저기 앉아 생의 마지막을 장식하는 의식인 양 국밥을 들이켜는 스산한 장면을 우리 눈앞에 제시한다. 복수의 중복성이 오히려 생의 외로움을 환기하는 독특한 작용을 한다. "빠알간 불"이 잔치의 표면적 은성함을 나타내는 듯하지만, "재를 남기고"는 흥성거리는 잔치도 결국은 끝나게 마련이라는 종말의 허망감을 환기한다.

"결국은 조끔씩 취해 가지고 / 우리 모두 다 돌아가는 사람들."은 그 후 많은 시에 영향을 주어 다양한 변주를 탄생케한 명구다. "결국은"이라는 간단한 어사가 환기하는 삶의 숙명적 비애감을 음미해보라. 아무리 잔치를 벌이고 빨간 불을 피우고 하늘을 밝혀도 결국은 자신의 쓸쓸한 자리로 돌아가는 것이 우리의 삶이라는 뜻을 "결국은"이라는 한 마디 말이 함축하고 있다. 아무리 몸부림을 쳐도 결국은 홀로의 자리로 돌아가는 것이 인간이다. 그 비애의 골목을 내려가려면 조금씩 취할 수밖에 없고, 그렇게 왔던 길을 돌아가는 것이 우리 모두의 피할 수 없는 숙명이다.

그다음에 이어지는 네 행의 "모가지여"의 내포적 의미는 무엇일까? '간신히 남아 있는 우리들의 모가지여'라는 뜻일까? 아니면 '떨어져 버린 나의 모가지여'라는 뜻일까? 어떤 경우든 그것은 생명의 지속과 관련된 의미를 내포하고 있다. 전자의 경우라면 우리가 생육의 힘을 잃고 간신히 목숨만 부지하고 있는 형국을 말한 것이고, 후자의 경우라면 우리의 목숨은 이미 끊어진 것이나 마찬가지라는 뜻을 나타낸 것이다. 그러니까 1, 2연이 고적하고 허망한 존재의 종말의식을 나타낸 데 비해 3, 4연은 그보다 더 심각한 한계상황을 예고하고 있는 것이다. 허망한 고립 속에 그래도 부지하고 있는 '나의 목숨이여!'라는 뜻을 담은 것이라면 전자의 해석이 더 타당할 것 같다.

그러면 "멀리 서 있는 바닷물"이란 무엇을 의미하는 것일까? 여기서 바다는 새로운 세계로 나를 이행해주는 수평의 공간이 아니라 멀리 서 있는 수직의 공간으로 제시되었다. 멀리 서 있는 바다는 마치 이 비루하고 허망한 잔치의 끝판을 굽어보는 듯하고, 비속한 세계를 다른 세계와 격리하는 단절의 표지 같기도 하다. 그 수직의 벽에서는 난타하여 떨어지는 나의 종소리가 들려온다. 그러니까 시의 문맥에 의하면 "모가지여"의 반복이 바로 난타하여 떨어지는 종소리를 나타낸 것이라는 해석에 도달한다. 그 종소리는 다른 무엇의 소리가 아니라 "나의 종소리"다. 시행이 구성된 상상의 논리를 따라 의미를 풀이하면, 멀리 바닷물이 서 있는데, 거기서 내가 종을 난타하여 울리는 소리가 바닷물 아래로 떨어져 내린다는 뜻이다. 그러니까 바닷물은 서 있고 나의 종소리는 그 아래로 떨어진다. 그 떨어지는 종소리가 "모가지여 / 모가지여 / 모가지여 / 모가지여"인 것이다.

화자 '나'는 이 장면에 처음으로 등장한다. 앞부분에서 허망의 풍경을 바라보기만 하던 '나'는 멀리 서 있는 바닷물을 통해서 자신을 난타하는 파탄의 음향을 신음하듯 내뱉은 것이다. 이렇게 보면 잔치의 끝판에 이르러 마지막 마무리를 끝내고 결국은 어디론가 돌아가야 하는 종말의 단절감과 우리의 생도 끝장나는 것이 아닌가 하는 위기의식이 "모가지여"의 반복을 이끌어냈다는 해석이 가능하다. 이러한 해석이 내포하는 포괄적 의미는 『조선일보』 폐간이라는 사건과도 부합하고 그 배후에 놓인 일제 말 암흑기의 상황과도 연결된다. 직접적이지는 않지만 인간이 접하게 된 종말감과 생존의 위기감에 대한 인식이 분명히 내포되어 있다. 따라서 이 시를 어떤 주제를 가진 연극의 장면 구성에 반영할 가능성도 충분히 인정할 만하다. 물론 이 시에 얽힌 회고담이 서정주가 보인 친일 행위를 상쇄시키는 작용을 하는 것은 아니다. 그러나 이 시에 암울하고 가혹한 상황에 대한 시인의 위기의식이 짙게 투영되어 있음을 부정할 도리는 없다.

민들레꽃[1]

바보야 하이얀 민들레가 피었다.
네 눈썹을 적시우는 용천의 하늘 밑에
히히 바보야 히히 우습다.

사람들은 모두 다 남사당파派와 같이
허리띠에 피가 묻은 고의 안에서
들키면 큰일 나는 숨들을 쉬고

그 어디 보리밭에 자빠졌다가
눈도 코도 상사몽도 다 없어진 후
소주와 같이 소주와 같이
나도 또한 날아나서 공중에 풀을리라.

* 『삼천리』(1941. 4), 『귀촉도』.

1 이 시의 제목은 최초 발표지 『삼천리』에는 '문들레꽃', 『귀촉도』에는 '멈둘레꽃', 『서정주
시선』에는 '밈드레꽃'으로 되어 있다. 이렇게 여러 제목으로 혼란이 일어날 바에야 표준어
제목으로 바꾸는 것이 좋다고 생각되어 '민들레꽃'으로 정한다. 서정주 자선시집도 『민들레꽃』
(정우사, 1994. 7)으로 되어 있다.

해설

서정주는 1940년 10월부터 1941년 2월 초까지 만주에 체류했다. 1938년에 결혼하고 1940년 1월에 장남이 태어났으나, 처자를 부모님께 맡겨놓은 채 만주로 혼자 떠났다. 만주로 떠난 경위에 대해서는 자서전에 따로 밝힌 것이 없다. 만주의 생활을 서술하는 첫 대목을 "1940년 가을의 어느 오후, 나는 만주 국자가局子街라는 곳의 교외 벌판의 황막한 먼지 흙 위에서 유랑하는 곡마단들이 보이는 여러 가지 서커스의 재주들을 감상하고 서 있었다."[1]라고 마치 남의 이야기를 하듯이 서술하고 있을 뿐이다. 어쩌다 보니 그 황막한 지역에까지 흘러들어 엉뚱한 일을 하고 있다는 식의 서술이다. 석 달 남짓한 기간인데도 이때의 일에 대해서는 여러 장에 걸쳐 상세히 기술하였다. 만주에서 겪은 부랑과 모욕과 고독과 고역의 체험이 미당에게 깊은 인상을 남겼던 것 같다.

이 시기에 지었다고 자서전에 밝힌 작품이 「무제」, 「민들레꽃」, 「만주에서」 등 세 편이다. 이 작품들에 대해 "그것들은 내가 쓴 것 중 가장 딱했던 것들이다."라고 첨언하고 있다. 그것을 쓸 당시 자신의 처지가 매우 애처로웠다는 뜻이다. 「무제」와 「만주에서」는 유사한 형식과 내용으로 되어 있어서 자매편이라고 해도 좋을 작품이다. 이 두 작품은 "여기는", "이곳은"이라는 말로 시작하여 화자가 처한 공간의 척박성과 불모성을 드러내면서 거기서 느끼는 질식할 것 같은 폐쇄감을 토로하고 있다. 이러한 자폐의 공간에서 자신이 느낀 바를 쓴 또 하나의 작품이 「민들레꽃」이다. 이 작품은 『삼천리』(1941. 4)에 '문들레꽃'이라는 제목으로 발표되었고, 시집 『귀촉도』(1948. 4)에는 '멈둘레꽃'이라는 제목으

---

1 『미당 자서전 2』, 민음사, 1994, 74쪽.

로 수록되었다.

『귀촉도』 수록본을 『삼천리』 발표본과 비교해보면, 연 구분이 없던 것이 연이 나뉘어졌다. 또 "문들레"가 "멈둘레"로, "룡천"이 "용천"으로 바뀌는 등 일부 시어의 음이 바뀌었으며, 띄어쓰기와 문장 부호 사용에 변화가 일어났다. 이런 것은 출판 시기에 따른 표기의 변화라고 할 수 있다. 그런데 『귀촉도』 수록본의 경우 8행과 9행 사이에 페이지가 바뀌어 한 연으로 이어지는 것인지 연이 나뉘는 것인지 불분명하게 되어 있다. 『서정주 시선』(1956. 11)에는 분명히 세 연으로 되어 있다. 이것을 보면 『귀촉도』 수록본도 세 연 형태인데 3연 중간에 페이지가 바뀌어서 혼란이 일어났음을 알 수 있다. 『서정주 문학 전집』(일지사, 1972)은 이 시를 3연 형태로 수록하였으나 『미당 서정주 시 전집』(민음사, 1983)은 행이 나뉘는 것으로 오판하여 4연 형태로 수록하였다. 그래서 이 작품은 3연 형태와 4연 형태가 함께 유통되고 있는데, 3연 형태로 정착되어야 할 것이다.

1994년 7월 미당의 자선시집 『민들레꽃』(정우사)이 출간되었다. 이 시집이 어떤 과정을 거쳐 출간되었는지는 알 수 없으나 표지에 '자선시집'이라고 크게 표시되어 있고 미당이 직접 쓴 머리말도 들어 있다. 이 시집의 출간을 기념하여 한 텔레비전 방송국에서 미당을 초청하여 문학 방담을 나누기로 하여 대담자로 내가 참석했다. 나는 이 시선집의 제목이 '민들레꽃'이라는 점이 자못 의아했다. 대중에게 회자된 많은 작품을 제쳐놓고 어째서 이 시의 제목을 표제로 정했는지, 또 이 시에 나오는 '용천'은 구체적으로 무엇을 의미하는 것인지 궁금했다. 이 두 가지 사항을 미당에게 개인적으로 묻자 미당은 특유의 느린 어조로 대답을 해주었는데, 그것은 대체로 다음과 같은 내용이었다.

이 작품은 내가 만주에 가 있을 때 쓴 것인데, 그때는 나 자신이나 거기 사는 우리 민족이나 참으로 딱한 처지에 놓여서 참혹한 시간을 보내고 있었지. 참으로 견디기 어려웠던 그때 우리들의 딱한 처지를 시로 표현해본다고 한 것이 이 작품이야. 그래서 나도 기억에 담아두었던 작품인데 마침 출판사 사장도 이 제목이 좋다고 해서 그러라고 했지. 그리고 거기 나오는 '용천'이라는 말은 문둥병(이 말을 하며 미당은 아주 흉하고 비밀스러운 이야기를 한다는 듯 얼굴을 일그러뜨렸다.)을 뜻하는 말이야. 그것은 모든 사람이 꺼리는 참으로 흉한 병이 아니던가. 그때 내 생각에는 하늘에서 버림받은 운명, 저주받은 운명을 그렇게 나타내본 것이었지.

미당의 설명을 듣고 나는 '용천'이라는 말에 참혹한 운명의 비정함, 저주받은 존재로서의 고통이 내포되어 있음을 알았다. 만주 체류로부터 50여 년의 세월이 흘렀는데도 미당은 그 석 달 동안의 기간을 6·25보다 더 참혹한 시간으로 기억하고 있다는 생각도 들었다. 그리고 또 하나, 60년 가까운 세월이 흘렀는데도 보들레르를 여전히 그의 시의 사장師丈으로 무의식 속에 보존하고 있다는 사실도 확인했다. 스스로 저주받은 존재라고 생각하는 것은 분명 보들레르의 영향일 것이다. 짝사랑하는 여인에게 달콤한 연서가 아니라 「문둥이」 초고 원고를 보낸다든가, 어린 시절 엄마가 없는 여름 대낮의 공포 체험을 문둥이의 환영이나 불길한 성교의 환상과 접합시키는 것이 다 저주받은 존재라는 자의식의 작동이 아니겠는가?

사람들은 시집에 수록된 「문둥이」(『시인부락』 1호, 1936. 11)와 「맥하」(『자오선』, 1937. 1)를 자주 거론하지만, 그는 문둥이가 나오는 또 하나의 시 「달밤」(『시인부락』 2호, 1936. 12)을 그 사이에 발표했었다. 거기에는 "푸른 달빛쯤 먹어도 안 질리고 / 간덩이 하나쯤 씹어도 안 질린다."고 선언하는 "문둥이처럼 징그러운" 화자의 모습이 나타난다. 그는 스스로 달밤에 교수대에 못 박히기를 희망하고 있다. 이러한 의식을 가진 그가 고향을 떠나 영하 20도가 넘는 만주로 이주해 변변치 못한 월급을 받으며 한겨울을 지냈으니 그 참담한 의식은 말로 표현할 수 없었을 것이다. 이때의 상황을 목격한 『시인부락』 동인 오장환은 「귀촉도─정주에게 주는 시」(『춘추』, 1941. 4)를 발표하기도 했다. 서정주보다 세 살 아래지만 친구처럼 지냈던 오장환은 만리타향의 한 변방 척박한 곳에서 양곡회사의 회계사원으로 일하며 하루하루를 답답하게 살아가는 서정주를 보고 그 착잡한 심회를 한 편의 시로 표현한 것이다.

이때 서정주는 오장환에게 자신의 작품 「민들레꽃」을 보여주었던 것 같다. 「민들레꽃」과 오장환의 「귀촉도」가 발표된 시기는 1941년 4월로 일치한다. 「민들레꽃」의 "네 눈썹을 적시우는 용천의 하늘 밑에 / 히히 바보야 히히 우습다."라는 구절은 오장환의 시에서 "둘러보는 네 웃음은 용천병의 꽃 피는 울음"으로 변형되어 나타난다. 서정주의 "용천"을 오장환은 더 알기 쉽게 "용천병"으로 바꾸면서 「문둥이」의 한 구절을 포함시킨 것이다. 유배지에 갇힌 죄인처럼 유폐된 생활을 보내고 있는 서정주가 미친 듯 웃어젖히는 모습을 마치 천형의 병에 걸려 붉은 울음을 우는 문둥이와도 같다고 표현한 것이다.

"네 눈썹을 적시우는 용천의 하늘 밑에"라는 시행에서 "용천"이 "하늘"을 수식하고 있다는 점에 유의해야 한다. 화자가 처한 현실은 문둥병이 걸린 듯 저주받은 상황이고, 그런 저주받은 상황을 둘러싸고 하늘이 음산하게 펼쳐져 있다는 뜻이다. 그 음산한 하늘 밑에 무엇이 피어 있는가? 민들레가 피어 있다. 서정주는 "하이얀 민들레가 피었다."라고 썼다. 우리는 일반적으로 민들레 꽃을 노란색으로 알고 있지만 흰 민들레 꽃도 있다. 흰 민들레는 한국, 일본, 만주 등지에 분포한다고 사전에 나와 있으니 하얀 민들레라고 해도 아무 문제가 없다. 다만 이 '하얀 민들레'가 민들레 꽃의 색깔을 나타낸 것인지, 상부에 붙은 관모(갓털)를 나타낸 것인지는 따져볼 필요가 있다. 민들레는 꽃이 피면 얼마 안 되어 씨앗을 품은 하얀 관모가 솜털처럼 꽃 위에 생기고, 그것은 바람에 날려 사방으로 흩어진다. 마지막 연의 내용으로 볼 때 '하얀 민들레'는 하얀 관모를 나타낸 것으로 판단된다.

그러면 이 시의 1연의 상황은 무엇을 말한 것인가? 화자는 자기가 머물러 있는 공간을 "용천의 하늘"이라고 생각했다. 문둥병이 걸린 저주받은 상황이라는 뜻이다. 그런데 이 참혹한 공간에도 봄이 오니 민들레 꽃이 피어나 하얀 꽃씨를 날린다. 이 정황이 참으로 어처구니없다는 것이다. 화자는 저주받은 공간에서 그날그날을 연명해가는 우리들을 "바보"라고 지칭했다. 저주받은 하늘 밑에 꽃이 피어나고 하얀 꽃씨가 날리는 어처구니없는 장면이 바보의 눈에도 비친다. 그것을 화자는 "히히 우습다"고 표현했다. "네 눈썹을 적시우는"은 "용천"을 꾸미는 말이 아니라 "하늘"을 수식하는 말이다. 저주받은 하늘의 음영이 네 눈썹에까지 젖어드는데, 그러한 음산한 하늘 밑에도 민들레가 핀다는 뜻이다.

2연은 "용천의 하늘" 밑에 살고 있는 사람들의 모습을 나타냈다. 그들은 마치 떠돌이 남사당패처럼 무슨 죄를 지은 것처럼 숨을 죽이고 살고 있다. "허리띠에 피가 묻은 고의 안"이라는 말은 그들이 죄 지은 듯 살고 있는 비밀스러운 삶의 내력을 암시하면서 또 한편으로는 감춘 것을 계속 그 상태로 유지해야 한다는 뜻도 내포하고 있는 것 같다. 이 대목은 가장 복합성이 두드러진 곳으로 다양한 해석을 유인하는 대목이다. 다만 "남사당파"에서 소외된 유랑 계층의 비애와 고역을, "허리띠에 피가 묻은 고의 안"에서 비밀스러운 죄의 속성을, "들키면 큰일 나는 숨들을 쉬고"에서 극도로 조심스럽게 하루하루를 살아가는 비천한 삶의 모습을 암시받을 수 있다. 이것이 바로 "용천의 하늘" 밑에 살아가는 사람들의 형상이다. 그래서 화자가 자신을 포함하여 그들을 "바보"라고 지칭한 것이고, 이 비굴한 상황에도 하얀 민들레가 피어나는 것을 우습다고 희화화한 것이다.

3연은 그 비천한 존재들이 처하게 될 정황, 혹은 보여주게 될 행동을 상상의 차원에서 펼쳐냈다. "보리밭"은 「문둥이」에서도 알 수 있듯이 "용천"과 관련된 공간 형상이다. 세상 사람들의 사정이 이러하니 '나' 역시 저주받은 존재인 문둥이처럼 어디 보리밭에 자빠져 있다가 눈도 코도 상사몽도 다 없어지면 소주처럼 공중에 기화해 사라지고 말 것이라고 화자는 말한다. 바람에 날리는 하얀 민들레 씨앗의 모습도 이러한 상상에 영향을 주었을 것이다. 이 대목에서 화자는 '나'라는 주체를 처음으로 드러내고 있다. 이 시의 호칭은 '너'에서 출발하여 '사람들'을 거쳐서 '나'에 이른다. 다시 말하면 저주받은 존재로서의 비천함이 '너'에서 출발하여 '사람들'로 확대되었다가 '나'로 귀착되는 것이다. 눈과 코 같은 감각을 다 잃어버리고 무엇을 그리워하는 꿈까지도 잃어버린다는 것은 인간으로서의 최소 조건을 다 포기해버린다는 뜻이다. 질식할 것 같은 비천한 삶을 살 바에야 모든 것을 다 포기한 채 소주의 알코올 성분처럼 공중으로 날아올라 허공에 풀어져버리겠다고 잘라 말한 것이다. 이것은 승화나 초월이 아니라 무화無化의 표상이다. 여기서 "풀을리라"(원본에는 "푸를리라")는 '푸르다'와는 관계가 없고, '풀다'의 활용에 해당하는 말이다. 이것은 흩어져 사라진다는 뜻이다.

여기 나오는 "소주와 같이 날아나서"라는 표현을 이해하기 위해서는 요즘 나오는 19.5도짜리 희석식 소주를 생각해서는 안 된다. 옛날에는 곡물로 양조주를 만든 다음, 그것을 증류하여 소줏고리에 받아내는 방법으로 소주를 만들었다. 이때 처음 나오는 소주의 도수는 75도에 달했고 시간이 지나면 증류된 수분이 섞이면서 40도 정도의 소주가 만들어진다. 소줏고리에 처음 나오는 소주의 휘발성과 그 독한 소주에 취해 하늘로 기화하는 듯한 취기를 경험했을 미당의 정조情調를 이해해야 이 마지막 시행의 묘미를 감지할 수 있다.

조금

우리 그냥 뻘밭으로 기어 다니며
거이[1] 새끼 같은 거나 잡아먹으며
노오란 조금에 취할 것인가.

만나기로 약속했던 정말의 바닷물이
턱밑에 바로 들어왔을 땐
고삐가 안 풀리어 가지 못하고

불기둥처럼 서서 울다간
스스로이 생겨난 며느리발톱.

아아 우리 그냥 팍팍하여 땀 흘리며
조금의 오름길에 해와 같이 저물을 뿐
다시는 다시는 만나지 못하리라.

•『춘추』(1941. 7). 『귀촉도』.

1 '게'의 방언으로 사전에 등재되어 있고 음절수를 유지하기 위해 그대로 적는다.

"조금"은 조수가 가장 많이 빠져나가는 때를 가리키는 말이다. 『춘추』 에는 '조금'이라는 제목 다음에 "干潮"라고 병기되어 있고, 『귀촉도』에는 그냥 "조금"으로만 나와 있는데, 일지사판 『서정주 문학 전집』에는 "干潮" 라는 한자어로 제목이 바뀌었다. 그런데 '간조'와 '조금'은 같은 말이 아니 다. '간조'는 단순히 썰물이 빠져나간 상태를 가리키는 한자어지만, '조금' 은 한 달 가운데 조수가 가장 낮은 때를 이르는 말이다. 이것을 보더라도 『서정주 문학 전집』이 얼마나 자의적으로 편찬되었는지를 알 수 있다.

첫 연은 우리 삶의 단면을 비유적으로 표현했다. 우리가 산다는 것은 바닷물이 빠져나간 간조 때 뻘밭을 기어 다니며 게 새끼 같은 거나 잡아 먹는 누추하고 비속한 일이라는 것이다. 그렇게 비속한 것이 삶인데 우 리들은 "노오란 조금에 취하여", 다시 말해 생이 안겨주는 잠깐의 쾌락 에 마비되어 나날의 삶을 이어가고 있다. "노오란 조금"이란 표현은 황 혼 무렵의 색조를 나타내는 동시에 간조의 뻘밭에서 얻는 수확의 기쁨 도 환기한다. 그러나 수확의 실제 내용물이 "게 새끼"에 불과하다는 점 에서 기쁨은 허망함으로 전환된다.

둘째 연은 자신의 실패의 궤적을 고백했다. 사람들은 대부분 무엇인 가를 소망하며 살고 있지만 실제로 어떤 것을 선택해야 할 결정적인 계 기가 찾아왔을 때 그곳으로 가겠다는 결단을 내리지 못하고 포기하게 된다. "정말의 바닷물"은 『춘추』 발표본에는 "참말의 바닷물"로 되어 있 다. 그러니까 첫 행은 '그렇게 기다리던 바닷물이 정말로 들어왔을 때'라 는 뜻이다. 이것은 우리가 소망하던 이상의 세계가 만조의 바다처럼 바 로 우리들의 턱밑에까지 들어온 그 절정의 순간을 표현한 것이다. 그런 절호의 기회가 왔는데도 이상을 향해 나아가지 못한 것은 자신이 뿌리

내린 현실에 대한 미련 때문이다. 시인은 그것을 "고삐가 안 풀리어 가지 못하고"라고 표현했다. 그 고삐는 자신이 매어놓은 것이다. 그래서 「바다」에서 진정으로 탈출하려면 "애비를 잊어버려 / 에미를 잊어버려 / 형제와 친척과 동무를 잊어버려 / 마지막 네 계집을 잊어버려"라고 외쳤던 것이다. 우리를 잡아매고 있는 현실의 끈은 그렇게 집요하게 이상 세계로의 탈출을 제어하고 있다. 정말 간절하게 무엇을 원했지만 현실의 관계 때문에 그것을 포기하게 된 경험을 가진 사람이라면 누구든 이 구절에 공감을 얻을 수 있을 것이다.

셋째 연은 소망의 세계로 가지 못하고 주저앉은 채 살고 있는 우리 삶의 실상을 비유적으로 표현했다. 자신이 매어놓은 현실의 굴레 때문에 가지 못한 것이지만 자신이 소망하는 세계에 대한 갈망은 쉽게 포기되지 않는다. 그것은 인간이기 때문에 어쩔 수 없이 갖게 되는 본능적 욕망이다. 인간은 유치환의 「깃발」처럼 어디론가 가고 싶으나 깃대에 묶여 가지 못하고 몸부림치는 모순된 존재다. 이상 세계에 대한 간절한 기다림과 처절한 몸부림을 "불기둥처럼 서서 울다간"이라고 표현했다. 기둥처럼 높이 치솟는 불길로 처절한 마음의 양태를 표현한 것이다. 그런 일이 반복되면서 "며느리발톱"이 저절로 생겨났다고 했다. 며느리발톱은 새나 말 같은 짐승의 발 뒤쪽에 돋아난 작은 돌기를 뜻한다. 미당의 특이한 관찰과 상상력은 짐승의 발에 난 며느리발톱을 무언가를 소망하며 발돋움하는 인간 마음의 표상으로 전환시킨 것이다. 자신이 소망하는 세계로 가고 싶어서 발돋움하며 안간힘을 쓰다가 며느리발톱까지 생겨났다는 뜻이다.

넷째 연은 다시 현재의 누추한 삶의 국면을 드러냈다. "아아"라는 감탄사는 그렇게 소망하면서도 결국은 현실의 굴레 때문에 탈출을 포기하고 애타는 그리움만으로 살아가는 우리 인간의 존재론적 한계를 자인하는 탄식이다. 삶이란 진정한 만남의 기회를 놓치고 지낼 수밖에 없는 실추와 비탄의 연속이다. 그렇게 허망하고 가련한 존재가 바로 인간이다.

가슴에 쓰라린 회한을 안고 "그냥 팍팍하여 땀 흘리며" 해가 지듯 저무는 존재가 인간인 것이다. 시의 결구는 소망의 세계를 다시 만나지 못하리라는 단절의 탄식으로 끝나지만 그다음 일을 알 수 없는 것이 또한 인간이다. 불기둥처럼 서서 울던 그 간절함이 쉽게 삭을 수는 없기 때문이다.

이 시를 발표했을 때 그의 나이 26세였다. 그런데 그는 마치 세상을 다 살아본 사람처럼 이러한 환멸의 심정을 노래했다. 이상의 세계를 동경하면서도 지상적 한계에 머물 수밖에 없는 인간의 존재론적 고민을 담아낸 시가 20대 중반의 나이에 완성되었다는 사실은 놀라운 일이다. 서정주는 1941년 2월 만주에서 귀국하여 『화사집』 출간을 확인하고, 그해 4월에 고향에 있던 처자를 불러올려 서울 행당동에 전세방을 마련하고 동대문여학교에서 아이들을 가르쳤다. 그는 이러한 생활인의 처지에서 가난 속에 떠도는 친구 예술가들을 생각하면 "무언지 많이 미안하고 불안하고 죄진 것" 같은 느낌을 가졌다고 회고했다.[1] 자의식이 강한 그에게 자신의 삶이 질퍽이는 뻘밭을 기어 다니며 게 새끼 같은 거나 잡아먹는 비루한 일로 비쳤을지 모른다. 이 시기 미당의 시는 바로 이런 실존적 고민을 안고 방황하는 가운데 창작되었다.

그 고민이 "불기둥처럼 서서 울다간 / 스스로이 생겨난 며느리발톱."이라는 독특한 표현을 낳게 했다는 점도 깊이 음미해볼 만하다. 울음의 처절함과 그 처절함에도 불구하고 아무것도 이루지 못하는 허망함을 나타내기 위해 미당은 전에 없는 새로운 비유를 개발했다. 시어 창조를 위한 헌신적 노력은 「시의 이야기」(『매일신보』, 1942. 7. 13~17)라는 그의 산문에서도 확인된다. 서정주 친일 문학의 출발을 알리는 문건으로 흔히 거론되는 이 글은 미요시 다츠지(三好達治)의 국민시 논의에 영향을 받아 국민시가 창작을 제창한 것으로 알려져 있지만, 결론 부분의 논지는 미요시의 주장과 다르고 최재서의 국민문학론과도 크게 다르다. 글

---

1 『미당 자서전 2』, 민음사, 1994, 91쪽.

시와 해설 81

의 흐름이 당시 서정주의 다른 산문과는 달리 상당히 논리적이고 조리가 있어서 신문사 쪽에서 윤문을 했다는 느낌도 든다.

이 글을 끝맺는 부분에서 서정주는 할 말은 꼭 해야겠다는 투로 매우 중요한 발언을 한다. "최근에 국민시가라고 하여서 잡지나 신문 등에 발표되는 시는 나로 하여금 오랫동안 잊어버렸던 환멸을 자아내게 하였다"고 비판하고 시에서는 무엇보다도 "언어 해조諧調"가 중요하다고 강조했다. 시인이란 세속 언어의 잡초 무성한 삼림을 헤매면서 태초의 말씀에 해당하는 언어의 원형을 찾아내 새롭게 불을 밝히는 존재라고 말하며 이런 점에서 김영랑과 정지용의 노력을 높이 사야 한다고 밝혔다. 이것은 분명 동양문화론이나 국민시가 제창의 방향과는 다른 결론이다. 시인이 언어를 찾아 노력하는 모습은 "최애最愛의 애인에게 꼭 한마디만 하고 싶은 말을 찾아서 청춘의 대부분을 소모해야 하는 애정의 숙명과 꼭 같은 것"[2]이라고 단언했다. 이러한 시어에 대한 철저한 자각과 새로운 가락을 찾으려는 노력에 의해 다른 어느 시에서도 보지 못한 그의 새로운 표현이 창조되었을 것이다.

2 서정주, 「시의 이야기」, 『매일신보』 1942. 7. 17.

골목

날이 날마다 드나드는 이 골목.
이른 아침에 홀로 나와서
해지면 흥얼흥얼 돌아가는 이 골목.

가난하고 외롭고 이지러진 사람들이
웅크리고 땅 보며 오고 가는 이 골목.

서럽지도 아니한 푸른 하늘이
홑이불처럼 이 골목을 덮어,
하이연 박꽃 지붕에 피고

이 골목은 금시라도 날아갈 듯이
구석구석 쓸쓸함이 물밀듯 사무쳐서,
바람 불면 흔들리는 오막살이뿐이다.

장돌뱅이 팔만이와 복동이의 사는 골목.
내, 늙도록 이 골목을 사랑하고
이 골목에서 살다 가리라.

＊『예술』(1946. 1), 『귀촉도』.

해설

서정주는 해방이 되자 다시 가족을 이끌고 서울로 올라와 일본인이 남긴 공덕동의 적산가옥을 얻어 지내며 『춘추』지의 편집부장을 맡아 일하고 있었다. 이 시는 바로 그해 겨울에 썼다고 회고했다. 모처럼 해방을 맞아 생활에 정착하고 이웃들과 더불어 자연인으로 살고 싶어 하는 소박한 기대가 담겨 있어서 서정주의 시로서는 이채로운 느낌을 준다. 그런 점에서 그의 시 중 가장 소박한 심정을 담아낸 작품이라 할 수 있다. 비속한 세상에서 탈출하고 싶은 욕망에 시달리던 그런 폭염의 계절을 지나 생활에 안착하고자 하는 시인의 귀속감이 표현된 시다.

이 시에도 문학하는 사람의 고독과 소외의식이 나타나 있기는 하다. "이른 아침에 홀로 나와서 / 해지면 흥얼흥얼 돌아가는 이 골목"에서 "홀로"가 고독의 소외감을, "흥얼흥얼"이 생활에 귀속되지 않고 여전히 방관자로 남고 싶어 하는 마음의 흐름을 나타낸다. "가난하고 외롭고 이지러진 사람들이 / 웅크리고 땅 보며 오고 가는 이 골목"은 당시 남한 전역을 누른 궁핍이라는 문제점과 미군정의 통치하에 놓인 전망 없는 현실의 암울함을 드러내고 있기도 하다. 푸른 하늘이 골목을 덮은 모습을 "홑이불"에 비유한 것도 서민의 가난한 삶을 암시한 것이다. 서민들이 사는 골목에 오막살이집만 있는 스산한 풍경을 "금시라도 날아갈 듯이", "바람 불면 흔들리는"으로 표현한 것도 그러한 의식의 소산이다.

이러한 가난의 풍경을 시인이 어떻게 받아들이는가가 문제인데, 그는 "팔만이와 복동이"라는 서민의 실명을 제시해가며 서민들이 사는 이 골목을 사랑하고 이 골목에서 평생을 살다 갈 것이라고 이야기했다. 여기 '팔만이'라는 이름은 그의 다른 글에도 더러 나오는 호칭이다. 생각나는 대로 열거한 듯한 "장돌뱅이 팔만이와 복동이"라는 구절도 가만히 음미해보면 소리의 미학에 대해 미당이 얼마나 뛰어난 감각을 지녔는가를 깨닫게 한다. "장돌뱅이"의 유성음 받침과 '아', '오' 음의 교차가 "팔만이", "복동이"의 유성음 받침과 '아', '오' 음의 교차로 자연스럽게 이어지면서 서민적인 느낌까지 담아 전하는 시어 선택의 묘미는 그렇게 흔하게 접할 수 있는 사례가 아니다. "팔만이와 복동이" 대신에 다른 이름을 집어넣고 읽어보면 이 시어의 선택이 얼마나 자연스러운 것인지 알 수 있을 것이다.

서민의 삶에 대한 직선적 고백이 나오는 것은 아마도 이 시가 처음이자 마지막일 것이다. 일제 말부터 해방 이후까지 이천만 동포는 거의 모두 가난 속에 살았다. 서민의 일원인 미당은 "늙도록" 이 가난한 골목을 사랑하고 살겠다고 말했다. 40대 중반 이후 그의 삶은 이와는 많이 달라졌지만 이때에는 그의 순정이 유지되고 있었다. 이후 그는 가난의 문제를 거의 직접 표명하지 않았고, 그것을 이야기하는 경우에도 비유를 통해 간접적으로 드러냈다. 이 시의 "장돌뱅이"라는 말은 골목에 사는 사람들과의 친숙감을 나타내기 위해 선택되었을 텐데, 한편으로는 그가 한때 기댔던 유랑의 자유를 연상시키기도 한다. 시인 교수로서 그의 생활이 안정되어갈수록 장돌뱅이의 형상은 그의 뇌리에서 점점 사라져갔다. 그러나 이것이 어찌 그에게만 해당되는 일이겠는가?

푸르른 날

눈이 부시게 푸르른 날은
그리운 사람을 그리워하자

저기 저기 저, 가을 꽃 자리
초록이 지쳐 단풍 드는데

눈이 내리면 어이 하리야
봄이 또 오면 어이 하리야

내가 죽고서 네가 산다면!
네가 죽고서 내가 산다면![1]

눈이 부시게 푸르른 날은
그리운 사람을 그리워하자

*『생활문화』(1946. 2), 『귀촉도』.

---

1 이 시행의 문장 부호가 『귀촉도』에는 느낌표와 물음표로, 『생활문화』와 『서정주 시선』에
는 모두 느낌표로, 『서정주 문학 전집』(일지사)에는 물음표와 느낌표로, 『미당 서정주 시 전집』
(민음사)에는 느낌표와 물음표로 되어 있다. 『서정주 문학 전집』은 명백한 오식이고, 『미당
서정주 시 전집』은 『귀촉도』 표기를 따른 것이다. 최초본 『생활문화』와 수정본 『서정주
시선』을 중시하여 둘 다 느낌표로 확정한다.

　미당의 천부적인 운율 감각이 유감없이 발휘된 작품이다. 작품 전체에 걸쳐 '르, ㄴ, ㅇ' 등의 유성음이 반복되면서 부드럽고 유장한 운율미를 만들어내는데, 그 운율의 전개는 사랑의 마음이 굽이쳐 흐르는 양태를 그대로 형상화한다. 따라서 이 시를 몇 번 낭독하면 아름다운 말소리의 울림에 사랑을 생각하지 않았던 사람도 사랑의 감정을 느끼게 될 정도다. 시인은 아름다운 소리의 가락으로 순연하면서도 애틋한 사랑의 감정을 펼쳐낸다. 눈이 부시게 푸르른 날, 잡티 하나 없이 순수하고 맑은 날, 세속의 이모저모를 헤아리는 것은 어울리지 않는 일이다. 순연한 하늘의 모습에 가장 잘 부응하는 일은 그리운 사람을 그리워하는 일이다. 사랑이란 그만큼 아름답고 순수한 상태에서 자연스럽게 우러나오는 감정이기 때문이다. 눈이 부시게 푸르른 날 하늘을 우러르면 사랑하는 사람을 만나고 싶고, 사랑하는 사람이 없는 사람도 사랑하고 싶은 충동이 일어난다.

　2연 서두에 나오는 "저기 저기 저"라는 말은, 계절의 변화에 의해 얼마 전에도 보이지 않던 대상이 갑자기 다르게 보이는, 풍경의 차이에 감탄하는 경이감의 표현이다. 가을에 꽃이 피었던 저 자리에 어느새 꽃이 지고, 빛나던 초록도 사라지면서 단풍이 물들고 있다. 우리가 느끼지 못하는 사이에 시간은 이렇게 쉬지 않고 흘러간다. 오늘의 이 푸르른 날도 내일 어떻게 변할지 알 수 없다. 지금은 초록이 지쳐 단풍 들지만 단풍 든 다음에는 눈이 내리고 눈이 그치면 봄이 올 것이다. 세월은 이렇게 덧없이 흘러간다. 그러한 세월의 흐름 속에 나나 네가 먼저 죽을 수도 있을 터인데 그것은 상상하기조차 싫은 일이다. 이렇게 세월의 흐름이 무상하므로 오늘처럼 하늘이 푸르른 날은 그리운 사람을 그리워할 수밖에 없는 것이다.

5연의 두 행에 찍힌 느낌표는 상상하기조차 싫은 두 사람의 어긋난 사별의 상황을 충격적으로 드러내는 기능을 한다. 내가 죽고 너만 산다든가 네가 죽고 나만 사는 일은 도저히 견딜 수 없는 일이기에 그 끔찍함을 느낌표로 나타냈다. 견딜 수 없는 정도의 차이를 고려하여 두 시행의 순서를 배정했다. 내가 죽고 네가 사는 상황은 슬픈 상상이긴 하지만 내가 죽은 다음의 일은 알 수 없으니 받아들일 수밖에 없다. 그러나 너 없이 내가 산다는 것은 도저히 견딜 수 없는 가혹한 시련이다. 유사한 말의 반복 같아 보이지만 여기에는 분명 고통의 강도에 차이가 있고, 그 차이를 고려해서 두 시행을 배치한 것임을 알 수 있다.

이 시에는 세월의 무상함을 사랑의 마음으로 넘어서보고자 하는 뜻도 내포되어 있는 것 같다. 세월의 무상한 흐름 속에 그리운 사람을 그리워한다면 그것이 하늘이 푸르른 날에만 행해질 이치가 없다. 단풍이 눈부시게 물든 날, 눈이 새하얗게 내린 날, 봄빛이 피어오는 날, 그 어느 날에도 그리운 사람을 그리워하는 마음은 솟아오를 것이다. 세월의 무량한 흐름 속에 그리움과 사랑은 계속 이어갈 것이니 사랑은 영원하다는 뜻이 여기 내포되어 있다. 그 사랑의 영원함은 시간의 덧없음을 초월하게 하는 동력이 될 것이다. 영원에 대한 미당의 관심은 일제강점기에 싹터 해방 후에도 이렇게 지속되고 있다. 신라 정신에 대한 탐구는 영원에 대한 관심을 논리적으로 해명하는 단서가 된 것이지, 신라 정신에서 영원에 대한 자각이 생긴 것이 아니다. 이 시의 독해를 통해 이런 사실에 대한 이해도 이루어졌으면 좋겠다.

견우의 노래

우리들의 사랑을 위하여서는
이별이, 이별이 있어야 하네.

높았다, 낮았다, 출렁이는 물살과
물살 몰아갔다 오는 바람만이 있어야 하네.

오— 우리들의 그리움을 위하여서는
푸른 은핫물이 있어야 하네.

돌아서는 갈 수 없는 오롯한 이 자리에
불타는 홀몸만이 있어야 하네!

직녀여, 여기 번쩍이는 모래밭에
돋아나는 풀싹을 나는 세이고……

허이연 허이연 구름 속에서
그대는 베틀에 북을 놀리게.

눈썹 같은 반달이 중천에 걸리는
칠월 칠석이 돌아오기까지는,

검은 암소를 나는 먹이고
직녀여, 그대는 비단을 짜세.

* 『신문학』(1946. 6), 『귀촉도』.

해설

이 시는 전래 설화인 견우와 직녀의 이야기를 통하여 사랑과 이별의 관계를 노래한 작품이다. 설화의 모티프를 우리의 삶의 국면, 그것도 사랑의 국면으로 이끌어왔다는 점에서 「귀촉도」와는 다른 상상력의 변화를 보여준다.

1연은 한용운을 비롯한 여러 사랑 시에서 이미 접한 바 있는 역설적 표현이다. 그런데 서정주는 1연의 서술적 어구에서 그치지 않고 2연과 3연에서 그것을 심미적 장면으로 재구성하였다. 이것은 다른 역설적 화법의 사랑 시와 구별되는 서정주의 독특한 표현미학이다. 이별의 장면, 이별 후의 기다림과 그 안타까움을 그는 몇 가지 자연 이미지로 제시했다. "높았다, 낮았다, 출렁이는 물살", "물살 몰아갔다 오는 바람", "푸른 은핫물" 등은 이별한 두 사람 사이에 펼쳐진 아득한 공간의 정서적 환유다. 두 별로 나뉜 견우와 직녀 사이에는 은하수가 흐른다. 은하수는 밤하늘에 떠 있는 별무리의 비유어지만 "은핫물"이라는 말은 그것을 실제적인 강물의 흐름으로 변환시킨다. 두 별 사이에 푸른 강물이 흐르고 바람이 불고 물결이 출렁이는 영상을 배치한 것이다. 이 자연의 움직임은 두 사람 사이에 오가는 애틋한 그리움을 연상시킨다. 이러한 그리움이 있기에 1년에 단 한 번 이루어지는 만남은 더욱 황홀한 사랑으로 승화된다.

그리움의 정서는 4연에서 "불타는 홀몸"이라는 말로 전환되면서 고독 속에 지펴지는 사랑의 불길과 인고의 시간을 함축한다. 이 부분의 시각적 표현은 출렁이는 물살과 오가는 바람과 저 멀리 흘러가는 푸른 강물을 바라보며, 만남의 그날을 기다리는 고독한 자아의 내면에 불길처럼 타오르는 사랑의 열기가 도사리고 있음을 알려준다. 물과 바람으로 이어진 2, 3연의 서늘한 이미지는 4연의 불의 이미지와 대조를 이루면서 쓸쓸한 그리움의 시간과 그 안에서 열도를 더해가는 사랑의 간절함을 대비적으로 드러낸다. 4연에만 찍힌 뚜렷한 느낌표는 사랑의 만남을 이루기 위해서 이처럼 고독의 시간을 보낼 수밖에 없다는 결단의 자기 암시를 강하게 드러낸다.

"불타는 홀몸"의 시간을 보낼 수밖에 없다는 사실을 자인하자 마음은 가라앉고 고독을 순리로 받아들이게 된다. 그래서 화자는 강변 모래밭을 거닐며 거기 돋아나는 풀싹을 세기도 하고 풀을 베어 암소를 먹이기도 한다. 그대 역시 베틀에 북을 놀려 베를 짜면서 시간을 보내라고 당부한다. 견우인 나는 소를 기르고 직녀인 당신은 베를 짜는 것이 기다리며 할 수 있는 최선의 일이다. 물론 "번쩍이는 모래밭"을 보여주고 "허이연 구름"을 제시한 것으로 보아 아직 감정의 파동이 완전히 가라앉지 않았음을 알 수 있다. "번쩍이는 모래밭"은 감추려 해도 터져 나오는 사랑의 열기를, "허이연 구름"은 그대 없이 보내는 시간의 허전함을 나타내기 때문이다. 그러나 이러한 감정의 부분적 노출에도 불구하고 화자인 견우는 현재의 상황을 체념으로 받아들이며 자신의 일에 충실할 수밖에 없음을 토로한다.

두 사람이 만나는 시간은 "눈썹 같은 반달이 중천에 걸리는" 칠월 칠석으로 되어 있다. "눈썹"은 서정주 시에서 여인의 아름다움이라든가 신비함을 나타내는 시어로 자주 등장하는 말이다. 「수대동 시」에서 "눈썹이 검은 금녀 동생"이라는 말로 여성의 인상적인 용모를 표현한 바 있다. 이 시의 "눈썹"은 거기서 더 나아가 보고 싶은 여인에 대한 그리움을 내포한 시어로 제시되었다. 음력 7일이면 상현달이 처음 나타나기 시작하는 때라 완전한 반달이 아니라 왼쪽이 더 가려진 형태로 중천에 보인다. 이것을 서정주는 "눈썹 같은 반달"이라고 표현한 것이다.

여인의 고운 눈썹 같은 달이 중천에 걸릴 때 비로소 푸른 강물을 건너 두 남녀가 만나는 장면은 생각만 해도 아름답다. 그 아름다운 날을 기다리며 나는 소를 먹이고 그대는 비단을 짜자고 담담히 말한다. 말은 담담히 하지만 마음속까지 담담한 것은 아니다. 여기에는 단 한 번의 만남을 위해 1년을 기다려야 하는 인고의 아픔이 담겨 있다. 마지막 부분의 "짜세"는 원본에 "짜ㅎ세"라고 되어 있다. 이 표기는 『귀촉도』와 『서정주 시선』에 그대로 이어진다. 기다림과 사랑의 언약을 마무리 짓는 대목이기 때문에 강세의 어감을 표현하기 위해 'ㅎ'을 넣은 것으로 보인다. 표준어는 물론 '짜다'지만 감정의 진실을 나타내기 위해 "짜ㅎ세"라는 말이 필요했을 것이다.

이 시는 견우와 직녀의 설화를 통해 '사랑은 기다림이다.'라는 명제를 시적인 언술로 형상화하는 데 성공했다. 이 명제가 그 후의 많은 사랑 시에 영향을 주어 무수한 변주를 낳게 했음은 우리가 잘 알고 있는 사실이다. 그만큼 이 시는 사랑과 그리움에 대한 인간사의 보편성을 충분히 확보하고 있다. 평범해 보이는 한 편의 사랑 시에도 미당의 선구적 감수성이 빛나고 있다.

밀어密語

순이야. 영이야. 또 돌아간 남아.

굳이 잠긴 잿빛의 문을 열고 나와서
하늘가에 머무른 꽃봉오릴 보아라

한없는 누에 실의 올과 날로 짜 늘인
차일을 두른 듯, 아늑한 하늘가에
뺨 부비며 열려 있는 꽃봉오릴 보아라

순이야. 영이야. 또 돌아간 남아.

저,
가슴같이 따뜻한 삼월의 하늘가에
인제 바로 숨 쉬는 꽃봉오릴 보아라

* 『백민』(1947. 3), 『귀촉도』.

이 시의 첫 행 "순이야. 영이야. 또 돌아간 남아."를 읽으면 역시 미당은 천부의 언어 감각을 지닌 시인이라는 생각이 저절로 솟아난다. 순이, 영이, 남이는 흔한 여자아이의 이름이다. 여자아이의 이름이 어찌 이것밖에 없겠는가? 그런데 이 세 개의 이름은 이 자리에 놓인 것이 당연한 일이라는 그런 필연의 안정감으로 제자리를 차지하고 있다. 이름의 순서나 내용을 바꾸어서 "남이야. 영이야. 또 돌아간 순아"라고 읽거나 "영이야. 순이야. 또 돌아간 숙아"라고 읽어보라. 처음과는 다른 어색한 느낌을 받을 것이다. 다른 무엇으로 바꾸어도 "순이야. 영이야. 또 돌아간 남아."보다 더 자연스러운 배치는 없다는 것을 알게 될 것이다. 여기에 논리로 설명하기 어려운 미당만의 독특한 미학이 있다.

"밀어"란 비밀스럽게 하는 말이다. 순이, 영이, 또 세상 떠난 남이에게 봄에 피는 꽃봉오리를 보라는 말을 비밀스럽게 전하고 있다. 그 말이 비밀이라는 뜻이 아니라 꽃봉오리에 담겨 있는 비밀스러운 전언을 알아차리라는 취지다. 꽃봉오리는 굳게 잠긴 잿빛의 문을 열고 나와서 하늘가에 머물러 있다. 밀폐된 죽음의 세계에서 벗어나 신생의 하늘가에 돋아 있는 것이다. 그것은 죽음을 극복한 소생의 표상이며 어둠을 몰아낸 여명의 형상이다. 하늘은 마치 비단으로 짜 올린 고운 차일처럼 아늑한 모습으로 펼쳐져 있고, 거기 꽃봉오리들은 뺨을 부비는 다정한 연인처럼 정겨운 모습으로 피어 있다. 그러기에 이 꽃봉오리는 살아 있는 사람만이 아니라 저승에 간 남이도 볼 수 있다. 이승과 저승이 교차하고 삶과 죽음이 융합하는 생명의 지평을 펼쳐 보인 것이다.

아늑하고 다정한 공간 형상은 따뜻한 가슴의 온기로 이어진다. 여기 나온 "가슴같이 따뜻한 삼월"이라는 구절은 추상적인 마음이 아니라 손으로 감촉할 수 있는 신체의 온기를 지칭한 것이다. 따뜻한 피가 흐르는 가슴이라면 굳게 잠긴 잿빛의 문도 열어젖힐 수 있다. 우리 인간은 모두 따뜻한 가슴을 가진 존재라는 시인의 긍정적 사유도 엿볼 수 있다. 피가 끓는 여름 대낮의 열기를 그는 충분히 극복한 것이다. 가슴같이 따뜻한 하늘가에 이제 바로 숨을 쉬기 시작한 신생의 꽃봉오리, 그 생명의 표상을 보면 산 자건 죽은 자건 모두 생의 기운과 의지를 가슴속에 꽃피울 수 있을 것이다.

겨울이 가고 봄을 맞는 새로운 느낌을 꽃봉오리의 이미지에 초점을 맞추어 쉽고도 감미롭게 표현하면서 그 자연 정경을 통해 죽음과 삶이 소통할 수 있다고 생각한 독특한 상상력, 이것이 이 시의 특별한 매력이다.

목화

누님.
눈물 겨웁습니다

이, 우물물같이 고이는 푸름 속에
다수굿이 젖어 있는 붉고 흰 목화 꽃은,
누님
누님이 피우셨지요?

퉁기면 울릴 듯한 가을의 푸르름엔
바윗돌도 모다 바스라져 내리는데……

저, 마약과 같은 봄을 지내어서
저, 무지한 여름을 지내어서
질경이풀 지슴길[1]을 오르내리며
허리 구부리고 피우셨지요?

•『귀촉도』.

1 "지슴"은 '잡초'의 방언이고 "지슴길"은 '잡초가 우거진 길'이라는 뜻이다.

해설

『귀촉도』와『서정주 시선』에 실렸지만, 첫 발표 지면은 밝혀지지 않았다. 『서정주 시선』에 해방 후 작품으로 분류되어 있어서『귀촉도』수록분 작품 해설이 끝나는 자리에 순서를 배정했다. 서정주의 대표시로 별로 뽑히지 않는 작품이지만, "누님"의 이미지가 처음 등장하고「국화 옆에서」와 유사한 발상을 보이면서도 독자적인 미감을 충분히 드러내고 있어서 자세히 검토할 만하다.

서정주의 대부분 시가 그렇듯이 이 시도 호기심을 자아내는 돌발적인 문장으로 시작한다. "누님. / 눈물 겨웁습니다"라는 첫 구절을 읽으면 화자가 눈물겨워하는 이유가 무엇이며, 자신의 눈물겨움을 왜 누님에게 호소하는가 하는 의문이 생겨난다. 이 의문이 호기심을 자아내고 그다음 시행을 읽도록 우리를 유인해간다.

목화 꽃은 가을로 접어들 무렵 피기 시작하는데 처음에는 흰색 꽃이 피었다가 시간이 지나면 분홍색으로 변한다. 시인은 가을에 핀 목화 꽃을 보고 그 꽃을 누님이 피우신 것이 아니냐고 묻고 있다. 목화 꽃은 "우물물같이 고이는 푸름 속에 / 다수굿이 젖어 있는 붉고 흰" 모양을 하고 있다. "우물물같이 고이는 푸름"이 내면의 성숙과 깊이를 나타내고 "다수굿이 젖어 있는" 꽃 모양은 내면의 성숙 앞에 겸손함을 보이는 모습이라고 누구나 생각할 수 있다. 그런데 중요한 것은 그 성숙과 겸손을 보여주는 꽃을 누님이 피웠다고 생각한다는 사실이다. 그리고 그 소담한 꽃을 피운 누님의 마음과 능력 앞에 시인이 눈물겨워한다는 사실이다. 누님이 이 꽃을 피운 내력이 왜 눈물겹게 느껴지는 것일까?

그것에 대한 해답이 될 수 있는 내용이 그다음 연에 나온다. 시인은 청명하고 순수한 가을의 푸르름이 막강한 힘을 지니고 있어서 단단한 바윗돌도 잘게 부수어버린다고 생각한 것이다. 물론 이것은 사실이 아니라 마음속의 상상이다. 여기에는 단단하고 크고 거친 남성성과 부드럽고 따뜻하고 고운 여성성이 대비를 이룬다. 누님의 여성성은 가을의 순수를 지배하는 동력이다. 그렇기 때문에 누님이 순수한 가을의 푸름 속에 다소곳한 꽃을 피울 수 있었다는 뜻이다. 봄은 마약과 같은 매혹과 도취의 능력이 있지만 거친 바위를 부술 수 없고, 여름 역시 무지한 저돌성을 지니고 있지만 딱딱한 바위에 맞서지 못한다. 오직 가을의 여성성 그 푸르름만이 바윗돌의 거침을 부수고 성숙과 겸손의 꽃을 피워낼 수 있는 것이다.

그러한 가을의 성숙이 우연히 이루어지는 것은 아니다. 여기에는 마약과 같은 봄, 무지한 여름을 견뎌내는 인고의 과정이 필요하다. "질경이풀 지슴길"은 잡초가 무성한 거친 길을 의미한다. 거칠고 험한 길을 오르내리며 허리를 구부리고 목화를 돌보았으니 가을에 소담한 꽃이 피어났다는 뜻이다. 험한 노역을 마다하지 않고 정성껏 목화를 돌본 누님에 대한 고마움도 표현하면서 부드럽고 고운 여성성이 승리하는 가을의 푸른 힘을 누님과 목화의 이미지로 형상화했다. 미당의 대표작 「국화 옆에서」를 준비하는 예비적 단계의 시라고 할 수 있다.

신록

어이할거나
아— 나는 사랑을 가졌어라
남 몰래 혼자서 사랑을 가졌어라!

천지엔 이제 꽃잎이 지고
새로운 녹음이 다시 돋아나
또 한 번 날 에워싸는데

못 견디게 서러운 몸짓을 하며
붉은 꽃잎은 떨어져 내려
펄펄펄 펄펄펄 떨어져 내려

신라 가시내의 숨결과 같은
신라 가시내의 머리털 같은
풀밭에 바람 속에 떨어져 내려

올해도 내 앞에 흩날리는데
부르르 떨며 흩날리는데……

아— 나는 사랑을 가졌어라
꾀꼬리처럼 울지도 못할
기찬 사랑을 혼자서 가졌어라

*『문화』(1947. 4), 『서정주 시선』(1956. 11).

해설

「푸르른 날」과 대비가 되는 작품이다. 「푸르른 날」은 눈부시게 푸른 가을 하늘을 보면 사랑하는 사람을 그리워하게 된다는 내용이다. 이 시는 꽃이 지고 신록이 물드는 5월에 자기만의 비밀스러운 사랑을 시작하게 되었다는 내용이다. 신록의 계절은 사랑을 시작하기에 어울리고 청명한 하늘의 가을은 누군가를 그리워하기에 적합한 것일까?

시인은 "남 몰래 혼자서 사랑을 가졌어라!"라고 탄식하듯 고백했다. 서정주의 자서전을 보면 짝사랑의 기록이 많이 나온다. 1955년 이후의 일을 회고한 「속 천지유정」에도 1956년 여름부터 어느 여대생을 혼자서 못 견디게 그리워한 일이 언급된다. 미당은 그의 심사를 20대 이래 지속되어온 "감정의 지랄병"[1]이라고 표현했다. 그 여성에 대한 연정이 담긴 작품이 『신라초』에 실린 「무제」 세 편, 「사십」, 「재롱조」, 「여수」, 「바다」 등의 작품이라고 했다.[2] 이 작품들의 발표 시기는 1957년이고, 이때 그는 마흔두 살의 나이로 서라벌예술대학과 동국대학교에 강사로 나가고 있었다. 미당은 회고록에서 그 여학생을 마음으로만 좋아했을 뿐 좋아한다는 감정은 전혀 내비치지 않았음을 몇 번이나 강조하고 있다. 미당은 천성의 시인 기질 같은 짝사랑의 심리를 마흔 너머까지 버리지 못했다.

시의 제목은 '신록'이지만 이 시의 전면에 두드러지게 형상화된 것은 꽃잎이 떨어지는 장면이다. "천지엔 이제 꽃잎이 지고"에서 출발해서 "펄펄펄 펄펄펄 떨어져 내려"(3연), "풀밭에 바람 속에 떨어져 내려"(4연), "부르르 떨며 흩날리는데……"(5연) 등 세 연에 걸쳐서 꽃잎이 떨어

---

1 서정주, 「속 천지유정(2)」, 『월간문학』, 1974. 3, 56쪽.
2 서정주, 「속 천지유정(3)」, 『월간문학』, 1974. 4, 110~115쪽.

져 흩날리는 장면을 묘사했다. 신록이 피어나는 것보다 꽃잎이 떨어지는 것을 더욱 안타깝게 받아들인 것이다. 「푸르른 날」에서도 푸르른 하늘보다 "초록이 지쳐 단풍 드는" 것, 눈이 내리고 다시 봄이 오는 것, 그렇게 세월이 흘러가는 것을 더 가슴 아파했는데, 그것도 마찬가지 심정의 표현이다.

그런 맥락에서 시인은 꽃잎이 떨어지는 것을 "못 견디게 서러운 몸짓"이라고 표현했다. 꽃잎이 떨어지는 풀밭과 거기 오가는 바람을 "신라 가시내의 숨결", "신라 가시내의 머리털"이라는 신비로운 대상으로 표현했다. 꽃이 지고 녹음이 돋아나는 모든 것이 아름다운 자연의 정경이고 변화지만 그렇게 현상이 변한다는 사실이 자못 안타까운 것이다.

시간의 전변에 대한 안타까움이 반복된다는 것은 시인의 내면에 영원히 변하지 않는 것에 대한 갈망과 지향이 담겨 있음을 의미한다. 그가 지킬 수 있는 영원한 어떤 것은 '사랑의 감정'이다. 봄이건 여름이건 가을이건 사랑은 계절의 차이를 넘어 아무 차별 없이 그대로 지속될 것 같다. 그래서 시인은 그 사랑을 남이 모르는 혼자만의 사랑이라고 했다. 나 혼자만의 사랑은 거의 모든 서정 시인이 지니고 있는 마음의 속성이다. 「견우의 노래」에서는 이것을 "불타는 홀몸"이라고 표현했다. 그 사랑의 양태는 "펄펄펄 펄펄펄" 휘날리고 "부르르 떨며 흩날리는" 역동성을 지니고는 있으나 겉으로 그 속내를 드러내지는 않는다. 꾀꼬리처럼 자연스럽게 울려오는 사랑이 아니라 나만이 간직해야 할 비밀의 사랑, 드러나면 죽고 감추어야 꽃이 되는 그런 "기찬 사랑"이다. "기찬 사랑"이란 무어라고 말할 수 없을 정도로 가슴 벅찬 사랑을 의미한다.

「푸르른 날」도 그렇지만 이 시도 낭송에 어울린다. 낭송을 잘하면 시의 묘미가 더욱 생생하게 살아난다. "어이할거나"라는 첫 시행으로 호기심을 일으키고, 그 후에 전개되는 운율의 파노라마는 소리와 의미가 긴밀하게 호응하여 울려내는 아름다운 선율을 창조한다. 음성 구조와 의미 구조가 이렇게 절묘하게 호응을 이룬 시를 한국시사는 그렇게 많이 갖고 있지 않다. 천부적 재능으로 엮어낸 이 시의 운율미를 과학적으로 분석하고 설명하는 일은 학자의 몫이요, 그 아름다움을 온몸으로 체감하는 것은 독자의 몫이다.

추천사鞦韆詞 — 춘향의 말 1

향단아 그넷줄을 밀어라
머언 바다로
배를 내어밀듯이,
향단아

이 다수굿이 흔들리는 수양버들 나무와
베갯모에 놓이듯 한 풀꽃더미로부터,
자잘한 나비새끼 꾀꼬리들로부터
아주 내어밀듯이, 향단아

산호도 섬도 없는 저 하늘로
나를 밀어 올려 다오.
채색한 구름같이 나를 밀어 올려 다오
이 울렁이는 가슴을 밀어 올려 다오!

서으로 가는 달같이는
나는 아무래도 갈 수가 없다.

바람이 파도를 밀어 올리듯이
그렇게 나를 밀어 올려 다오
향단아.

『문화』(1947. 10). 『서정주 시선』.

해설

　1947년과 1948년 사이에 서정주는 춘향을 소재로 한 시를 여러 편 발표했다. 그 작품을 발표 순서대로 나열하면, 「춘향옥중가」(『대조』, 1947. 5), 「추천사 춘향의 말」(『문화』, 1947. 10), 「춘향옥중가(3)」(『대조』, 1947. 11), 「춘향 유문 - 이몽룡에게」(『민성』, 1948. 5) 등이다. 이 중 「춘향옥중가(3)」을 제외한 세 편이 『서정주 시선』에 수록되었다. 「춘향옥중가」가 「다시 밝은 날에」로 개제되고, 작품의 발표 순서와는 달리 「추천사 - 춘향의 말 1」, 「다시 밝은 날에 - 춘향의 말 2」, 「춘향 유문 - 춘향의 말 3」 순으로 시집에 수록되었다. 서정주는 「문 열어라 정도령아」, 「견우의 노래」, 「석굴암관세음의 노래」, 「통곡」 등을 통해 고전적인 사랑과 정한의 세계를 시로 표현했는데, 그러한 관심의 연장 선상에서 춘향을 화자로 설정한 시를 연이어 구상하여 발표한 것이다. 「다시 밝은 날에」보다 시상이 압축되고 선명한 「추천사」를 연작의 제1편으로 내세우고, 시상이 산만하여 춘향 연작의 초고처럼 보이는 「춘향옥중가(3)」을 제외한 것은 자신의 작품을 정확히 파악한 선별적 감식의 결과다.

　고전소설 「춘향전」에서 이 도령과 춘향의 첫 만남이 단오절 추천 놀이에서 비롯된 것이므로 그네를 소재로 삼은 것은 매우 자연스러운 착상이다. 그러나 이 시의 그네는 소설에 나오는 유희의 의미와는 아주 다른 새로운 의미를 지닌다. 춘향은 향단에게 그네를 밀라고 말하며 자신의 생각을 이야기한다. 화자는 그네를 미는 것을 먼 바다로 배를 띄우는 행위로 비유했다. 이것은 새로운 세계로 나아가고자 하는 화자의 지향을 나타낸다. 그러니까 그네를 타는 것은 자신의 지향을 실천하려는 의지의 표현이다. 이 시의 화자 춘향은 고전소설의 주인공이 아니라 서정주에 의해 새롭게 창조된 시인 자신의 분신이다.

2연에는 화자가 벗어나고자 하는 지상의 사물들이 열거된다. 이 사물들 역시 실재의 사물이라기보다는 화자의 의식 속에서 재구성된 대상들이다. "다수굿이 흔들리는 수양버들 나무"와 "베갯모에 놓이듯 한 풀꽃더미"는 그네 주변에서 볼 수 있는 얌전하고 어여쁜 정경이다. 그러나 그것이 아무리 정겨운 기색을 띠어도 화자는 그런 것에 관심이 없다. 봄의 화신인 나비나 꾀꼬리도 화자의 관심 밖에 있는 것은 마찬가지다. 그런 것들을 대수롭지 않게 보는 태도는 "풀꽃더미", "자잘한 나비새끼" 같은 말에서 드러난다. 요컨대 춘향은 표면적으로 아름답고 정겹게 보이는 지상의 공간에 마음을 두지 않고 거기서 완전히 벗어나고 싶어 한다. 그래서 춘향은 이들로부터 "아주 내어밀듯이" 자신의 그네를 밀어달라고 요청한다.

화자가 지향하는 세계가 3연에는 제시된다. 춘향이 가고자 하는 곳은 "산호도 섬도 없는 저 하늘", 즉 아무것도 걸림이 없는 무한하고 영원한 절대의 세계다. 처음에 "머언 바다로 / 배를 내어밀듯이"로 시작했기에 거추장스러운 대상으로 "산호"와 "섬"이 등장한 것이다. 춘향은 가변적인 세속의 굴레에서 벗어나 영원무궁의 천상에 깃들고 싶어 한다. 드넓은 하늘과 동화될 수 있는 존재는 하늘을 자유로이 떠다니는 구름이다. 그래서 자신이 소망하는 위상을 "채색한 구름"으로 미화하여 표현하고, 무한한 천공을 향해 나아가려는 자신의 갈망을 "이 울렁이는 가슴"으로 표현했다. 여기서 화자의 소망이 극대화되어 절정에 이르면서 행의 길이도 길어지고 고조된 감정을 나타내기 위해 음성적 반복과 단호한 느낌표가 선택되었다.

그러나 사람이 무엇을 강렬하게 원한다고 해서 자신이 바라는 목표에 도달할 수 있는 것이 아니다. 어쩌면 인간은 사소한 기쁨과 자질구레한 세상의 인연 속에 얽매여 살 수밖에 없는 존재인지도 모른다. 4연의 "서으로 가는 달같이는 / 나도 아무래도 갈 수가 없다"는 고백은 인간의 운명적 한계에 대한 솔직한 성찰에서 얻은 결론이다. 영원무궁의 천공으로 가고 싶지만 인간은 채색한 구름이 되거나 서방으로 가는 달이 될 수 없다. 하늘을 향해 솟아올랐다가 다시 떨어지는 것이 그네의 운명이 듯이 화자의 소망과 좌절 역시 그러한 움직임을 그린다.

그런데 초월에의 도약과 부득이한 좌절의 반복 속에서도 자신의 소망을 쉽사리 접지 않는 존재가 또한 인간이다. 끝없는 좌절 속에서도 초월의 꿈을 이어가는 것이 인간이 지닌 존재론적 성향이다. 인간은 그렇게 이율배반적 존재인 것이다. 5연에서 화자는 다시 "바람이 파도를 밀어 올리듯이" 자신을 밀어 올려달라고 요청한다. 지상적 한계에서 벗어나고자 하는 자신의 노력을 멈추지 않는 것이 인간의 숙명임을 스스로 인정하는 태도다. 그네는 인간의 도약과 좌절의 몸짓을 대변하는 상징적 사물로 설정되었다. 춘향과 그네를 이렇게 창조적으로 변용한 시는 서정주 이전에 없었다. 미당은 자신의 예술적 통찰력으로 인간의 존재론적 조건과 관련된 그네의 상징적 의미를 새롭게 창조한 것이다.

국화 옆에서

한 송이의 국화꽃을 피우기 위해
봄부터 소쩍새는
그렇게 울었나 보다

한 송이의 국화꽃을 피우기 위해
천둥은 먹구름 속에서
또 그렇게 울었나 보다

그립고 아쉬움에 가슴 조이던
머언 먼 젊음의 뒤안길에서
인제는 돌아와 거울 앞에 선
내 누님같이 생긴 꽃이여

노오란 네 꽃잎이 피려고
간밤엔 무서리가 저리 내리고
내게는 잠도 오지 않았나 보다

*『경향신문』(1947. 11. 9), 『서정주 시선』.

이 시는 아주 오랜 기간 동안 국어 교과서에 실렸다. 그래서 전 국민의 애송시로 굳건한 자리를 지켜왔다. 그러나 1987년 1월 서정주가 전두환 대통령 생일 축하시를 쓴 이후 그의 친일 문건이 전부 공개되고 친일시인, 어용시인으로 낙인이 찍히면서 이 시도 교과서에서 사라지게 되었다. 거기서 더 나아가 그에 대한 부정적 선입견이 확대되어 이 시가 일본 천황을 찬양하는 내용이라든가 이승만을 찬양한 시라는 폄하의 말도 나돌았다.

그러나 이 시는 시인에게 매우 친숙한 불교의 연기론적 세계관을 바탕으로 자연 현상에 대한 자신의 해석을 독특하게 표현한 순정한 서정시다. 이 시에는 요즘 생태학에서 말하는 통섭의 사유, 융합의 상상력도 담겨 있다. 시인의 개인적 이력 때문에 순정한 서정시가 왜곡되고 폄하되는 일은 없어야 한다.

한 송이 국화꽃을 피우기 위해 봄부터 소쩍새가 울고 여름에는 천둥이 먹구름 뒤에서 울었다는 상상은 일견 과장되어 보인다. 그러나 이 시의 진정한 의미와 가치는 이러한 상상이 과장이 아니라는 사실을 인식하는 데서 새롭게 발견된다. 시인은 세상 만물이 독립적으로 존재하는 것이 아니라 서로 연결되어 있다고 본다. 한 송이 국화꽃이 따로 존재하는 것이 아니라 소쩍새의 울음, 천둥의 울음과 관련되어 있고 그러한 시련과 고뇌의 과정 속에 비로소 하나의 생명체가 탄생한다는 생각을 한 것이다.

이러한 발상은 비단 국화꽃에만 해당하는 것이 아니라 모든 사물에 해당한다. 들판에 흔들리는 무수한 이름 모를 풀꽃들도 모두 평등한 가치와 오묘한 생명력을 갖춘 존재들이다. 풀잎 사이로 기어 다니는 벌레

들, 땅에 묻혀 보이지 않는 작은 미생물들까지도 귀중한 생명의 가치를 지니고 있다. 그 하나하나의 생명체를 만들어내기 위해 많은 요소가 질서 있게 결합하고, 그 나름의 시련과 고통의 과정을 거쳐 하나의 생명체가 완성되는 것이다.

3연의 "그립고 아쉬움에 가슴 조이던"이란 말은 물론 누님에게 해당하는 수식어지만 봄날 소쩍새의 울음과 여름 천둥의 울음과 관련된 말이기도 하다. 소쩍새가 우는 소리는 매우 처연해서 사람의 마음을 애처롭게 하고 먹구름 낀 하늘에 천둥이 우는 소리도 사람에게 음울한 느낌을 주기 때문이다. 시인은 국화꽃을 자신의 누님에 비유하였다. 젊음의 뒤안길을 거쳐 거울 앞에 선 누님은 젊음의 방황과 시련을 거쳤기에 인간사의 자잘한 아픔을 이해하고 웬만한 것은 다 포용할 수 있을 것 같다. 철없는 사랑 놀음이나 감정의 소용돌이에 휘말리지도 않을 것이다. 자신을 관조할 뿐만 아니라 세상을 관조하는 평정심을 누님은 지녔을 것이다. 그런 누님과 국화가 동일화된다는 것은 국화를 그런 정신적 가치를 지닌 존재로 인식한다는 뜻이다. 여기서 누님과 국화는 정신의 한 경지를 보여주는 동등한 위상에 놓이게 된다.

4연에서 시인은 국화꽃을 자신의 생활 체험과 관련지었다. 노란 네 꽃잎이 피려고 간밤엔 무서리가 저리 내리고 내게는 잠도 오지 않았을 것이라는 상상은 우주 만물의 상의성相依性과 유관성을 다시 한 번 상기시킨다. 하나의 생명이 탄생하는 마지막 순간까지 주위의 존재들은 상호 작용을 한다. 서리 내린 밤과 불면의 밤은 우연히 존재하는 것이 아니라 국화꽃이 피어나는 생명의 비밀스러운 움직임에 동조하고 호응하는 필연적 관계로 맺어진다. 그래서 서리 내리는 자연 현상과 잠들지 못하는 인간의 고민이 국화를 매개로 하여 의미 있는 관계로 맺어진다. 세상 만물이 연결되어 있다는 관점으로 보면 국화의 꽃핌, 한밤의 서리 내림, 잠들지 못함이 상호 관련되어 있고 대등한 가치를 지닌 현상으로 이해된다.

네 연으로 구성된 단순한 형식 속에 인간과 자연의 오묘한 섭리를 이처럼 압축적으로 밀도 있게 표현한 시는 드물다. 미당의 개인사에 아무리 부정한 요소가 있다 하더라도 이러한 순정한 서정시를 근거 없이 왜곡하는 일은 없어야 할 것이다.

풀리는 한강 가에서

강물이 풀리다니
강물은 무엇하러 또 풀리는가
우리들의 무슨 설움 무슨 기쁨 때문에
강물은 또 풀리는가

기러기같이
서리 묻은 섣달의 기러기같이
하늘의 얼음장 가슴으로 깨치며
내 한평생을 울고 가려 했더니

무어라 강물은 다시 풀리어
이 햇빛 이 물결을 내게 주는가

저 민들레나 쑥잎풀 같은 것들
또 한 번 고개 숙여 보라 함인가

황토 언덕
꽃상여
떼과부의 무리들
여기 서서 또 한 번 더 바라보라 함인가

강물이 풀리다니
강물은 무엇하러 또 풀리는가

우리들의 무슨 설움 무슨 기쁨 때문에

강물은 또 풀리는가

*『신천지』(1948. 3), 『서정주 시선』.

해설

이 시는 『신천지』에 '한강 가에서'라는 제목으로 처음 발표되었고, 『서정주 시선』에는 '풀리는 한강 가에서'라는 제목으로 수록되었는데, 다른 작품과는 달리 첫 발표작이 시집에 수록되면서 상당히 많이 수정되었다. 『신천지』 수록본을 원문 표기대로 인용하면 다음과 같다.

江물이 풀리다니
무엇하러 江물은 또 풀리는가.
우리들의 무슨 시름, 무슨 기쁨 때문에
江물은 대체 또 풀리는가.

기러기 같이
서리 묻은 섯달의 기러기 같이
하늘의 어름짱, 가슴으로 깨치며
한평생을 내, 울고 갈려 했드니

무어라 三月은 다시 와서
내 눈 앞에 江물을 풀리게 하는가.
목으론 바뜨러 울지도 못할
이 햇빛, 이 물결을 내게 주는가.

저 씨거운 문들레나 쑥니풀들을
또 한번만 고개 숙여, 보라 함인가.

저,

黃土ㅅ재나

꽃喪興

寡婦의 무리들을

여기 서서 똑똑히 바래보라 함인가.

江물이 풀리다니

무엇하러 江물은 또 풀리는가.

우리들의 무슨 서름, 무슨 기쁨 때문에

江물은 또 풀리는가.

두 작품을 비교해보면 시인이 시행 배치라든가 시어 하나의 의미에 대해서 얼마나 많이 고심을 하면서 작품을 가다듬어갔는지 알 수 있다. 첫 발표작 셋째 연의 네 행을 두 행으로 압축하여 개작한 것은 감정을 이완시키면서 오히려 긴장을 높이는 효과가 있다. "문들레나 쑥니풀들" 앞의 "씨거운"이라는 수식어를 과감히 삭제한 것이라든가, 감상적인 어구나 불필요한 음절을 삭제해서 의미의 밀도를 높이는 수법 역시 미당의 뛰어난 감식안을 알려주는 예다. 지금 보존되어 있는 다른 작품의 초고 원고를 보면, 짧은 시의 경우에도 상당히 많이 퇴고한 모습을 확인할 수 있다. 서정주는 천부의 재능을 고도의 숙련으로 완성해간 시인이다.

시인은 얼음이 풀리는 한강을 바라보며 강물이 풀리는 이유가 무엇인지 묻고 있다. 겨울로 표상되는 가혹한 시대를 살아오면서 그렇게 얼어붙은 상태로 삶이 지속될 것이라는 비관적 관념에 사로잡혀 있었는데, 다시 봄이 오고 햇빛이 비치고 강물이 풀리어 신생의 물결이 펼쳐진다는 사실이 시인에게는 부조리한 모순처럼 비친 것이다. 계절이 순환하는 것처럼 인간사도 순환하는 것인가? 우리의 삶에도 진정 봄이 오는 것인가 하는 회의가 든 것이다.

여기에는 힘겨운 역사의 고비를 헤쳐온 한국인의 정한이 얽혀 있다. 한 많은 사연을 간직한 사람들에게는 동결의 역사를 지나 해빙의 계절이 오는 것 자체가 슬픔일 수 있다. 겨울이 가고 봄이 오지만 사람들의 마음에는 아직 봄이 오지 않은 것이고, 슬픔과 아픔의 응어리가 그대로 얼어붙어 있다는 생각이 든 것이다. 그래서 시인은 서리 묻은 섣달의 기러기같이 한평생을 울고 가려 했다고 말했다. 그 시련의 형상은 뒤에서 "황토 언덕 / 꽃상여 / 떼과부의 무리들"로 형상화된다. "황토 언덕"이란 우리나라의 전형적인 언덕의 모습을 지칭한 것이지만 황토의 누런 색감과 흙먼지 이는 언덕의 모습은 신산한 생의 내력을 환기한다. 그리고 "꽃상여"와 "떼과부의 무리"는 애통한 죽음과 홀로 남은 여인들의 한을 암시함으로써 민족의 시련을 자연스럽게 연상시킨다.

일제강점과 해방의 소용돌이 속에 억울한 사람들이 죽어갔고 과부도 많이 생겼지만 남은 사람들은 여전히 생을 이어가고 있다. 희생과 존속으로 이어지는 기묘한 생의 흐름을 얼음 풀리는 한강이 우리에게 보여주고 있는 것 같다. 그것만이 아니라 한강은 봄을 맞이해 다시 돋아나는 민들레나 쑥잎 같은 들풀의 생명력과 햇살에 반짝이는 신생의 물결도 우리에게 보여준다. 이 신생의 풍경은 그 자체가 기쁨의 표상이지만 가슴에 한恨을 담고 있는 사람에게는 설움의 표상이기도 하다. 그래서 시인은 "무슨 설움 무슨 기쁨" 때문에 강물이 풀리는 것이냐고 자문한 것이다.

이 시에서 강물의 흐름과 변화는 삶의 일반적 국면을 상징하는 현상으로 설정되어 있다. 한강은 생의 고난을 상징하는 한의 공간이자 그것을 극복하고 생의 지속을 가능케 하는 극기의 공간이기도 하다. 얼음이 풀리는 강, 그 주변에 피어나는 작은 봄풀은 고난과 죽음을 넘어 생의 기미를 되찾게 하는 인도자 역할을 한다. 강물은 우리에게 길게 이어지는 한의 갈피를 보여주면서도 결국은 얼음 풀린 물결과 햇살을 통해 생의 안식과 위안을 얻게 한다. 한강을 노래한 대표적 시로 꼽히던 이 작품도 미당의 삶에 윤리적 비판이 가해지면서 우리 근거리에서 멀어져갔다.

춘향 유문遺文 — 춘향의 말 3

안녕히 계세요
도련님

지난 오월 단옷날, 처음 만나던 날
우리 둘이서 그늘 밑에 서 있던
그 무성하고 푸르던 나무같이
늘 안녕히 안녕히 계세요

저승이 어딘지는 똑똑히 모르지만
춘향의 사랑보단 오히려 더 먼
딴 나라는 아마 아닐 것입니다

천 길 땅 밑을 검은 물로 흐르거나
도솔천의 하늘을 구름으로 날더라도
그건 결국 도련님 곁 아니에요?

더구나 그 구름이 소나기 되어 퍼부을 때
춘향은 틀림없이 거기 있을 거예요!

• 도솔천: 불교의 욕계 6천의 제4천.

*『민성』(1948. 5), 『서정주 시선』.

해설

「춘향전」의 내용을 아는 사람이면 춘향이 목숨을 걸고 항거했다는 사실을 알고 있고, 항거 끝에 목숨을 잃었을지도 모르겠다는 생각을 할 만하다. 김영랑의 시 「춘향」은 춘향이 옥중에서 목숨을 잃는 것으로 되어 있다. 서정주도 춘향의 죽음을 가상하여 춘향이 이도령에게 남기는 유언으로 시의 내용을 구성해보았다.

「추천사」에서 미지의 세계를 향해 그네를 밀어달라고 요청하던 춘향이 이 시에서는 죽음을 앞둔 작별의 인사를 하고 있다. 첫 행의 "안녕히 계세요"라는 말은 단순한 인사말이 아니라 자신의 전 생애를 건 최종의 선언이다. 이 말을 고비로 죽음과 삶이 나누어지게 된다. 그런데 사별을 앞둔 춘향에게는 아쉬움도 슬픔도 두려움도 없다. 응당 가야 할 길을 간다는 듯 태연한 자세로 할 말을 하고 있다. 그래도 죽음의 세계로 떠나는 마당이니 도련님에게는 처음 만나던 때의 무성하고 푸른 나무처럼 변함없고 생명력이 넘치는 모습을 유지해달라는 당부를 했다.

저승으로 떠나는 춘향이 이렇게 의연한 자세를 취할 수 있는 것은 그의 사랑이 세속의 죽음과 삶을 넘어설 정도로 넓고 크다는 사실을 자신하기 때문이다. 3연은 그러한 춘향의 마음가짐과 정신세계를 직접적으로 드러냈다. 이승이건 저승이건 춘향의 사랑이 미치지 못하는 영역은 존재하지 않는다는 확신을 말한 것이다. 그 확신을 증명하기 위해 춘향은 지하의 공간과 지상의 공간을 함께 지칭했다. 지상보다 지하를 먼저 언급한 것은 운율적 효과와 논리적 관계를 고려한 결과다.

"천길 땅 밑을 검은 물로 흐르거나"와 "도솔천의 하늘을 구름으로 날더라도"를 낭독해보면, 첫 행의 음조가 처절하고 둘째 행의 음조는 조금 음감이 가라앉는 것을 감지하게 된다. 이 두 행을 바꾸어 읽어보고 다시 순서대로 읽어보면 느낌의 차이를 구분할 수 있을 것이다. "천길 땅 밑을 검은 물로 흐르거나"를 읽을 때 죽음으로 갈라진 육신의 고독하고 처연한 행로가 더욱 강하게 떠오른다. "도솔천의 하늘을 구름으로 날더라도"는 훨씬 편안하고 유연한 비상의 영상을 제공한다. 이러한 운율적 효과를 고려하여 미당은 이 두 시행의 순서를 배치한 것이다. 자연 현상의 이치로 볼 때에도 땅 밑을 흐르던 물이 증발하면 하늘에 구름으로 모이는 것이니까, 이 두 행의 순서는 자연의 이치에도 부합한다.

불교에서 말하는 '욕계 6천'은 인간 세상에 살던 존재가 죽어서 가는 천상계의 여섯 공간인데, 그중 네 번째 세계가 도솔천이다. 가장 높은 단계의 하늘은 아니지만 그래도 깨달음과 기쁨이 있는 천상의 공간이다. 최악의 경우 벌을 받아 "천 길 땅 밑을 검은 물로 흐르거나" 최선의 경우 복을 얻어 "도솔천의 하늘을 구름으로 날더라도" 춘향의 사랑은 공간의 경계를 넘어 늘 도련님 곁에 머물 것이라는 뜻을 말했다. 그러니 도련님은 강물로 흘러드는 지하수를 보건 하늘에 떠가는 구름을 보건 춘향이 저기 있겠거니 생각하면 되고, 그 구름이 소나기가 되어 퍼부으면 춘향이 내 몸을 적신다고 생각하면 된다. 그러니 춘향의 육신은 사라져도 춘향의 사랑은 늘 도련님 곁에 머물러 있는 것이다. 이런 세계관을 가졌으니 사랑의 강자 춘향은 아무런 슬픔도 뉘우침도 두려움도 느끼지 않고 당당하게 저승으로 갈 수 있다. 도련님도 그러한 세계관을 깨달아 사별의 슬픔에서 벗어나기를 춘향은 바라고 있다.

서정주는 대중이 잘 아는 고전소설에서 모티프를 가져와서 죽음과 삶을 넘어서는 사랑의 경지에 대해 노래했다. 그러한 사유의 기반으로 삼은 것이 불교의 윤회론이다. 그는 중앙불교전문학교를 건성으로 다닌 것처럼 자서전에 썼지만, 니체나 보들레르보다 그의 인식에 깊은 영향을 남긴 것은 석전 박한영을 통해 얻은 불교적 세계관이다. 이것은 20대에 잠시 끌린 니체의 희랍적 육체, 보들레르의 마성적 도취를 넘어서서 30대 이후 그의 일생을 지배한 동력이 되었다. 미당의 시를 샤머니즘과 관련지어 분석하는 경우가 많은데, 20대를 넘어서게 되면 샤머니즘만으로는 미당의 시를 해석하기 어렵다. 불교의 윤회론이 무속 체험의 신비성을 넘어서는 인과의 윤리의식을 제공하기 때문이다.

기도 1

　저는 시방 꼭 텅 비인 항아리 같기도 하고, 또 텅 비인 들녘 같기도 하옵니다. 하늘이여[1] 한동안 더 모진 광풍을 제 안에 두시든지, 나르는 몇 마리의 나비를 두시든지, 반쯤 물이 담긴 도가니[2]와 같이 하시든지 마음대로 하소서. 시방 제 속은 꼭 많은 꽃과 향기들이 담겼다가 비어진 항아리와 같습니다.

＊『시정신』(1954. 6), 『서정주 시선』.

---

1 『시정신』에는 "主여.(저는 이렇게밖엔 당신을 부를 길이 없습니다)"로 되어 있다. 서정주 시에서는 보기 힘든 시어인데 시집에 수록하면서 수정되었다.
2 『시정신』에는 사투리인 "도가지"로 되어 있다.

해설

  1950년 6·25가 터지자 삼천리금수강산은 불바다가 되었다. 이때부터 1953년 7·27 휴전협정이 이루어지기까지 대한민국의 순수한 문학적 표현물의 발표는 일단 중단되었다. 서정주도 전쟁 중에 정신분열 증세를 보이며 극심한 혼란에 빠졌기 때문에, 그의 시는 이 기간에 발표된 것이 없다. 휴전협정 체결 후 시국이 안정된 1954년에 이르러 서정주의 시가 발표되기 시작하는데, 그 첫 발표작이 바로 「기도」다.

  6·25가 발발했을 때 서정주는 피난을 가지 못하고 서울에서 탈출의 기회를 살피고 있었다. 이때는 대한민국 정부 수립과 더불어 문교부 초대 예술과장에 취임하여 만 11개월을 근무하다가 질병을 이유로 사직한 지 1년 가까이 되는 시점이었다. 미당은 1947년 여름에 이승만 박사의 전기 집필자로 선정되어 1년이 넘도록 집필하여 1949년 봄에 탈고했으나 이승만 박사의 마음에 들지 않아 퇴짜를 맞았고, 그해 10월 자의로 『이승만 박사전』을 출판했다가 이승만 박사에게 사적인 몰수 처분을 받기도 했다.

  이승만 정부에서 문교부 서기관 관직을 지냈고 이승만의 전기까지 작성한 처지였기 때문에 공산군에게 붙잡히면 끝장이라는 생각이 들었을 것이다. 심기가 약한 미당은 불안하고 초조했을 것이다. 그는 조지훈, 이한직과 함께 다리가 끊긴 한강으로 나가 언덕에서 배 위로 몸을 던져 간신히 도강에 성공했다. 구사일생 목숨을 건진 것인데 그 감격의 순간을 회고하는 장면에서도 미당은 특유의 장난기 같은 것을 감추지 못하고 다음과 같이 서술하고 있다.

  그래 우리 배가 강물 저쪽 모래밭에 닿았을 때, 나보다도 몇 살 아래인 한직이 하던 어린애 같은 말이 기억난다.

"정주! 우리 이젠 다시 공부를 하는 거야. 세계의 어디까지라도 가서 공부를 다시 한 번 해보는 거야."

일본의 게이오대학을 졸업반에 병정으로 끌려가서 아직 그걸 다 마치지도 못한 채 있던 그여서, 그걸 어린애 다 되어 다시 생각하고 한 소린지, 아니면 좀 딴 뜻으로 말한 것인지, 그건 지금까지도 내가 다시 묻지 않아 잘 모르겠다. 그러나 지훈이나 나한테도 그의 이때의 이 말은 웬일인지 많이 실감이 있어 "그러자!" 하고 맞장구를 쳤던 것 같다.[1]

대구로 내려가 종군 문인들과 합류한 서정주는 불안감에 의한 환청 때문에 거의 정신착란 상태에 이르렀다. 이 증세는 부산의 유치환 집에서 몇 달간 요양하면서 조금 안정되었는데, 1·4 후퇴 이후 피난지 전주에서 생활하면서 그 증세가 다시 나타났다. 그는 마음의 갈등을 이기지 못하고 1951년 초여름 다량의 학질약을 먹고 자살을 기도했다. 여름 내내 요양을 하면서 『논어』, 『중용』, 『삼국유사』, 『삼국사기』 등을 정독하여 정신의 안정을 얻으려 했다고 회고하면서 「무제」와 「상리과원」이란 작품이 자살 미수 뒤 안정기에 쓴 작품이라고 언급했다.[2] 「기도」는 언급하지 않았지만 이 작품도 시의 성격으로 볼 때 이 시기에 착상된 것으로 짐작된다.

이 시의 짧은 형식의 배면에는 있는 것과 없는 것 사이에 조성되는 미묘한 이항대립 구조가 설정되어 있다. 화자는 자신의 내면이 텅 빈 항아리나 들녘 같은 상태라고 말하면서도 그 공백은 처음부터 그랬던 것이 아니라 무언가 담겨 있던 것이 없어져서 이렇게 된 것이라고 말한다. '~같기도 하다'라는 말 역시 텅 빈 것이 아닐 수도 있음을, 텅 빈 상태의 전후에 얼마든지 물질이 채워질 수 있기 때문에 이 공백은 일시적인 상

1 『미당 자서전 2』, 243쪽.
2 위의 책, 316쪽.

태라는 어감을 풍긴다. 더군다나 "한동안 더 모진 광풍을 제 안에 두시든지"라는 말은 공포와 정신착란과 자살 기도로 이어진 광태의 시간을 암시하는 것 같다. 시인은 좀 더 깊은 침잠을 위해서 "모진 광풍"도 얼마쯤 필요하다는 생각도 했던 것일까? "모진 광풍"에 비하면 "몇 마리의 나비"나 "반쯤 물이 담긴 도가니"는 평온하고 안정된 상태를 환기한다. 원래 '도가니'는 쇠붙이를 녹이는 데 쓰는 단단한 그릇을 뜻하기 때문에 늘 가열된 상태로 존재하는 속성이 있다. 그런데 거기 물이 반쯤 담겨 있다고 했으니 마음의 안정된 상태를 나타낸 것이 틀림없다.

가혹한 광풍의 시간이 이어지건 평온하고 안정된 상태가 유지되건 하늘의 뜻에 맡기고 자신은 거기 따르겠다는 순종의 자세를 취하고 있다. 그러나 이 순종이 그렇게 원하는 것이거나 전폭적인 지지를 받는 것은 아니라는 느낌도 조금 풍기고 있다. "하늘이여 ~ 마음대로 하소서"라는 말 속에는 하늘이 어떤 것을 택하든 나는 그것을 따를 수밖에 없다는 체념의 색조가 희미하게 비친다. 끝부분에 요약적으로 다시 언급한 "많은 꽃과 향기들이 담겼다가 비어진 항아리"라는 표현도 그렇게 긍정적인 의미로 전달되지는 않는다. 꽃과 향기가 많이 담긴 항아리가 보기에는 좋은 것인데, 그런 것이 다 사라진 항아리라면 공백의 표상이라는 점에서 "모진 광풍"보다는 낫겠지만 충만과 성취의 단계보다는 못하다고 할 수 있다. 그것은 부재의 공허함에 가까운 것이기도 하다.

요컨대 지금 이 공백의 상태는 무욕의 달관과는 거리가 멀고 시련과 성취의 중간 단계에 놓인 불확정적 심리 상태를 나타낸 것으로 보인다. 자칫하면 모진 광풍이 불어와 채울 수 있고 뜨거운 쇳물이 담길 수도 있는, 그러나 지금은 그 어떤 것도 담기지 않은 공백의 무풍지대를 미당은 간단하면서도 경건한 어구로 제시했다.

무등을 보며

가난이야 한낱 남루襤褸에 지나지 않는다.
저 눈부신 햇빛 속에 갈맷빛의 등성이를 드러내고 서 있는
여름 산 같은
우리들의 타고난 살결 타고난 마음씨까지야 다 가릴 수 있으랴

청산이 그 무릎 아래 지란芝蘭을 기르듯
우리는 우리 새끼들을 기를 수밖엔 없다
목숨이 가다 가다 농울쳐¹ 휘어드는
오후의 때가 오거든
내외들이여 그대들도
더러는 앉고
더러는 차라리 그 곁에 누워라

지어미는 지아비를 물끄러미 우러러보고
지아비는 지어미의 이마라도 짚어라

어느 가시덤불 쑥 구렁에 놓일지라도
우리는 늘 옥돌같이 호젓이 묻혔다고 생각할 일이요
청태靑苔라도 자욱이 끼일 일인 것이다

*『현대공론』(1954. 8), 『서정주 시선』.

---

1 '큰 물결이 사납게 일어나다'라는 뜻으로 '놀치다'와 '너울치다'가 사전에 등재되어 있다. 충청·
전라 지역에서 '물살이 갑자기 세차게 흐르다'의 뜻으로 사용되는 '농울치다'는 이 말의 변형일 것이다.

해설

　1952년 봄, 미당은 전주를 떠나 광주 조선대학의 부교수로 부임하였다. 전쟁이 끝나지 않은 상태여서 사람들은 여전히 가난과 굶주림의 나날을 보내고 있었다. 말이 부교수지 아직 대학의 체제가 잡히지 않은 조선대학의 한 달 월급은 얼마 되지 않았다고 한다. 미당은 "부교수의 월급은 한 달에 겉보리 열닷 말, 그 밖에 우리 식구가 살게 될 방을 하나 겹쳐준다는 것이었다."[1]라고 썼다. 그래도 직장을 얻고 월급도 받는 안정기에 쓴 작품이라 그런지 긍정적인 태도가 전면에 드러나 있다. 시인이 가장 마음에 담아둔 작품인지 『서정주 시선』 첫머리에 배치되었다.

　1연에서는 우리가 처한 가난이라는 상황과 우리의 마음씨가 대비적으로 설정되어 있다. 가난은 몸에 걸친 헌 옷에 지나지 않고 우리의 마음씨는 푸른 여름 산처럼 맑고 깨끗하다는 것이 이 부분의 의미 내용이다. 물론 우리는 이러한 생각에 대해 얼마든지 반론을 제기할 수 있다. 과연 가난이라는 상황이 벗어서 내던지면 그만인 헌 옷처럼, 그렇게 쉽게 벗어날 수 있는 것인가. 또 우리 마음이 정말 그렇게 맑고 깨끗한 상태인가 하는 의문을 제기할 수 있다.

　이와 같은 의문은 그다음 대목에서도 똑같이 제기된다. 2연에서는 우리가 자식을 기르는 일이 청산이 지란을 키우는 일로 비유되었다. 그러나 청산에서 여러 가지 풀이 자라는 일은 극히 자연스러운 일이지만, 우리가 자식을 키우는 데에는 여러 힘겨운 노력이 부여되기 때문에 이 둘을 동일하다고 볼 근거는 별로 없다. 2연과 3연에 걸쳐서 제시된 내용은 우리가 고통스러운 상황에 처했을 때 그 고통을 하나의 과정으로 받아

---

1 『미당 자서전 2』, 320쪽.

들이면서 부부간의 위안과 화합을 이룰 때 고통을 극복할 수 있다는 사실이다. 지어미가 지아비를 물끄러미 우러러보고 지아비가 지어미의 이마를 짚는 모습은 굶주림에 지친 부부가 보여줄 수 있는 가장 인간적이고 아름다운 모습임에 틀림이 없다. 그러나 그런 장면을 보여준다고 해서 고통을 부과하는 현실적 조건이 달라질 수는 없다. 차라리 힘든 몸을 일으켜 초근목피라도 채취하여 기근에서 벗어나는 일이 더 의미 있는 일이 될 것이다.

4연은 여기서 더 나아가 마음의 자세를 문제 삼는다. 즉, 가시덤불 쑥굴형에 놓이더라도 옥돌같이 호젓이 묻혔다고 생각하라는 것인데, 이것을 삶의 문맥으로 바꾸어 말하면 어떤 내용이 될까? 아무리 고통스러운 상황에 처했을지라도 우리는 깨끗하고 순수한 존재라고 생각하라는 뜻일 터인데, 이것도 고통의 극한에 빠진 사람에게는 별로 도움이 안 되는 이야기이다. 당장 목숨이 위협받을 정도의 고통에 시달리는 상황에서 스스로 옥돌 같은 존재라고 생각하기란 아주 어려운 일이다. 그다음 행에서는 그렇게 옥돌같이 호젓이 묻혔다고 생각하면 어느 사이에 푸른 이끼라도 자욱이 낄 것이라고 말했다. 이것은 또 무엇을 말한 것인가? 스스로를 순수한 존재라고 생각하면 그것에 상응하는 어떤 결과가 나타날 것이라는 뜻일 텐데, 그 결과에 해당하는 '청태'라는 말이 지극히 추상적이어서 거기에 가치를 걸고 옥돌 같은 상태를 유지해보겠다는 마음이 생겨나기는 어렵다. 차라리 옥돌이 아니라 굴러다니는 막돌이라고 생각할 때 거친 세파를 헤쳐나갈 수 있는 힘과 용기가 생기는 것인지도 모른다.

논리적으로 따지면 이러한 의문이 계속 발생할 터인데, 우리가 생각의 각도를 조금 바꾸면 시의 의미 내용에 공감할 수 있는 여지가 생긴다. 이 시를 제대로 이해하기 위해서는 6·25를 전후하여 전개된 우리 시의 일반적 성격을 먼저 파악하는 일이 필요하다.

6·25 전쟁 이후 한국의 시문학은 사상적 성향이라든가 현실에 대한

관심이 위축되고 내면세계의 순수성에 대한 강한 편향을 보였다. 좌익과 우익의 대립이 정당한 지양의 과정을 밟지 못한 채 두 개의 국가로 분열되고, 그 분열이 대외적 변수에 의해 동족 간의 처절한 싸움으로 귀결되어버린 후, 전쟁의 참화를 겪은 대부분의 시인은 사상이나 이념에 대한 기피증을 갖게 되었으며, 눈에 보이는 현실세계보다 눈에 보이지 않는 내면세계에 관심을 갖게 되었다.

전쟁의 포연이 아직 가시지 않은 이 땅의 현실은 검게 그을린 폐허로 인식되었다. 새까맣게 타버린 현실은 바라보는 것조차 괴로운 일이었고, 현실의 부조리함을 비판하는 것도 덧없는 일이었다. 그 폐허의 현실을 바라보는 나 자신이 이미 황폐해 있었으므로 현실에 대한 정당한 비판을 가한다는 것도 생각하기 어려운 처지였다. 이런 상황 속에서 시인의 의식은 보이는 것과 보이지 않는 것에 대해 이원적 태도를 갖게 된다. 즉, 보이는 것은 모두 부정적으로 인식하는 반면, 보이지 않는 것은 그것과 대비되어 긍정적으로 인식하는 경향을 보인다. 가시적인 생활의 단면이나 구체적인 삶의 현장에 대해 무관심한 태도를 보이려 했고, 그것을 직접 바라보는 경우에는 환멸의 대상으로 인식하였다.

요컨대 가시적 현실 세계와 비가시적 내면세계는 거의 대립적인 것으로 인식된 것이다. 이것은 6·25 전후 변화의 시대를 고통스럽게 거쳐온 대부분의 시인이 공유하고 있는 생각이다. 서정주의 「무등을 보며」의 바탕에도 바로 이러한 이분법이 내재해 있다. 눈에 보이는 현실세계는 남루하고 가변적이지만, 눈에 보이지 않는 내면세계는 아름답고 변함이 없다(혹은 변함이 없어야 한다). 이러한 이분법을 수용한다면 우리는 남루와 같은 가변적 현실세계에 물들지 말고 영원히 지속될 우리의 마음을 순수하게 보존해야 한다는 결론에 도달한다.

6·25의 참상을 목도하고 자신을 포함한 많은 사람의 굶주림을 체험하면서 시인의 마음은 착잡하였을 것이다. 그에게 현실 문제를 해결할 힘이 있다면 고통스러운 현실을 변혁할 수 있는 방책을 모색하였을 것

이다. 그러나 그는 정치가도 경세가도 아닌 적수공권 백수의 시인일 뿐이었다. 그의 힘으로는 현실의 문제들을 해결할 도리가 없었다. 현실적으로 가난과 고통을 해결할 방도가 없을 때에는, 마음의 영역에 의존하여 내면적 순결성이라도 유지하는 것이 차선의 방책이 된다. 바로 이것이 이 시의 기본적 성격이며, 그것이 지닌 정신적 가치의 실상이기도 하다.

이런 생각을 가지고 이 시를 다시 읽어보면 "가난이야 한낱 남루에 지나지 않는다"는 첫 행이 우리 시의 경구驚句로 남을 구절이라는 사실을 깨닫게 된다. 이것은 비단 그 가난의 시대만이 아니라 풍요의 시대인 지금의 상황에서도 소멸되지 않는 정신적 가치를 지닌다. 아니, 오히려 지금 이 안일과 낭비의 시대에 그 가치는 더욱 크게 부각될 필요가 있다. 저마다 겉으로 화려한 치장에 몰두하는 이 환락의 시대에 가난은 마치 죄악이거나 커다란 치욕으로 간주된다. 가난을 잠시 입고 있는 헌 옷, 벗어버리면 깨끗한 살결이 그대로 드러나는 헌 옷으로 생각하는 사람은 이 시대에 거의 없는 것 같다.

우리는 지금 가난이 아니라 물질의 화려함에 도취되어 "우리들의 타고난 살결 타고난 마음씨"를 잊고 있는지 모른다. 내면의 순수성 같은 것은 지난 시대의 낡은 유물로 치부하는 것 같다. 이런 시대를 살고 있기 때문에 우리는 가시덤불 쑥 구렁에 놓여서도 옥돌같이 호젓이 묻혔다고 생각하면서 은인자중 자신의 내면을 정결히 하는 그런 사람이, 그런 정신의 자세가 우리에게 더 필요하다는 생각을 하게 된다. 그런 점에서 이 시는 우리 시대의 깨어진 균형을 회복케 하는 고전적 규범을 담은 작품으로 제시될 만하다.

상리과원 上里果園

꽃밭은 그 향기만으로 볼진대 한강수나 낙동강 상류와도 같은 융륭隆隆한 흐름이다. 그러나 그 낱낱의 얼굴들로 볼진대 우리 조카딸년들이나 그 조카딸년들의 친구들의 웃음판과도 같은 굉장히 즐거운 웃음판이다.

세상에 이렇게도 타고난 기쁨을 찬란히 터트리는 몸뚱아리들이 또 어디 있는가. 더구나 서양에서 건너온 배나무의 어떤 것들은 머리나 가슴패기뿐만이 아니라 배와 허리와 다리 발꿈치에까지도 이쁜 꽃숭어리들을 달았다. 멥새, 참새, 때까치, 꾀꼬리, 꾀꼬리 새끼들이 조석으로 이 많은 기쁨을 대신 읊조리고, 수십만 마리의 꿀벌들이 온종일 북 치고 소고 치고 맞이굿[1] 울리는 소리를 하고, 그래도 모자라는 놈은 더러 그 속에 묻혀 자기도 하는 것은 참으로 당연한 일이다.

우리가 이것들을 사랑하려면 어떻게 했으면 좋겠는가. 묻혀서 누워 있는 못물과 같이 저 아래 저것들을 비추고 누워서, 때로 가냘프게도 떨어져 내리는 저 어린것들의 꽃잎사귀들을 우리 몸 위에 받아라도 볼 것인가. 아니면 머언 산들과 나란히 마주 서서, 이것들의 아침의 유두분면油頭粉面과, 한낮의 춤과, 황혼의 어둠 속에 이것들이 잦아들어 돌아오는— 아스라한 침잠이나 지킬 것인가.

하여간 이 하나도 서러울 것이 없는 것들 옆에서, 또 이것들을 서러워하는 미물 하나도 없는 곳에서, 우리는 섣불리 우리 어린것들에게 설움 같은 걸 가르치지 말 일이다. 저것들을 축복하는 때까치의 어느 것, 비비새의 어느 것, 벌 나비의 어느 것, 또는 저것들의 꽃봉오리와 꽃숭어리의

---

1 '꽃맞이굿'이 사전에 등재되어 있다. 봄꽃이 필 무렵에 무당이 자신의 주신에게 하는 굿으로 자신의 영력을 강화하기 위해 벌인다고 한다.

어느 것에 대체 우리가 항용 나직이 서로 주고받는 슬픔이란 것이 깃들이어 있단 말인가.

이것들의 초밤[2]에의 완전 귀소歸巢가 끝난 뒤, 어둠이 우리와 우리 어린것들과 산과 냇물을 까마득히 덮을 때가 되거든, 우리는 차라리 우리 어린것들에게 제일 가까운 곳의 별을 가리켜 보일 일이요, 제일 오래인 종소리를 들릴 일이다.

* 『현대공론』(1954. 11). 『서정주 시선』.

---

2 정지용의 번역시 「초밤별에게」처럼 어둠이 내리는 저녁을 '초밤'이라고 표현했다.

해설

앞에서 말한 대로 이 작품은 자살 미수 사건 이후 안정기에 착상된 것이다. 미당은 "내 「상리과원」이란 작품은 쓰기는 그 이듬해 1952년 봄, 정읍 내 누이의 과수원에 잠시 있을 때 쓴 것이지만, 생각의 뼈다귀는 이 자살 미수 뒤의, 햇볕의 간절도 속에서 이루어졌던 것이다."[1]라고 창작 배경을 밝혔다. 이 시는 앞의 「기도」와는 달리 매우 적극적이고 분명한 어조로 생명에 대한 찬사를 표명하고 있다. 자살 충동까지 일으킨 극도의 불안 속에서 생명에 대한 사랑을 표현할 수 있는 심리적 안정에 이르게 된 것은 기적과 같은 일이다.

'상리과원'은 그가 언급한 정읍의 과수원 이름인 것 같다. 첫머리에 나오는 한자어 "융륭隆隆"은 우리나라에서는 잘 사용되지 않지만, 중국에서는 우르릉거리는 소리를 뜻하는 말로, 일본에서는 융성한 기세를 뜻하는 말로 쓰인다. "융륭한 흐름이다"라는 표현으로 볼 때 넓은 강 상류의 솟구치는 물살의 모양을 나타낸 것임을 알 수 있다. 즉, 후각을 시각으로 전환하여 꽃밭의 향기가 한강이나 낙동강 상류의 물줄기처럼 강하게 솟아올라 풍겨오는 상태를 표현한 것이다.

향기는 한꺼번에 뭉뚱그려져 강물의 흐름처럼 빈져오는데, 꽃밭을 이루는 꽃송이 하나하나의 모습은 어린 소녀들의 즐거운 웃음판으로 다가온다. "즐거운 웃음판"이란 말에는 청각 심상이 포함되어 있다. 요컨대 미당은 후각, 시각, 청각 등 모든 감각이 결합된 생명 현상의 고양 상태를 나타내고자 한 것이다. 굳이 "조카딸년들이나 그 조카딸년들의 친구들"을 내세운 것은 꽃숭어리들의 다양한 생김새를 나타내기 위한 고안

---

1 『미당 자서전 2』, 316쪽.

일 것이다.

"타고난 기쁨을 찬란히 터트리는" 꽃숭어리들은 그것 자체로 고정되어 있는 것이 아니라 주위의 생명체까지 끌어들여 축제의 향연을 벌인다. 온갖 새가 조석으로 많은 기쁨을 두루 읊조리고, 수많은 벌이 온종일 북 치고 굿 올리는 소리를 내며 신명을 돋운다. 그리고 어떤 벌들은 아예 꽃 속에 들어가 꽃과 하나가 된 상태를 보여준다. 말하자면 새나 벌들이 꽃밭의 아름다움에 도취되어 자신의 반응을 보이는 것이 아니라 그들의 소리와 행동을 통해 꽃들의 찬란한 기쁨을 대신 전한다고 본 것이다. 꽃과 새와 꿀벌의 감각기관은 이미 분리될 수 없는 동일체가 되어 꽃밭 전체를 이루고 있는 것이다.

세 번째 단락부터는 자연이 이룩한 기쁨의 생명공동체를 우리가 어떻게 받아들일 것인가에 대해 이야기한다. 꽃밭 속의 못물처럼 누워서 꽃밭의 모든 것을 몸 위에 비추고, 때로 가냘프게 흩날리는 꽃잎들을 몸 위에 받는 일을 할 것인가? 아니면 먼 산들과 나란히 서서 아침부터 황혼까지 꽃밭이 보여주는 다양한 현신을 깊이 받아들이는 침잠의 상태를 지킬 것인가? 어떤 자세를 취하든 이 찬란한 기쁨의 생명공동체를 온전히 받아들여 "우리 어린것들에게" "설움 같은 것"은 전혀 가르치지 말아야 한다고 강조한다. 여기에는 인간 세상의 슬픔을 자연 생명공동체의 기쁨으로 완전히 치환하고 싶어 하는 시인의 소망이 담겨 있다. 어둠이 짙어져 꽃밭의 모습이 완전히 가려지고 생명공동체의 융화된 감각을 엿볼 수 없게 되면 "우리 어린것들에게" "제일 가까운 곳의 별을 가리켜" 보이고 "제일 오래인 종소리를" 들려주어야 할 것이라고 말한다.

"제일 가까운 곳의 별"은 밤하늘에 가장 먼저 나타나는, 혹은 가장 밝게 빛나는 별을 지칭한 것이리라. 어둠 속에 설움의 그림자가 스며들지 않게 하려면 가장 먼저, 가장 밝게 빛나는 별을 보이는 것이 상책이다. 그런데 종소리는 왜 "제일 오래인" 것을 들려준다고 했을까? "종소리"라고 하니 떠오르는 것이 「행진곡」에 나오던 "난타하여 떨어지는 나의 종소리"라는 구절과 「꽃」에 나오는 "그 몸짓 그 음성 그냥 그대로, / 옛사람의 노래는 여기 있어라."라는 대목이다. 이런 시행들과 연관을 지어볼 때, "제일 오래인 종소리"는 아득한 과거로부터의 시간적 깊이를 지닌 침잠의 종소리이면서 우리 마음을 감싸고 달랠 수 있는 위안의 종소리임을 알 수 있다.

기쁨의 생명공동체가 보이지 않을 경우 그 대비책으로 관조의 별과 침잠과 위안의 종소리를 준비함으로써 인간 세상의 슬픔에 대처할 수 있는 구성적 토대를 마련한 것이다. 그 자신은 정신분열의 불안과 고통에 시달렸지만 우리가 키우는 어린 생명들에게만은 절대 설움을 보이지 않고 찬란한 기쁨의 꽃밭만을 보여주려 한 정신의 가장家長, 시인 서정주의 모습을 이 작품에서 마주하게 된다.

광화문

북악과 삼각이 형과 그 누이처럼 서 있는 것을 보고 가다가
형의 어깨 뒤에 얼굴을 들고 있는 누이처럼 서 있는 것을 보고 가다가
어느 새인지 광화문 앞에 다다랐다.

광화문은
차라리 한 채의 소슬한 종교.
조선 사람은 흔히 그 머리로부터 온몸에 사무쳐 오는 빛을
마침내 버선코에서까지도 떠받들어야 할 마련이지만,
온 하늘에 넘쳐흐르는 푸른 광명을
광화문— 저같이 의젓이 그 날갯죽지 위에 싣고 있는 자도 드물라.

상하 양 층의 지붕 위에
그득히 그득히 고이는 하늘.
위층엣 것은 드디어 치ー르 치ー르 넘쳐라도 흐르지만,
지붕과 지붕 사이에는 신방新房 같은 다락이 있어
아래층엣 것은 그리로 온통 넘나들 마련이다.

옥같이 고우신 이
그 다락에 하늘 모아
사시라 함이렷다.

고개 숙여 성 옆을 더듬어 가면
시정市井의 노랫소리도 오히려 태고 같고

문득 치켜든 머리 위에선

파르르 죽지 치는 내 마음의 메아리…….[1]

＊『현대문학』(1955. 8), 『서정주 시선』.

해설

　서울이 수복되자 서정주는 가족이 있는 서울로 급히 돌아왔다. 자서전에 의하면, 그해 11월 말인가 12월 초의 어느 날 아침 이승만 박사의 오해를 풀기 위해 북악산 밑 대통령 관저로 방문했다고 한다. 6·25의 곤궁한 처지에 대통령의 심경을 돌려 어떤 도움을 받고자 하는 생각에서였을 것이다. 그러나 대통령은 직접 만나주지 않았고 공보비서인 김광섭 시인만 만나고 돌아왔다. 이때 대통령 관저를 다녀와서 곧 「광화문」이나 「내리는 눈발 속에서는」 같은 작품을 썼다고 했다.[1] 「광화문」이 지면에 발표된 것은 1955년 8월 『현대문학』을 통해서였고, 「내리는 눈발 속에서는」은 발표 지면은 알 수 없는 상태로 『서정주 시선』(1956. 11)에 수록되었다.

　광화문은 1951년 1·4 후퇴 때 치열한 공방전 속에 소실되었다. 서정주가 대통령 관저를 방문했던 1950년 11월 말이나 12월 초에는 광화문이 남아 있었다. 임진왜란 때 소실되었던 광화문과 경복궁은 대원군의 집권에 의해 1868년[2] 중건되었다. 일제 때 총독부를 지으면서 광화문은 1927년에 원래의 자리에서 경복궁의 동문인 건춘문 북쪽으로 이전되는 수모를 겪었다. 1950년 11월 말이나 12월 초 서정주가 대통령 집무실을 갔다가 돌아오는 길에 보았던 광화문은 경복궁 동북쪽, 북악산과 삼각산이 뒤쪽으로 겹쳐 보이는 지점에 있었던 그 광화문이다. 서정주는 이 광화문을 보고 시를 써두었다가 6·25 전란의 후유증이 어느 정도 수습

---

　1 『미당 자서전 2』, 285쪽.
　2 경복궁과 광화문 중건 연대가 자료마다 각기 달리 나오는데, 공식 기록에는 1865년에 공사가 시작되고 1868년에 공사가 완료되어 7월 2일 국왕이 이어(移御)하여 정무를 시작했다고 나와 있다.

된 1955년 8월에 발표한 것이다.

서정주가 한국의 문화유산에 대해 시를 쓴 것은 이것이 처음이 아니다. 1937년 4월 『사해공론』에 발표한 네 편의 경주 기행시가 있고, 해방 이듬해인 1946년 12월 1일 자 『민주일보』에 발표한 「석굴암관세음의 노래」가 있다. 또 1945년 11월 『민성』에 발표한 「꽃」도 일제 말에 조선 백자를 보고 쓴 것이라고 했다.[3] 경주 기행시는 시집에 수록하지 않았으나 뒤의 두 작품은 『귀촉도』에 수록되었다. 문제는 이 작품들이 문화유산을 소재로 취하면서도 그것이 지닌 한국적인 아름다움이라든가 문화적 특성은 별로 고려하지 않고 있다는 점이다. 「석굴암관세음의 노래」도 석굴암 관세음보살상의 예술성을 노래한 것이 아니라 깨달음의 세계에 들어가지 않고 중생 구제를 위해 석가의 곁을 지키며 서원을 염원하는 관세음보살을 영원한 사랑의 표상으로 형상화한 작품이다.

여기에 비해 「광화문」은 우리의 문화유산에 담겨 있는 민족의 정신과 지향을 시로 표현하고 있어 서정주 시로서는 매우 특이한 자리에 놓인다. 해방 후 생계를 위해서이긴 하지만 『김좌진 장군전』을 쓰고 『이승만 박사전』을 쓰면서 한국인의 역사와 정신세계에 관심을 갖게 된 것 같다. 광화문을 한국인의 정신이 투영된 문화유산으로 받아들여 시로 표현함으로써 서정주로서는 처음으로 민족의식이 드러나는 국적 있는 시를 쓰게 된 것이다.

경복궁의 건춘문 북쪽에 있던 광화문은 원형 그대로는 아니지만 당시의 사진 자료를 보면 원래의 모습을 상당 부분 갖추고 있는 것을 알 수 있다. 북악산은 경복궁 북쪽의 진산鎭山으로 서울의 북방을 지키는 산이다. 일제는 경복궁의 남문인 광화문을 동쪽으로 이전하고 그 자리에 조선총독부를 세웠다. 서울의 북쪽 진산의 정기를 끊어 민족의 힘을 와해시키려는 상징적 술책이었다. 북악산 뒤에는 지금 북한산으로 불리는

---

3 『미당 자서전 2』, 135쪽.

삼각산이 펼쳐져 있어 백운대, 인수봉, 만경대가 삼각형 모양으로 보였다. 백운대나 인수봉이 8백미터가 넘는 데 비해 북악산은 342미터이므로, 멀리서 보면 북악산 뒤에 삼각산이 서 있는 것처럼 보인다. 경복궁을 기준으로 본다면 가까이 있는 북악산이 더 커 보이고 멀리 있는 삼각산은 위로 솟아난 봉우리만 작게 보일 것이다. 그래서 미당은 앞에 있는 북악산을 형으로, 뒤에 보이는 삼각산을 누이로 비유한 것이다. 건장한 형과 형 뒤에 얼굴을 보이는 누이의 모습으로 북악과 삼각을 비유했다. 친근하고 다정한 오누이의 모습 같은 산등성이를 보며 가다가 광화문 앞에 이르렀다.

"광화문은 / 차라리 한 채의 소슬한 종교."라는 시구는 미당이 자주 사용하지 않는 단순 은유의 수사법이다. 미당은 관념어를 사용한 이러한 도식적 비유를 거의 사용한 적이 없다. 그럼에도 불구하고 이 시구는 광화문을 비유한 유사 표현 중 최초의 선구적 사례로 남아 있다. 광화문의 의미를 이렇게 직접적인 비유로 표현한 시구는 그 전에도 후에도 없다.

이 비유에서 미당다운 시적 장치를 찾는다면 "차라리"라는 시어의 독특한 배치와 "소슬한"의 의미 변형적 사용이다. 광화문을 형용할 수 있는 말이 마땅치 않지만 그래도 무어라 비유해본다면 한 채의 건축물이라기보다는 '차라리' 한 채의 종교라고 말하는 것이 더 나을 것 같다는 의미가 이 시어에 담겨 있다. 그리고 '소슬한'은 원래 "으스스하고 쓸쓸하다"는 뜻이다. 그런데 미당은 이 단어를 "쓸쓸하면서도 의젓하다"(孤高)는 뜻으로 많이 썼다. "아ー 소슬한 청홍의 꽃밭."(「문 열어라 정 도령아」), "한 소슬한 젊은이를 실은 금빛 그네를 나를 향해 내어 밀었다."(「산하일지초山下日誌抄」), "시방은 어느 모래사장에 앉아 그 소슬한 비취의 별빛을 펴는가."(「편지」), "느티나뭇골처럼 자욱한 그네의 신들로 더불어 소슬하셨던 이 고인古人"(『미당자서전 1』, 20쪽.) 등이 그 예이다. 여기서도 광화문의 쓸쓸하면서도 의젓한 모습을 나타내기 위해 종교를 수식하는 말로 '소슬한'을 사용했다.

그러면 광화문을 한 채의 고고한 종교로 받아들인 이유는 무엇인가? 그것은 광화문이 하늘로부터 흘러내리는 광명을 하나도 남김없이 떠받들어 날갯죽지 위에 싣고 있다는 점 때문이다. 조선 사람은 머리부터 온몸에 이르기까지 사무쳐오는(속 깊이 또는 끝까지 미치어 통하는) 하늘의 빛을 온전히 떠받들기 위해서 땅을 딛는 부분의 버선코까지 하늘을 향하도록 올려 세워놓고 있다. 조선 사람의 그러한 광명 떠받들기 풍속을 전각의 모양으로 그대로 보여주고 있는 것이 광화문이다. 광화문의 의젓하게 치올려진 날갯죽지, 즉 처마의 네 귀를 이루는 추녀와 부연의 곡선미는 단연 압도적이다. 그야말로 온 하늘에 넘쳐흐르는 광명을 하늘로 향한 우아한 곡선 위에 너그럽게 받치고 있는 형상이다.

원래 광화문은 돌로 쌓은 기단에 세 개의 홍예문虹霓門이 있고, 그 위에 정면 세 칸의 중층 우진각지붕으로 된 목조문루를 세웠다. 우진각지붕이란 지붕 네 모서리의 추녀마루가 처마 끝에서부터 경사지게 오르면서 용마루 또는 지붕의 중앙 정상에서 합쳐지는 형태의 지붕을 말하며, 중층이란 상층과 하층의 두 층으로 지붕이 구성된 건축을 뜻한다. 광화문은 지붕 네 모서리의 추녀가 하늘을 향해 들린 상태로, 그 곡선이 중앙으로 모아지면서 지붕이 상층과 하층의 두 층을 이룬 섬세하면서도 웅대한 구조를 이루고 있다. 이것을 미당은 하늘의 광명이 상층에서 하층으로 이어져 신방을 이루듯 아름다운 화합을 이루는 공간으로 받아들인 것이다. 위층에서 넘쳐 아래로 흐른 하늘빛은 아래층의 지붕에 떠받쳐 신방 같은 다락을 넘나들며 광명의 소용돌이를 이룬다. "옥같이 고우신 이 / 그 다락에 하늘 모아 / 사시라 함이렷다."는 나라를 다스리는 이가 그 광명의 공간과 하나가 되어 살라는 소망을 표현한 것이다.

광화문의 양 날개를 이루던 담장은 이미 없어진 상태이니, 화자는 경복궁 건춘문으로 이어진 성벽을 따라 걷는다. "고개 숙여"라는 말은 계속해서 광화문을 올려다본 화자의 자연스러운 육체적 반응이다. 광화문을 우러르며 여러 가지 생각을 하였으니, 이제 다시 걷기 위해서는 고개를 숙이는 것이 자연스러운 동작일 것이다. 그러면서도 이 구절은 위에서 찾지 못한 무엇을 아래에서 찾으려는 탐색의 자세를 나타내는 것으로 읽힌다. 미당은 처음 발표 때 "시정市井의 분粉 내음새"라는 말을 썼다. 광화문 주위를 오가는 여인들의 분 냄새를 떠올렸을지 모르지만 이것은 어울리지 않는 표현이다. 미당은 시집에 수록하면서 이것을 "노랫소리"로 수정하였다. 시정에서 들려오는 애환의 소리들이 모두 태고의 것인 양 아득히 느껴지는 그런 현실 이탈의 시간 체험을 표현한 것이다.

마지막 시행 "파르르 죽지 치는 내 마음의 메아리……."에 대해서는 좀 더 설명이 필요하다. 처음 발표 때의 "낮달도 파르르 떨고 흐른다."보다 이 시행이 문맥에 어울린다. 파르르 떨고 흐르는 낮달의 이미지가 날카롭고 멋져 보이기는 하지만, 광화문의 의젓한 날갯죽지와 호응하지는 않는다. 또 희미한 낮달이 떨며 흐른다는 것도 자연 현상과는 어긋나는 작위적인 표현이다. 광화문에 대한 자신의 느낌을 정리하면서 "시정의 노랫소리"에 호응하는 데에는 "마음의 메아리"가 어울린다.

모든 것이 과거로 돌아가는 듯한 아득한 시간의 환각 속에 위로 고개를 드니 태고의 환각은 사라지고 머리 위에는 내 마음의 메아리인 양 또 다른 공간의 환각이 새처럼 파르르 날개를 파닥인다. "치켜든 머리 위"로 푸른 하늘을 보든 희미한 낮달을 보든 날아오르는 새를 보든 그것은 모두 내 마음의 메아리일 수 있다. 그것이 무엇이든 광화문이 떠받들고 있는 광명과 호응하여 내 마음의 반향으로 울려 나오는 민족의 상서로운 기운에 해당할 것이다.

2010년 8월 15일 광화문이 옛 모습대로 복원되어 현판 제막식을 가졌다. 광화문의 새로운 모습을 보면서 「광화문」을 소재로 한 시가 함께 소개되었으면 하는 아쉬움이 컸다. 서정주의 이 시가 떠올랐지만 친일·어용시인 시비가 재연될까 봐 말도 꺼내지 않았다. 서정주의 행적이 역사에서 사라지지 않듯 서정주가 지은 이 시도 사라지지 않을 것이라는 생각으로 아쉬움을 달랬다.

내리는 눈발 속에서는

괜, 찮, 다, ……
괜, 찮, 다, ……
괜, 찮, 다, ……
괜, 찮, 다, ……
수부룩이 내려오는 눈발 속에서는
까투리 메추라기 새끼들도 깃들이어 오는 소리. ……

괜찮다, ……괜찮다, ……괜찮다, ……괜찮다, ……
포그은히 내려오는 눈발 속에서는
낯이 붉은 처녀 아이들도 깃들이어 오는 소리. ……

울고
웃고
수그리고
새파라니 얼어서
운명들이 모두 다 안기어 드는 소리. ……

큰놈에겐 큰 눈물 자국, 작은놈에겐 작은 웃음 흔적,
큰 이야기 작은 이야기들이 오보록이 도란거리며 안기어 오는 소리. ……

괜찮다, ……
괜찮다, ……
괜찮다, ……

괜찮다, ……

끊임없이 내리는 눈발 속에서는
산도 산도 청산도 안기어 드는 소리. ……

＊『서정주 시선』.

해설

서정주가 자서전에서 1950년 9·28 서울 수복 후 1·4 후퇴 전에 「광화문」과 함께 썼다고 회고했기 때문에 여기 수록했다. 처음 발표 지면은 알려지지 않았고, 『평화일보』(1948. 2. 24)에 실린 「눈」과는 전혀 다른 작품이다.[1] 이 시기의 작품들을 작품에 담긴 계절감과 그가 언급한 창작 시점에 의해 검토해보면, 「추천사」, 「국화 옆에서」, 「풀리는 한강 가에서」, 「춘향 유문」, 「광화문」, 「내리는 눈발 속에서는」, 「무제」, 「상리과원」, 「무등을 보며」의 순서로 썼을 것으로 판단된다.

『서정주 시선』에 이 시가 수록된 형태를 보면 문장부호 사용에 세심한 주의를 기울였음을 알 수 있다. 반점(,)과 온점(.), 줄임표(……)를 붙일 때 그 의미를 고려해서 각각의 자리에 붙인 것이다. 줄임표는 계속 눈이 내리는 상태를 나타내고, 반점은 짧게 끊어지면서 다시 이어지는 상태를, 온점은 의미의 한 단락을 나타낸다. 이 부분을 교정할 때 시인과 편집자가 의견을 교환해서 결정했을 것으로 짐작된다. 그래서 이 시의 다른 표기는 현재 맞춤법에 맞게 바꾸었지만 문장부호는 시집의 형태 그대로 두었다.

"괜찮다"라는 말은 1연, 2연, 5연에 나오는데, 시행의 형태에 따라 다른 의미와 상황을 나타낸다. 시집을 내던 시기에는 세로쓰기로 조판을 했다는 사실을 감안하면 이해가 더 빠를 것이다. 1연은 '괜찮다'가 반점으로 단절되어 네 행에 걸쳐 반복되므로 눈이 천천히 내리기 시작하는

---

1 김학동 외, 『서정주 연구』(새문사, 2005), 787쪽; 김학동, 『서정주 평전』(새문사, 2011), 315쪽에서 『평화일보』(1948. 2. 24)에 실린 「눈」이 「내리는 눈발 속에서는」으로 개제되어 시집에 수록된 것으로 서술했는데 이것은 잘못된 것이다.

상태를 나타낸다. 2연은 '괜찮다'가 한 행으로 이어져 있으므로 1연보다 빠른 속도로 내리는 상태를 나타낸다. 5연은 '괜찮다'가 끊어지지 않은 상태로 네 행에 반복되니 눈이 그치지 않고 계속 내리는 상태를 나타낸다. 그래서 1연의 눈 내리는 상태를 받는 말은 "수부룩이"고, 2연은 "포그은히", 6연은 "끊임없이"로 되어 있다. 이것을 보면 미당이 얼마나 치밀한 구성에 의해 이 시를 제작했는지 알 수 있다.

온점은 의미의 단락을 나타내면서, 내리는 눈발 속에서 환기되는 소리의 내용을 지시한다. 처음에는 "까투리 메추라기 새끼들도 깃들이어 오는 소리"라고 했다. 작은 동물들이 눈발에 섞여 무어라 작은 소리를 내며 다가오는 장면을 연상한 것이다. 그다음에는 "낯이 붉은 처녀 아이들"로 대상이 바뀐다. 수줍음이 많은 처녀 아이들이 무어라 소곤대며 다가오는 장면을 나타낸 것이다. 3연에서는 이것을 더 확대해서 슬픔과 기쁨과 좌절과 시련의 운명을 거친 많은 존재가 눈발 속에 다 포함되어서 다가오는 소리라고 했다. 4연은 그것을 가시적 형상으로 의인화하여 정겹게 표현했다. 내리는 눈발 속에는 삶의 기쁨이나 슬픔이 차별 없이 다 녹아서 "오보록이 도란거리는" 소리만 들려온다는 것이다. 여기서 눈 내리는 모습을 "괜찮다"라는 말로 표현한 이유가 드러난다.

6연은 끊임없이 내리는 눈발에서 연상되는 형상을 이야기한 것이어서 대상의 범위가 가장 넓다. "산도 산도 청산도", 즉 자연 전체가 눈발에 녹아들어 무궁한 섭리의 세계를 안겨주는 것으로 상상력이 확대되었다. 아무리 운명의 기복이 심하다 해도 모든 것을 괜찮다고 긍정적으로 수용하면 이렇게 넓은 포용과 달관의 경지에 이를 수 있음을 말한 것이다. 처음부터 관념적인 초월의 제스처를 보여준 것이 아니라, 처음에는 눈 내리는 날 쉽게 접할 수 있는 정경을 제시한 다음에, 점점 시야를 확대하고 심화하여 인생론적인 주제를 제시했다. 그것도 관념적인 단어로 주장한 것이 아니라 친근한 고유어를 사용하여 가시적 형상으로 제시하여 상상적 체험이 가능하도록 구성했다.

전쟁의 혼란으로 극심한 정신 착란에 시달린 시인에게서 이와 같이 아름다운 화폭이 창조되었다는 것은 일종의 기적과 같은 일이다. 가혹하고 참담했던 6·25 전쟁의 한복판에 이렇게 아름다운 시가 쓰여졌다는 것은 참으로 눈물겨운 기쁨이다.

학

천년 맺힌 시름을
출렁이는 물살도 없이
고운 강물이 흐르듯
학이 나른다

천년을 보던 눈이
천년을 파닥거리던 날개가
또 한 번 천애天涯에 맞부딪누나

산 덩어리 같아야 할 분노가
초목도 울려야 할 설움이
저리도 조용히 흐르는구나

보라, 옥빛, 꼭두서니[1],
보라, 옥빛, 꼭두서니,
누이의 수틀을 보듯
세상은 보자

누이의 어깨 너머
누이의 수틀 속의 꽃밭을 보듯
세상은 보자

1 꼭두서니의 뿌리에서 붉은 물감을 얻기 때문에 여기서는 붉은색을 의미한다.

울음은 해일
아니면 크나큰 제사와 같이

춤이야 어느 땐들 골라 못 추랴
멍멍히 잦은 목을 제 죽지에 묻을 바에야
춤이야 어느 술참[2] 땐들 골라 못 추랴

긴모리 자진모리[3] 일렁이는 구름 속을
저, 울음으로도 춤으로도 참음으로도 다하지 못한 것이
어루만지듯 어루만지듯
저승 곁을 나른다

*『동아일보』(1956. 4. 4), 『서정주 시선』.

---

2 '곁두리'(농사꾼이나 일꾼들이 끼니 외에 참참이 먹는 음식)의 전남 방언으로 사전에 등재되었다.
3 진양조장단과 자진모리장단을 가리키는 말이다.

해설

서정주의 방관자적 현실인식의 첫 단계를 보여주는 작품이다. 앞의 「내리는 눈발 속에서는」과 비교해보면 운명을 긍정적으로 바라보려던 달관의 추구가 어느 사이에 관념적인 체념으로 변해 있음을 발견하게 된다. 미당의 자서전에는 이 작품이 「무등을 보며」를 썼던 광주 피난 시절의 작품으로 기술되어 있다. 이 시가 발표된 것은 1956년 4월 4일이고 발표 당시의 제목은 '학의 노래'다. 시 옆에 김환기의 그림이 함께 실려 있고, 칼럼의 표제는 '봄, 시, 그림'으로 되어 있다. 김환기는 1956년 프랑스 출국을 앞두고 2월 3일부터 기념 개인전을 열었다. 이 개인전 목록에 학의 그림이 몇 점 포함되어 있다. 『동아일보』에서는 서정주에게 김환기의 그림을 보여주고 거기 맞는 시를 써달라고 청탁했을 수 있다. 서정주는 오래전에 써두었던 초고를 수정하여 『동아일보』에 보냈던 것 같다.

1연은 학이 나는 모습을 다소 과장된 수사로 표현했다. "천 년 맺힌 시름"이라 했으니 시름의 양태는 강하고 질길 것이다. 그런데도 그것을 겉으로 드러내지 않고 평온한 자태로 "고운 강물이 흐르듯" 하늘을 나는 학은 분명 도인의 모습이다. 학의 내면에 도사리고 있을 처절한 감정 상태를 나타내기 위해 2연에서 '천'을 세 번이나 반복했다. 그래서 하늘 끝을 가리키는 "천애"라는 한자어가 선택되었다. 3연에서는 처절한 감정을 "산 덩어리 같아야 할 분노", "초목도 울려야 할 설움"으로 구체화했다. "천 년 맺힌 시름"이니 이런 상태에 충분히 이를 것이다.

4연부터는 시선과 어조가 바뀐다. 이것은 "천 년 맺힌 시름"을 속으로 삭인 학의 발언 같기도 하고 학의 달관을 충분히 익힌 다른 화자의 말 같기도 하다. 학의 거동을 묘사하던 시선이 세상을 보는 태도를 가르치는 어조로 바뀌었다. 누이의 수틀은 보라색, 옥색, 적색 등 여러 가지 색깔로 꾸며져 아름답다. 세상에는 불쾌한 형상과 불행한 사연이 많을 것이다. 그러나 천 년 맺힌 분노나 설움도 속으로 다 삭이고 고운 강물이 흐르듯 하늘을 나는 학이라면, 지저분한 세상도 누이가 수틀에 수놓은 꽃밭을 보듯 편안하게 관조할 수 있으리라는 뜻이다. 보통의 사람들은 분노와 설움을 울음과 춤으로 풀려고 할 것이다. 그러나 학의 달관을 배운 사람이라면 해일처럼 솟구칠 울음도 큰 제사를 지내듯이 경건하게 가라앉히고, 춤도 출 수 있는 때를 가려서 은인자중 다소곳한 자세로 자기 몸을 지탱하는 것이 바람직하다고 함축적인 어조로 이야기한다.

4연부터 7연에 걸쳐 삶의 자세를 일러주던 화자는 8연에서 다시 시선을 바꾸어 학의 거동을 이야기하며 시의 마무리를 짓는다. 앞에 춤이라는 소재가 나와서인지 여기에는 "긴모리 자진모리"라는 장단의 명칭이 제시되었다. "긴모리"는 민속 음악의 가장 느린 장단인 '진양조장단'을 가리키고, "자진모리"는 빠른 장단인 '자진모리장단'을 가리킨다. 이것은 대체로 슬픈 소리와 경쾌한 소리로 나타난다. 그러니 "긴모리 자진모리 일렁이는 구름 속"이란 슬픔과 기쁨이 교차하는 인간 세상을 가리킨다. 울음과 춤과 인내 등 모든 것을 동원하여 "천 년 맺힌 시름"을 삭인 최후의 몸짓은 학이 나는 모습이다. 학은 세상의 슬픔과 기쁨을 어루만지는 듯 미묘한 동작으로 하늘 끝을 날고 있다. 앞에 나온 "천애"를 여기서는 "저승 곁"이라는 시어로 바꾸어 삶과 죽음의 경계까지 초월한 것 같은 학의 모습을 부각시켰다.

이 시가 그림을 소재로 쓴 것이라 하더라도 이전의 미당 시와는 달리 상당한 관념성을 내포하고 있음을 확인할 수 있다. 그는 내면의 위기를 극복하기 위해서 신라 관계 문헌을 섭렵하며 마음의 안정을 얻으려 했다고 여러 번 회고하였다. 바로 이 신라 정신이라는 이상야릇한 체념과 달관의 조형물이 그의 마음을 안정시키긴 했으나 창작의식은 퇴행케 한 것 같다. 많은 사람이 서정주 시의 새로운 경지라고 평가한 『신라초』와

『동천』의 상당수 작품은 신라 정신이나 영원주의 같은 도식적 관념을 시의 형식으로 재현한 것이다. 시가 일정한 관념 주위를 맴돌면 새로운 진경이 열리기 힘들다. 이것이 미당에게도 예외가 아니라는 것을 그의 작품이 증명하고 있다.

가을에

오게
아직도 오히려 사랑할 줄을 아는 이.
쫓겨나는 마당귀마다, 푸르고도 여린
문들이 열릴 때는 지금일세.

오게
저속低俗에 항거하기에 여울지는 자네.
그 소슬한 시름의 주름살들 그대로 데리고
기러기 앞서서 떠나가야 할
섧게도 빛나는 외로운 안행雁行ー 이마와 가슴으로 걸어야 하는
가을 안행이 비롯해야 할 때는 지금일세.

작년에 피었던 우리 마지막 꽃ー 국화꽃이 있던 자리,
올해 또 새것이 자넬 달래 일어나려고
백로는 상강으로 우릴 내리 모네.

오게
지금은 가다듬어진¹ 구름.
헤매고 뒹굴다가 가다듬어진 구름은
이제는 양귀비의 피비린내 나는 사연으로는 우릴 가로막지 않고,
휘영청한 개벽은 또 한 번 뒷문으로부터

1 『경향신문』에는 "가중크려진"('가지런하게 된'의 뜻)으로 되어 있다.

우릴 다지려
아침마다 그 서리 묻은 얼굴들을 추켜들 때일세.

오게
아직도 오히려 사랑할 줄을 아는 이.
쫓겨나는 마당귀마다, 푸르고도 여린
문들이 열릴 때는 지금일세.

＊『경향신문』(1956. 9. 12), 『신라초』(1961. 12).

해설

　이 시는 『경향신문』(1956. 9. 12)에 '오히려 사랑할 줄 아는'이라는 제목으로 발표되었고, 그로부터 2년 후 『현대문학』(1958. 12)에 「가을의 편지」로 재발표되었다. 이 두 지면의 시어가 조금씩 다른데, 시집에 수록되면서 가상 성제된 형태로 정착되었다. 『경향신문』과 『현대문학』에 동일하게 사용된 "가중크려진 구름"이 시집에 "가다듬어진 구름"으로 바뀐 것이 출판사인 정음사 편집부의 권유인지 시인의 뜻인지 알 수 없지만 일반 독자를 위해서는 잘된 교정이다. 서정주가 이 시를 『현대문학』에 다시 발표한 것은 이 시에 대한 애정 때문일 것이다. 모처럼 좋은 시를 썼는데 일간지에 발표되어 문학인들의 눈에 띄지 못했다는 아쉬움 때문에 이 시를 문학지에 다시 발표했을 것으로 짐작된다. 그만큼 이 시는 미당 시의 독특한 매력을 충분히 함유하고 있다.

　1연의 "아직도 오히려 사랑할 줄을 아는 이"라는 시행은 많은 것을 함축하고 있다. 현재의 상황에서는 사랑을 유지하는 것이 어려운 일인데, 이러한 상황에서 '오히려' 사랑의 자세를 지키려고 하는 긍정적 인물을 지칭하는 표현이다. "아직도"가 현재의 부정적 상황을 나타내고, "오히려"는 시대의 흐름을 역행하는 이상적 태도를 나타낸다. "쫓겨나는 마당귀"는 부정적 현실 속에서 사랑의 자세를 택하는 자가 걷게 되는 소외의 경로를 나타낸다. 타락한 죄악의 현실에서 오히려 사랑을 실천하려 하니 그는 현실에서 쫓겨날 수밖에 없다. 그러나 가을이라는 소슬한 청명의 계절은 그를 위해 "푸르고도 여린" 문들을 열어 그의 행로를 보장해준다. 이것이 가을이라는 계절의 특별한 권한이다.

　2연에서는 "아직도 오히려 사랑할 줄을 아는 이"를 "저속에 항거하기에 여울지는 자네"로 바꾸어 표현했다. 현실의 비속성을 직선적으로 언급하면서 "항거"라는 적극적인 어사를 사용하고 "여울지는"으로 현실에서의 시련을 나타냈다. 그 시련으로 인해 그에게는 "소슬한 시름의 주름살"이 생긴다. 그는 이 비속한 현실에서 떠나 고고한 순수의 항로를 시작할 수밖에 없다. 그것을 "섧게도 빛나는 외로운 안행"이라고 표현했다. 여기서의 "안행"은 남의 형제를 높여 부르는 '안항'이 아니라 기러기가 날아가는 외로운 항로라는 뜻으로 쓰인 말이다. 그 소슬한 행로는 지성과 감성으로 선택한 길이기에 "이마와 가슴으로 걸어야 하는 가을 안행"이라고 표현했다.

날씨는 점점 싸늘해져 국화꽃도 지고, 절기는 백로에서 상강으로 이동한다. 그러자 세속의 비루함에 헤매고 뒹굴던 구름이 이제는 가지런해지고 방일과 욕정으로 얼룩진 세상사에서도 멀어져 마음은 오히려 평정해진다. 앞으로 얼마 동안은 환하고 시원한 가을 아침이 청명한 냉기를 선사해줄 것이다. 그러니 저속한 시대에도 사랑의 정신을 실천하려는 사람들은 "휘영청한 개벽"의 계절이 가기 전에 그 순수한 마음을 더욱 가다듬어 외롭고도 소슬한 여행을 할 준비를 마쳐야 하는 것이다. 이때 미당의 나이 마흔하나. 그는 생애의 한 고비에 서서 순수한 마음을 계속 유지할 준비를 하고 있었다. 소슬한 정신의 기류에서 아름다운 시가 창조되는 것은 당연한 일이다.

무제 ─ 종이야 될 테지[1]

종이야 될 테지, 되려면 될 테지
예 울던 대로 높다라이[2] 걸려서

여기 갈림실
네 갈래 갈림길
해도 저물어
땅거미 끼는 제

종이야 될 테지, 되려면 될 테지
깨지면 깨진 대로 얼얼히 울어

자네 속 몰라
애탈 뿐이지
애타다가는
녹아갈 뿐이지

일천 년 자네 집 문지방에 울더라도
종이야 될 테지, 되려면 될 테지

1 『신라초』 제2부는 네 개의 소단락으로 나뉘는데, 그중 '무제'라는 소단락에 '무제'라는
제목의 시가 네 편 수록되어 있다. 이 중 『현대문학』에 실린 두 작품은 발표 당시 제목이
있어서 그 제목을 부제로 달았다.
2 『현대문학』에는 '높다라히'로, 『신라초』에는 '높다라이'로 되어 있는데, 현행 맞춤법으
로는 '높다라니'가 맞는 말이지만 소리가 변하므로 원본 그대로 적는다.

젊어, 성 둘레
맴돌아 부르다가
금 가건 내려져
시궁 소릴 할지라도

종이야 될 테지, 되려면 될 테지
종이야 될 테지, 되려면 될 테지

＊『현대문학』(1957. 2)[3], 『신라초』.

---

3 『현대문학』에 '근업초近業抄'라는 제목으로 열 편의 시가 한꺼번에 발표되었다.

해설

 앞에서 「신록」을 해설할 때 미당의 고질병인 짝사랑에 대해 이야기한
바 있다. 1956년 여름부터 어느 여대생을 혼자 좋아해서 어쩔 수 없는
연정의 심사를 시로 표현했는데, 그것이 『신라초』에 실린 「무제」 세 편,
「사십」, 「재롱조」, 「여수」, 「바다」 등의 작품이라고 했다.[1] 그 「무제」에
해당하는 작품이 이 작품과 다음에 다룰 「무제─하여간 난 무언지 잃긴
잃었다」이다. 이 시들을 이해하는 데 미당이 고백한 당시의 심리적 배
경을 알면 도움이 될 것이다. 회고록에 의하면, 그 제자는 1959년 봄 대
학 졸업 후 고등학교 교사가 되어 미당의 집에 찾아와 미당 내외에게
인사도 했다고 하는데 이때는 연정의 감정도 가라앉았던 것 같다.
 첫 부분에 제시된 종의 이미지는 그의 초기시 「바다」를 연상시킨다.
그 시에서 "멀리 서 있는 바닷물에선 / 난타하여 떨어지는 나의 종소리"
를 "모가지여"라는 말의 반복으로 나타낸 바 있다. 절규에 가까운 처절
한 감정의 토로를 종소리의 음향으로 표현한 바 있었는데, 여기서 다시
일방적인 연모의 처절함을 종소리의 강세를 빌려 표현한 것이다. "예 울
던 대로 높다라이 걸려서"라는 시행의 "예"는 20대 젊은 날의 열정을 떠
올려 나온 말일 것이다. 나이는 마흔이 넘었지만 마음은 20내 그내로라
예전에 울던 대로 높다랗게 걸려서 모가지가 떨어져 내리듯 자신을 부
숴가며 종을 울리고 싶은 심정의 표현이다. 그러나 이루어질 수 없는 사
랑이니 길은 "네 갈래 갈림길"이고 실제로는 중년의 나이를 넘겼으니 해
는 저물어 어둠이 짙어가는 형국이다.
 그러나 연정의 강도는 젊은 날과 다를 바 없어 "깨지면 깨진 대로 얼

---

1 서정주, 「속 천지유정(3)」, 『월간문학』, 1974. 4, 110~115쪽.

얼히 울어"도 좋다고 생각한다. 상대방의 속을 몰라 애태우고 애타다가 스스로 녹아갈 수밖에 없는 짝사랑의 비애를 솔직하게 토로했다. 실연의 숙명을 예감하면서도 말로는 "일천 년 자네 집 문지방에 울더라도" 종이 되어 소리를 낼 수밖에 없음을 강변하기도 했다. 그러나 열정적인 감정의 표현 뒤에는 나이든 사람으로서의 실추의 예감과 현실의 자각이 깃들어 있는 법이다. 그래서 "젊어, 성 둘레 / 맴돌아 부르다가"라는 젊음의 열정을 구가한 다음에는 "금 가건 내려져 / 시궁 소릴 할지라도"라고 현실적 좌절의 실감을 이야기하지 않을 수 없다. "시궁 소리"란 물이 고여 썩은 도랑처럼 지저분하고 거친 소리를 내는 것을 뜻할 것이니, 자신의 연정이 그렇게 부서지고 누추하게 깨질 것이라는 사실을 충분히 예감한 것이다.

그럼에도 불구하고 끝까지 종이 되어 소리를 내겠다는 자세는 변하지 않았으니, 이 시를 쓸 당시 연정의 열도를 짐작할 수 있다. 이루지 못할 사랑이지만 그 사랑에 모든 것을 걸고 싶은 내면의 충동, 그 타고난 시인 기질을 미당은 40대 초반까지 밀고 나갔다. 그러면서도 그는 자신의 행동을 20대 이래 지속되어온 "감정의 지랄병"[2]이라고 비하할 수 있는 이성적 균형감도 지니고 있었다. 이 양 측면의 긴장 속에 미당의 시가 창조되었고, 그 긴장이 유지될 때 그의 탁월한 시가 창출되었다.

---

2 서정주, 「속 천지유정(2)」, 『월간문학』, 1974. 3, 56쪽.

무제 ― 하여간 난 무언지 잃긴 잃었다[1]

하여간 난 무언지 잃긴 잃었다.
약질의 체구에 맞게
무슨 됫박이나 하나 들고
바닷물이나 퍼내고 여기 있어 볼까.

별에는 도망갈 구멍도 없고
호주 말로 마구잡이 달려간대도
끝끝내 미어지는 포장布帳도 없을 테니![2]

여기 내 바랜 피 같은 물들
모여 괴어 서걱이는
이것 바닷물
됨질하는 시늉이나 하고 있을까.

살 닿는 데 끼려온[3] 그런 거던가.
네 손이 짧거든 내 손이 길거나
내 손이 짧으면 네 손이 길 것을,

1 『현대문학』 발표 당시 제목을 부제로 달았다.
2 『신라초』의 이 부분에서 페이지가 바뀐다. 『서정주 문학 전집』이나 『미당 시 전집』에
모두 연이 이어지는 형태로 수록되었다. 그러나 『현대문학』에는 이 부분에서 연이 나뉜다.
3 『현대문학』에는 "끼려온"으로, 『신라초』에는 "꾸려온"으로 표기되어 있는데, 전라도
방언 "끼리다"는 '간직하다'의 뜻에 가깝다. 『동천』에 수록된 「추석」에도 이 말이 나온다.
방언의 뜻을 살려 원문대로 적는다.

아무리 닿으려도 닿지 않던 것인가.
하여간 난 무엇인지 잃긴 잃었다.

•『현대문학』(1957. 2), 『신라초』.

해설

　앞의 시와 마찬가지로 짝사랑의 연정이 담긴 작품으로 읽으면 이해가
쉽다. 이룰 수 없는 짝사랑에 마음을 쏟을 때 나타나는 감정이 상실감이
다. 아무리 마음을 기울여도 자기 마음이 상대에게 전달되지 않고 설사
전달된다 하더라도 그것이 더 나쁜 결과를 가져오는 경우, 연정의 주체
는 무엇을 잃어버렸다는 허탈감을 갖는다. 그것을 작은 됫박을 들고 바
닷물을 퍼내는 것에 견주었다. 됫박 하나로 바닷물을 퍼낸다 한들 그것
이 무슨 변화를 일으키겠는가? 아무리 퍼내도 헛된 노동에 불과할 것이
다. 그 심정이 바로 무엇을 잃긴 잃었다는 느낌과 통한다. 아무것도 준
것이 없는데 무엇을 잃었다는 느낌이 바로 짝사랑의 허망함이다.
　무언가 잃긴 잃었다는 까닭 모를 상실감은 색다른 상상을 불러일으킨
다. 별로 덮인 하늘 어디에도 도망갈 구멍이 없고 잘 달리는 말을 타고
질주해도 빠져나갈 장막(포장)도 없을 것이라는 상상이다. "호주 말"은
당시 경마장에서 호주산 종마를 수입했기 때문에 빨리 달리는 말을 생
각하고 사용한 구절이다. 요컨대 탈출의 출구도 없는 막막한 상황에 갇
혀 질식할 것 같은 상실감을 나타낸 것이다. 그렇게 답답한 상황에 있어
도 자신의 연정은 삭아들지 않는다. 그것을 미당은 "바랜 피 같은 물늘"
이라고 표현했다. 피는 피이되 40대의 연정의 표현이니 "바랜 피"라고
했다. 연정의 응어리가 모여 서걱이는 소리를 내는 이 감정의 바닷물을
작은 됫박으로 퍼내는 처지에 자신이 놓여 있음을 자조적으로 표현한
것이다.
　헛된 감정의 됫박질이나 반복하고 있을 뿐이니, 내 마음이나 손길이
상대에게 닿을 가능성은 없다. "아무리 닿으려도 닿지" 않는 단절의 거
리감, 채울 수 없는 상실감으로 너와 나는 떨어져 있는 것이다. 그러한

단절의 상황과는 달리 처음에 짐짓 "살 닿는 데 끼려온 그런 거던가"라고 운을 뗀 것은 아무도 모르는 비밀의 그리움을 나타내기 위함이다. 내 몸 어딘가에 비밀스럽게 간직한 것이어서 네 손이 길건 내 손이 길건 아무리 닿으려 해도 닿지 못하는 상태임을 드러냈다. 결국 너와 나는 실제로 아무것도 이룬 것이 없으니, 무언가 소중한 것을 잃었다는 느낌밖에 남는 것이 없다. 그런 허전한 상실감을 토로하고 시를 끝맺었다.

「무제―종이야 될 테지」와 이 시 두 편의 작품을 가만히 들여다보면, 미당은 짝사랑의 연정에 괴로워하면서도 한편으로는 그것을 은근히 즐기고 있음을 감지하게 된다. 아무것도 이루지 못해도 종은 계속 울어 소리를 낼 것이며, 무엇을 잃었다는 상실감에 시달리면서도 바닷물 퍼내는 됫박질을 멈추지 못하는 것이 시인의 생리다. 그것을 이렇게나마 유지하는 것이 시를 쓸 수 있는 동력이 된다는 것을 스스로 알고 있었던 것이다. 사랑하기 전에 실연당하고 그 실연의 아픔을 혼자서 은근히 즐기는 일종의 자학적·자폐적 사랑을 기질로 지니고 있었고, 그것을 "감정의 지랄병"이라고 비하하기도 했으나, 그것이 시를 쓰는 동력의 하나가 된다는 사실을 누구보다 잘 알고 있었던 것 같다.

어느 늦가을 날

궁하던 철의 안경알 마찰공 스피노자 모양으로, 하늘은 내 가는 앞길의 석벽石壁을 닦고,

맨 늦가을에 나는, 많은 사람의 수없는 왕래로 닳아진 － 질긴 줄거리들만 남은, 누런 띠밭 길 위에 멎어 버렸었다.

갈매의 잔치였다가, 향기였다가,[1] 한 켤레 미투리로 우리 발에 신겨졌다가, 다 닳은 뒤에는 길가에 던져져서, 마지막 앙상한 날들만을 드러내고 있는－

다 닳은 신 날 같은 모양을 한 이 의지! 이 의지!

이 속날들만이 또 한 번 드러나 앉은 이 의지 때문이었다.

• 갈매 : 녹색.

*『현대문학』(1957. 2), 『신라초』.

1 『현대문학』 발표본에는 반점이 있고, 『신라초』에는 반점이 없다. 문맥으로 볼 때 반점이 있는 것이 어울린다고 보고 반점을 표기한다.

해설

　앞에서 시 「가을에」를 해설하며 가을은 저속에 항거하여 순수 정신의 고고한 항해를 시작해야 하는 계절이라고 언급했다. 이 시는 그 연장 선상에 놓인 작품이다. 스피노자는 포르투갈에서 박해를 받고 이주한 유대인 상인의 아들로 네덜란드의 암스테르담에서 태어났다. 정통 유대신학에 비판적이어서 유대교단에서 파문당했고, 무신론적 자유주의 사상을 지니고 있어서 개신교단으로부터도 공격을 받았다. 자유로운 사색에 제한받지 않기 위하여 하이델베르크 대학 교수직 제안도 사양했다. 일정한 직업과 소득이 없었기 때문에 안경 렌즈를 갈아서 생계를 유지했다는 말이 전설처럼 전해진다. 연구자들은 스피노자가 광학에 대한 관심 때문에 렌즈 가공 기술을 익힌 것으로 보고 있다. 어떻든 그는 렌즈 연마에 의한 유리 가루 흡입이 원인이 되어 폐질환으로 세상을 떠난 것으로 알려져 있다.

　서정주는 늦가을 맑은 하늘이 자신이 살아가는 막막한 삶의 길, 마치 돌로 쌓아올린 석벽처럼 자신을 막아서는 그 길을 조금씩 닦아내고 있다고 생각했다. 그리고 그것을 묘하게도 가난한 철학자 스피노자가 생계를 위해 안경알을 연마하는 일에 비유했다. 17세기의 가장 개성적인 자유의 철학자 스피노자가 파문으로 인한 고독 속에서 안경알을 연마하여 가까스로 자신의 삶을 밀고 나갔듯, 맑은 하늘이 앞길의 석벽을 조금씩 닦아내 자신이 나갈 길이 조금은 열리고 있음을 표현한 것이다.

　그렇게 늦가을 길을 가다가 왕래하는 사람들의 수없는 발길에 돋아났던 풀들이 닳아 없어진, 질긴 줄거리들만 남은 누런 띠밭 길에 멈추게 되었다. 걸음을 멈춘 것은 자신의 분신과도 같은 무엇인가를 보게 되었기 때문이다. 그것은 "많은 사람의 수없는 왕래로 닳아진" "질긴 줄거리들만 남은" 띠밭 길의 형상과도 통하는 물체다. 한때 초록빛의 무성한 잎을 드러내 들풀의 향기를 풍기던 삼대가 보기 좋은 미투리로 삼아져 우리 발에 신겨졌다가, 시간이 지나면 다 닳아서 길가에 버려져 마지막 몇 줄기 날들만 앙상하게 남아 있는 그런 장면을 보게 된 것이다. 그 버려진 미투리의 마지막 날이 마치 세파의 시련 속에서 그래도 버티고 있는 자신의 의지를 표상하는 것처럼 느껴진 것이다.

그 의지가 타락한 세상에서 순수를 지키려는 의지인지, 곤궁한 생활 속에서도 문학의 길을 가겠다는 의지인지 분명하지는 않지만, 「가을에」에 나왔던 "저속에 항거하기에 여울지는 자네"와 관련된 의미인 것은 분명하다. 다 닳은 상태에서도 끝까지 제 모습을 유지하려는 의지, 비록 앙상한 상태로나마 내면에 남아 있는 의지의 마지막 단면을 끝까지 지켜보려 애쓰는 시인 미당의 안타까운 몸짓을 엿볼 수 있다. 그 안간힘이 쉼표와 느낌표로 이어진 독특한 어법을 만들어냈다. 불혹의 문턱을 넘어선 나이에도 미당은 순수에 대한 지향을 가지고 저속에 항거하는 의지를 유지하고 있었다.

쑥국새 타령

애초부터천국의사랑으로서
사랑하여사랑한건아니었었다
그냥그냥네속에담기어있는
그냥그냥네몸에실리어있는
네천국이그리워절도竊盜했던건
아는사람누구나다아는일이다
아내야아내야내달아난아내
쑥국보단천국이더좋은줄도
젖먹이가나보단널더닮은줄도
어째서모르겠나두루잘안다
그러니딸꾹울음하고있다가
딸꾹질로바스라져가루가되어
날다가또네근방달라붙거든
옛살던정분으로너무털지말고서
하팔담상팔담서옛날하던그대로
또한번그어디만큼묻어있게해다오

*『녹원』(1957. 2), 『신라초』.

해설

　서정주 시로서는 특이하게 띄어쓰기가 안 된 형태로 발표되었다. 『녹원』에 이런 형태로 발표되었고, 『신라초』에도 몇 군데 첨삭을 거쳐 이렇게 수록되었다. 전통 민요가 지닌 이어지는 가락의 맛을 살리기 위해 시형의 변화를 시도한 것 같다. 서정주 시에서 이런 형태의 작품은 이 시가 유일하다.

　이 시는 '선녀와 나무꾼' 설화를 바탕으로 한 것이다. 이 설화는 여러 가지 이본이 전하고 있는데, 이 시가 바탕으로 삼은 것은 '선녀와 나무꾼' 이야기에 '쑥국새' 이야기가 혼합된 내용이다. 나무꾼이 선녀의 날개옷을 훔쳐(절도) 선녀와 살다가 선녀가 아이를 안고 하늘로 올라간 이야기와, 산중에 사는 나무꾼의 아내가 쑥국도 제대로 먹지 못하고 가난하게 살다가 시어머니의 박해로 죽었다는 이야기가 결합된 것이다. '선녀와 나무꾼' 설화에서는 아내가 하늘로 올라간 다음에 나무꾼이 하늘을 쳐다보며 슬피 울다가 수탉이 되었다는 것이 일반적인 내용인데, 여기서는 쑥국새가 된 것으로 설정했다. 미당은 후에 이런 이야기를 노래 형식으로 풀어 쓴 「쑥국새 타령」(『현대문학』, 1983. 4)을 발표했는데, 그 시의 내용은 나무꾼이 아내가 끓여놓은 쑥국을 먹는 사이에 아내가 하늘로 올라가버렸고 그것이 한이 되어 쑥국새가 된 것으로 변형되었다.

　설화의 내용이 어찌 되었든, 이 시가 중점적으로 드러내려 한 것은 "천국의 사랑"을 넘보려 했으나 실패한 화자의 슬픔, 그리고 이별 다음에라도 어떻게라도 이루고 싶은 아내와의 만남에 대한 소망이다. 화자에게는 미련과 상실의 아픔보다도 아내와 다시 만나고자 하는 소망이 절실한데 그것을 이루는 방식은 일방적인 추종의 행위다. 그것을 시인은 '달라붙다'와 '묻어 있음'으로 표현했다. 매우 소극적인 의미를 지닌

이 두 시어는 어쩌면 서정주의 내면을 지배한 평생의 지표이자 그의 삶을 이끈 방향키인지 모른다.

이 시에는 '천국'과 '쑥국', '너'와 '나'의 이항대립이 설정되어 있다. 나는 쑥국이나 먹으며 가난한 사랑이나 해야 할 처지인데, 섣불리 천국의 사랑에 마음이 쏠려 너의 날개옷을 훔쳤다. 처음에 나오는 "애초부터천국의사랑으로서 / 사랑하여사랑한건아니었었다"라는 구절은 서정주의 천부적 운율의식을 다시 한 번 확인시켜주는 대목이다. 이 구절에 반복되는 소리의 울림은 거기 내포된 슬픔과 체념과 탄식을 꼭 맞는 음색으로 적실하게 형상화한다.

천국의 사랑은 애초부터 내게 어울리는 일이 아니었다. 젖먹이도 나보다는 천상의 존재인 너를 더 닮았고, 그래서 젖먹이를 안고 너는 하늘로 오른 것이다. 이런 처지에 내가 할 수 있는 일은 무엇인가? 딸꾹질하듯 흐느끼는 울음을 계속 울다가 바스라져 가루가 되는 일이다. 왜 가루가 되는가? 바람에 날려 네 근처로 날아가기 위함이다. 네가 목욕하려고 금강산 어디쯤에 다시 내려와 옷을 벗어놓으면, 그 옷에 달라붙어 네 곁에 머물고 싶은 것이다. 나는 그저 너의 몸 가까운 어디에 묻어 있기만 해도 좋은 것이니, 옷을 다시 입을 때 너무 털지만 말아달라고 당부하고 있다. 허망하고 덧없어 보이는 이 일방적인 일편단심의 기원은 무엇인가? 미당의 허무주의인가? 소멸의 마조히즘인가? 나는 여기서 정철의 「사미인곡」의 끝부분을 떠올린다. 그 결사는 다음과 같다.

차라리 시어디어 범나비 되오리라.
꽃나무 가지마다 간 데 족족 안니다가,
향 묻은 나래로 님의 옷에 옮으리라.
님이야 날인 줄 모르셔도 내 님 좇으려 하노라.

살아서 님을 만나지 못한다면 차라리 죽어서 나비가 되어 날다가 님에게 다가갈 것이라는 내용이다. 그것도 그냥 다가가지 않고 꽃가지를 누비며 얻은 꽃향기를 듬뿍 품은 상태로 님에게 가겠다고 했다. 그리고 마지막 구절은 바로 일방적인 일편단심, 일방적인 추종과 헌신을 표현하는 말이다. 이렇게 보면 서정주의 마무리 시행도 고전시가의 정서적 흐름을 이어받은 형식이라고 이해할 수 있다. 그렇다 하더라도 이 흐름에 공감하여 유사한 시어를 구사한 것은 서정주의 의식적 선택이다. 소멸의 마조히즘과 순응적 허무주의에 그의 의식이 기울어 있는 것은 부정할 수 없는 사실이다.

편지

내 어릴 때의 친구 순실이.
생각하는가
아침 산골에 새로 나와 밀리는 밀물살 같던
우리들의 어린 날,
거기에 매어 띄웠던 그네의 그리움을?

그리고 순실이.
시방도 당신은 가지고 있을 테지?
연약하나마 길 가득턴 그때 그 우리의 사랑을.

그 뒤,
가냘픈 날개의 나비처럼 헤매 다닌 나는
산 나무에도 더러 앉았지만,
많이는 죽은 나무와 진펄에 날아 앉아서 지내 왔다.

순실이.
이제는 주름살도 꽤 많이 가졌을 순실이.
그 잠자리같이 잘 비치는 눈을 깜박거리면서
시방은 어느 모래사장에 앉아 그 소슬한 비취의 별빛을 펴는가.

죽은 나무에도 산 나무에도 거의 다 앉아 왔거든
난들에도 구렁에도 거의 다 앉아 왔거든
이젠 자네와 내 주름살만큼이나 많은 그 골진 사랑의 떼들을 데리고 우리 어린 날같이 다시 만나세.
갓 트인 연 봉오리에 낮 미리내도 실렸던
우리들의 어린 날같이 다시 만나세.

• 미리내 : 은하.

* 『현대문학』(1957. 9)[1], 『신라초』.

1 『현대문학』에는 '8월 15일의 편지'라는 제목으로 발표되었다.

해설

이 시는 「사미인곡」에 나왔던 나비 날개의 이미지를 그대로 활용해서 사랑의 추억과 남녀의 재회라는 고전적인 주제를 표현하고 있다. 처음 발표 때 제목이 '8월 15일의 편지'이니 조국 광복의 날에 옛 친구와의 사랑을 돌이켜보고 싶은 마음을 편지로 담아낸 것이라고 이해할 수 있다. "순실이"라는 이름은 유순하면서도 진실한 여성의 이미지를 자연스럽게 환기한다. 지금까지 서정주의 호명 사례에서 여러 차례 확인했던 뛰어난 시어 선택 능력을 다시 한 번 실감케 한다.

어릴 때의 청순한 감정을 아침 산골에 처음 밀려나오는 물살로 표현하고 두 사람 사이에 오가던 그리움을 그네의 이미지로 표현했다. 지금도 그때의 그리움과 사랑을 그대로 간직하고 있느냐고 물었는데, 자신의 마음을 먼저 이야기하지 않고 상대의 상태를 먼저 물은 데에는 그 나름의 이유가 있다. 그 사정은 3연에 제시되었다. 가냘픈 날개를 지닌 나비처럼 언제 찢겨질지 모르는 상태로 세상을 헤맨 화자는 죽은 나무나 진펄에 더 많이 앉으며 지내왔다고 고백한다. 6·25 때 겪었던 극심한 불안감도 그렇고, 안정된 자리를 찾지 못하고 강사로 떠도는 현재의 처지를 생각할 때, 이것은 거의 과장이 없는 자기 내면의 고백일 것이다.

이제 세월이 흘러 순실이도 나이를 먹었겠지만 그래도 잠자리 눈처럼 크고 투명한 눈은 여전할 것이라고 생각하며, 그런 순실한 모습으로 어느 편안한 모래사장에서 "소슬한 비취의 별빛"을 펴는 장면을 상상한다. 자신은 가혹한 고초의 길을 거쳤지만 순실이는 여전히 고고하고 청명한 생활을 누리고 편안한 자리에 있기를 기원하는 마음이다. 인생의 희로애락을 다 거쳐 40대 중반이 되었으니, 사랑도 이제는 원숙해져 삶의 곡절을 다 이해하는 차원이 되었을 것이다. 생의 우여곡절을 포용하는 자세를 유지하되, 그래도 만날 때에는 어린 날의 그 청순한 마음으로 만나기를 소망한다. 갓 피어난 연꽃 봉오리에 한낮의 은하수가 희미하게 실린 그런 신비롭고 호젓한 사랑의 재회를 꿈꾸어보는 것이다.

"갓 트인 연 봉오리에 낮 미리내도 실었던"이라는 표현은 어디서 기원한 것인지는 모르지만 참으로 절묘한 표현이다. 연꽃은 아침에 봉오리가 열리고 저녁에 다물어진다. 은하수는 청명한 날 밤이라야 하늘에 보인다. 그런데 이 구절은 아침의 "갓 트인 연봉오리"에 낮에는 거의 보기 어려운 은하수가 실리는 장면을 상상하였으니, 이 사랑의 재회는 상상의 것일 뿐 실현 가능성은 없을 것 같다. 그러면서도 그 구절은 1연의 "아침 산골에 새로 나와 밀리는 밀물살"과 호응하고 4연의 "소슬한 비취의 별빛"과 호응하면서 양자를 융합한다. 이처럼 절묘한 이미지의 배합을 통해 사랑하는 사람과의 재회라는 단순한 주제의 도식을 넘어서려한 데 서정주 시의 매력이 있다.

꽃밭의 독백 — 사소娑蘇[1] 단장

노래가 낫기는 그중 나아도
구름까지 갔다간 되돌아오고,
네 발굽을 쳐 달려간 말은
바닷가에 가 멎어 버렸다.
활로 잡은 산돼지, 매로 잡은 산새들에도
이제는 벌써 입맛을 잃었다.
꽃아. 아침마다 개벽하는 꽃아.
네가 좋기는 제일 좋아도,
물낯바닥에 얼굴이나 비추는
헤엄도 모르는 아이와 같이
나는 네 닫힌 문에 기대섰을 뿐이다.
문 열어라 꽃아. 문 열어라 꽃아.
벼락과 해일만이 길일지라도
문 열어라 꽃아. 문 열어라 꽃아.

• 사소는 신라시조 박혁거세의 어머니. 처녀로 잉태하여, 산으로 신선 수행을
간 일이 있는데, 이 글은 그 떠나기 전, 그의 집 꽃밭에서의 독백.

* 『사조』(1958. 6)[2], 『신라초』.

---

1 초기 발표 시에는 전부 '파소(婆蘇)'로 되어 있는데, 이것은 서정주의 착오에 의한 오류이
기 때문에 전부 '사소(娑蘇)'로 바꾸어 적는다.
2 『사조』에는 거의 유일하게 '娑蘇'로 표기되어 있다. 편집부에서 교정한 것으로 추측된다.

해설

"사소"를 주인공으로 한 세 편의 시 중 첫 작품이다. 두 번째 작품은
「두 번째의 사소의 편지 — 장시 '사소의 단장'」(『현대문학』, 1958. 6)이고
세 번째 작품은 「사소 단장 — 사소 산중 서신 단편」(『예술원보』, 1958.
12)[1]인데, 『신라초』에는 앞의 두 편만 수록하면서 「두 번째의 사소의 편
지」를 '사소 두 번째의 편지 단편'으로 제목을 바꾸었다. 사소를 소재로
연작시를 쓸 계획이었으나 실행에 이르지 못한 것 같다.

사소는 『삼국유사』에 나오는 인물로 중국 황실의 딸인데, 신선의 술
법을 익혀 해동海東으로 온 뒤 선도산仙桃山에 정착하여 선도산 신선이
되었고 일찍이 진한辰韓에 와서 혁거세와 알영을 낳았다고 기록되어 있
다. 알영은 신라의 시조 혁거세의 부인이니, 결국 사소는 신라 개국의
어머니라고 할 수 있다. 사소를 선도산 신모神母라고 한 것은 바로 그런
뜻을 담은 말이다. 시인은 이 시가 사소가 신선 수행을 떠나기 전에 그
의 집 꽃밭에서 한 독백에 해당한다고 주에서 밝혔다. 말하자면 신모가
되기 전 평범한 여인이었을 때의 독백이라는 설명이다. 따라서 평범한
여인이 어떠한 소망과 발원을 해서 신모에 이르게 되었는가를 이해하는
데 초점이 놓여야 할 것이다.

사소의 설화에 솔개와 매가 등장하는 것으로 보아 사소는 수렵 문화
에 속하는 인물로 짐작된다. 서정주도 이 점을 고려하여 말과 사냥을 등
장시켰다. 첫 시행 "노래가 낫기는 그중 나아도"에는 어떤 전제가 생략

---

1 이 작품은 『사상계』(1960. 1)에 '사소 두 번째의 편지'라는 제목으로 재발표되었고, 시
집에는 수록하지 않았다. 1년 전 유사한 제목의 작품을 『현대문학』에 발표했는데, 왜 이
제목으로 발표했는지는 알 수가 없다.

되어 있다. 그다음 행 "구름까지 갔다간 되돌아오고"로 미루어볼 때 생략된 전제는 "하늘에 닿으려면" 정도의 말일 것이다. 즉, 절대 영원의 세계인 하늘에 닿으려면 높이 상승하는 노래가 낫기는 한데 구름을 넘어가지 못하니 소용이 없다는 뜻이다. 멀리 달리는 말도 바닷가에 가서 멎어버리니 절대의 세계로 넘어가지 못하는 것은 마찬가지다. 사소는 인간의 한계를 넘어선 절대 영원의 세계로 가려 하는 것이다. 그러니 세속적인 사냥의 포획물 따위에는 관심을 두지 않는다.

"활로 잡은 산돼지, 매로 잡은 산새들"은 「추천사」에 나오는 "다소곳이 흔들리는 수양버들나무; 베갯모에 놓이듯 한 풀꽃더미; 자잘한 나비새끼 꾀꼬리들"의 변주다. 그것은 「행진곡」의 "빠알간 불 사르고, / 재를 남기고" 사라지게 될 운명을 지닌 대상들이다. 사소는 영원불변의 절대적 세계를 지향한다. 절대를 향한 화자의 다양한 기투企投는 구름까지 갔다가 되돌아오고 "바닷가에 가 멎어"버리고 만다. 이 '바다'는 「행진곡」의 "멀리 서 있는 바닷물"과 같다.

사소에게 절대의 표상으로 다가오는 것은 아침마다 새로운 세상을 열어 보이는 꽃이다. 꽃은 절대의 세계로 통하는 문에 해당한다. 그러나 꽃의 문을 열고 그 안으로 들어가는 것은 불가능하다. 문이 열리기를 기다리며 문에 기대서 있는 자신은, 수면에 얼굴이나 비추며 물로 들어가지 못하는 수영할 줄 모르는 아이와 같다. 어떻게든 물로 뛰어들어야 그다음의 무엇이 이루어질 텐데, 그는 물가에서 노는 아이처럼 문밖을 서성이는 존재에 불과하다.

사소는 절대의 표상인 꽃의 문 앞에 서서 문을 열라고 기원한다. 그문은 수평의 안온한 공간으로 이끄는 문이 아니라 중력을 거슬러 힘겨운 상승의 고투로 나아가게 하는 진입로다. 문이 열린다 하더라도 그 앞길에는 수직으로 내리치는 "벼락"과 수직으로 치솟는 "해일"의 시련이 있다. 광란의 시련이 닥쳐온다 해도 절대 영원의 길을 가겠다고 화자는 간절히 기원한다.

서정주 시에서는 드물게 보이는 이 확고한 소망의 결의는 사소라는 신화의 인물을 화자로 설정했기 때문에 가능했을 것이다. 현실의 세계에서는 과장된 내용이라 해도 설화의 세계에서라면 영웅적 주인공의 입을 통해 확고한 의지를 표명할 수 있기 때문이다. 이러한 절대 추구의 결의는 그의 시에 더 이상 나타나지 않는다. 그의 삶이 절대 추구의 힘겨움을 더 이상 감당할 수 없었기 때문이다. 이때 그의 나이 마흔셋. 이 시기를 변곡점으로 하여 그의 시는 굴절해간다.

사소 두 번째의 편지 단편斷片

사소의 매는 사소가 산에 간 지 이듬해의 가을날, 그 아버지에게 두 번째의 편지를 그 발에 날라 왔다. 이번 것은 새의 피가 아니라, 향香 풀의 진액을 이겨, 역시 손가락에 묻혀 적은 거였다. 피딱지의 두루마리는, 아직도, 집에서 가지고 간 그것이었다.

　　　　　　　　　— 이것은 그 편지의 전반부 한 조각만 남은 것이다.

피가 잉잉거리던 병은 이제는 다 나았습니다.

올봄에
매는,
진갈매의 향수香水의 강물과 같은
한 섬지기 남짓한 이내(嵐)의 밭을 찾아내서

대여섯 달 가꾸어 지낸 오늘엔,
홍싸리의 수풀마냥 피는 서걱이다가
비취의 별빛 불들을 켜고,
요즈막엔 다시 생금生金의 광맥을 하늘에 폅니다.

아버지.
아버지에게로도,
내 어린것 불구내弗矩內[1]에게로도, 숨은 불구내의 애비에게로도,

---

1 원문에는 "弗居內"로 되어 있으나 『삼국유사』에 "弗矩內"로 되어 있으므로 고쳐 적는다.

또 먼 먼 즈믄 해 뒤에 올 젊은 여인들에게로도,
생금 광맥을 하늘에 폅니다.

• 사소의 신선 수행 시절의 두 번째의 편지.
 진갈매 : 짙은 갈매. 갈매는 녹색.
 이내(嵐) : 산기山氣 증청蒸淸한 하늘의 특수한 기운.
 불구내 : 박혁거세.

*『현대문학』(1958. 6)[2], 『신라초』.

해설

　앞뒤의 주에서 알 수 있는 것처럼, 사소는 매를 이용해 아버지에게 편지를 전했으며 박혁거세를 낳은 다음 신선 수행을 떠난 것으로 설정되어 있다. 앞에 붙은 설명을 보면, 마치 이전에 사소의 첫 번째 편지를 소개한 것 같은 인상을 풍기는데, 이전에 발표한 사소 소재의 시는 없다. 『삼국유사』에는 아버지가 솔개의 발에 편지를 붙여 보내 솔개가 머무는 곳에 정착하여 살라고 명하는 것으로 되어 있고, 박혁거세를 낳은 것과 신선이 된 것의 선후 관계도 불분명하게 서술되어 있다. 미당은 자신 나름대로 『삼국유사』의 문맥을 해석하여 시간 순서를 설정해서 시를 구상한 것이다. 처녀로 잉태했다는 이야기도 『삼국유사』에는 없는데, 미당은 박혁거세를 낳고 산에 들어가서 신선 수행을 한 것으로 설정했다. 이와는 다른 작품인 「사소 단장 ─ 사소 산중 서신 단편」(『예술원보』, 1958. 12)과 이 작품의 수정 발표작인 「사소 두 번째의 편지」(『사상계』, 1960. 1)에는 처녀로 출산하여 추방당한 다음 신선 수행 끝에 신모가 되었다고 주석을 달았다.

　앞에 놓인 설명의 문맥을 보면 사소의 첫 편지는 새의 피를 묻혀 글씨를 쓴 것으로 되어 있다. 그런데 산에서 신선 수행을 한 후에 보낸 두 번째 편지는 향내 나는 풀의 진액으로 쓴 것이다. 이러한 재료의 변화를 통해 젊음의 혈기를 가라앉힌 다음에 쓴 편지라는 의미를 담아내고자 한 것이다. 또 이 시에는 "내 어린 것 불구내", "숨은 불구내의 애비"라는 말이 나온다. 이것은 사소가 처녀로 잉태하여 신라의 시조 혁거세를 낳았다는 이야기와도 상치되는 내용이다. 요컨대 미당은 젊은 사랑의 열기에 휩싸여 어느 남자의 아이를 낳고 부모의 곁을 떠나 산으로 들어와 마음의 평정을 찾으려 노력하는 한 여성을 주인공으로 설정하여 시상을 전개하고 있는 것이다.

그러니까 처음에 나온 "피가 잉잉거리던 병"은 단적으로 말해 사랑의 열병이다. 걷잡을 수 없는 사랑의 불길이 타올라 한 남자를 사랑하고 아이를 낳은 것이다. 사랑의 열병이 다 가라앉지 않았기에 처음의 편지는 새의 피로 썼고, 지금은 사랑의 열병이 나았기 때문에 향내 나는 풀의 진액으로 편지를 쓸 수 있게 되었다. 화자의 분신이라고 할 수 있는 매는 봄에 짙은 녹색 향수의 강물 같은 이내의 밭을 찾아내서 농사를 시작했다. 이것은 피의 열기를 식힐 수 있는 정화와 침잠의 노력을 의미한다. 대여섯 달 가꾸어 가을이 되자, 피는 붉은 기운이 사라지고 마른 홍싸리 수풀처럼 서걱거리는 상태가 되더니 비췻빛 나는 별빛의 불들을 켜들고 종국에는 하늘에 생금 광맥을 펼쳐낸다고 했다. 이것은 과잉의 열기가 가라앉고 평정의 상태에 이르렀음을 의미한다. 「국화 옆에서」에서 누님이 젊음의 방황과 시련 끝에 얻었던 정밀靜謐의 상태와 같은 것이다.

그런데 중요한 것은 그 어렵게 얻은 평정의 기운이 자신에게 머물러 있는 것이 아니라 자신을 걱정하며 기다리는 아버지, 자신이 낳은 어린 애, 숨어버린 그 아이의 아버지에게로도 퍼지고, 더 나아가 아직 태어나지도 않은 먼 미래의 젊은 여인에게까지 퍼져간다는 사실이다. 한 사람의 방황과 일탈, 그것을 극복한 극기의 수련, 거기서 얻어진 정신의 가치가 개인에게 국한되는 것이 아니라 그 주위의 사람들은 물론이고 먼 미래의 사람들에게까지 영향을 끼친다는 문화론적 세계관을 드러내고 있다. 이것은 그가 자신의 정신착란과 불안을 『삼국유사』 숙독을 통해 해결한 데서 온 체험의 고백일 것이다. 천 년 전의 기록에 담긴 정신이 자신이 닥친 정신의 위기를 해결하는 데 도움을 주었으니, 그 경험을 시에 그대로 투영한 것으로 볼 수 있다.

근교近郊의 이녕泥濘 속에서

흙탕물 빛깔은
세수 않고 병들었던 날의 네 눈썹 빛깔 같다만,
이것은 썩은 뼈다귀와 살 가루와 피 바랜 물의 반죽.
기술가! 기술가!
이것은 일생 동안 힘줄을 훈련했던 것이다.
사환이었던 것, 좀도둑이었던 것, 거지였던 것!
이것은 일생 동안 눈치를 훈련했던 것이다.
안잠자기였던 것, 창부였던 것, 창부였던 것!
이것은 시방도 내가 참여하면 반드시
묻거나 튀어 박히는 기교를 가졌다.

이것 위에 씨를 뿌려¹ 돼지를 길러
계집애를 살찌워 시집보낼까.
사내애를 먹이어 양자養子를 할까.
그래. 또 한 벌 도복道服 지어 입혀서
국립 서울대학교라도 졸업시켜서
순수파라도 만들어 놓을 터이니
꾀부리지 말아라.

* 『신문화』(1958. 9), 『신라초』.

---

1 『신문화』에는 이 부분이 "목초(牧草)ㄹ 가꿔"로 되어 있다.

해설

이 시에는 현실을 살아가는 생활인으로서 받은 미당의 마음의 상처가 투영되어 있다. 그가 동국대학교의 전임 교수가 된 것이 1960년이니 이 시를 지을 때는 서라벌예술대학과 동국대학교에서 시간 강사로 일하며 둘째 아들도 태어나 넉넉지 못한 생계에 쫓기며 살던 43세의 척박한 시절이다. 그는 자신이 처한 상황을 "근교의 이녕"으로 설정했다. 자신의 생활이 도시 중심부가 아니라 도시 근처의 변두리를 서성이는 상태임을 나타낸 것이다. '이녕'이란 흙탕물이 고인 진창을 뜻하는 말이니, 누추하고 궁색한 자신의 처지를 비유한 표현이다.

자신이 처한 진창 같은 상황을 병들어 세수도 못 하고 누워 있던 날의 지저분한 눈썹 빛깔에 비유했다. 미당은 얼굴의 미감을 드러내는 가장 감각적인 부분을 눈썹으로 표현하곤 했는데, 여기서는 병들어 누운 수척한 낯빛의 표상으로 바꾸어 나타냈다. 더 나아가 자신이 걸어온 비루한 생활의 국면을 "썩은 뼈다귀와 살 가루와 피 바랜 물의 반죽"으로 형상화했다. 거의 자학에 가까운 자기 비하의 수사적 표현은 미당 시에서는 거의 보지 못하던 극단적인 시어로 연결되어 있다.

화사는 나시 사신의 삶을 "기술가"라는 단어로 집약했다. 예술가가 아니라 한갓 기술을 익힌 자의 삶이요, 일시적인 방편에 의지하여 요령 있게 살아가는 기회주의적인 삶이라고 말한 것이다. 요령과 술수를 익히려고 평생 힘줄을 훈련했다고 자인하고 자책한다. 그러한 자신의 삶을 다시 사환, 좀도둑, 거지에 비유했다. 일생 동안 눈치를 훈련하여 나의 뒤치다꺼리나 하고 자잘한 물품이나 훔치며 거지처럼 동냥이나 얻는 비천한 처지임을 강조한 것이다. 여자로 말하면 남의 집에 들어앉아 노동력을 팔거나 몸을 파는 처지나 마찬가지라고 자조했다. 자신이 거쳐온 삶의 공간은 진창의 속성을 가졌기에 흙탕물을 밟으면 오수가 묻거나 튀는 것처럼 반드시 자신에게 비루한 흔적을 남기는 특성이 있다. 그 오물의 흔적이 자신이 한갓 기술가요, 좀도둑이요, 창부임을 증명하고 있다고 한다.

화자의 자학은 아예 비굴한 현실 수용의 체념으로 이어진다. 이 진흙탕에 씨를 뿌려 수확을 얻고 여기 어울리는 지저분한 돼지를 길러 수익을 얻을 생각을 한다. 거기서 얻은 수익으로 여자아이를 잘 키워 부잣집에 시집을 보내고 사내아이도 잘 먹여서 더 좋은 집에 양자로 보내는 현실 적응의 방도를 생각해보는 것이다. 그다음에 나오는 "도복"이라는 말은 제도나 관습에 맞는 복식을 뜻한다. 검도를 배우는 사람이 도복을 입고 군인이 군복을 입듯이 기존 질서를 잘 따르고 대학도 국립대학에 보내 체제에 순응하는 인물로 키워서 "순수파"를 만들어놓겠다고 했다. 순수파 역시 현실에 대한 반발 없이 세상을 긍정적으로 받아들이는 인물상을 의미한다. 꾀부리지 않고 이 길에 충실하겠다는 말로 시는 종결된다.

이 후반부의 말은 물론 반어이다. 미당의 삶에 대해 부정적인 시각을 지닌 사람은 이 말에 그의 내부에 도사린 진심이 담겨 있다고 강변할지 모른다. 그러나 자신의 진심을 흙탕물의 진창으로 비유하는 시인은 없고 그것을 창부의 작태라고 대놓고 말하는 사람도 없다. 그는 자신에게 몰려온 세상의 사나운 물결에 힘들어하며 비루한 상태로 몰려가는 자신의 처지를 한탄한다. 자학의 상태에서 이렇게 세상의 오염에 물들 수밖에 없는 것이라면 차라리 비속한 현실과 잘 어울려 세속의 승자가 되는 것이 낫겠다는 생각을 한 것이다.

그러나 이것이 그의 진심이라면 이와 같은 시를 쓰지 않았을 것이다. 이 시의 반어의 어법은 결코 이렇게 살 수 없다는 자신의 최소한의 방어선을 드러낸 것이다. 이 시를 쓰던 그 순간은 이것이 그의 진심이었으리라. 미당의 친일이나 권력 추종의 전력이 선입견으로 작용하여 이 진심마저 색안경을 쓰고 보는 것은 시를 읽는 기본 독법을 상실한 태도다.

인간이란 다면적이고 다층적인 존재여서 현실 추수적인 사람의 경우에
도 이런 자기 갈등에 빠질 때가 있는 법이다. 더군다나 20년 넘게 시인
의 이름으로 살아온 사람에게 이런 자책과 자학이 솟아나는 것은 지극
히 자연스러운 일에 속한다. 여하튼 미당에게 마흔셋의 나이는 중요한
분기점임에 틀림없다.

선덕여왕의 말씀

짐의 무덤은 푸른 영嶺 위의 욕계 제2천.
피 예 있으니, 피 예 있으니, 어쩔 수 없이
구름 엉기고, 비 터 잡는 데— 그런 하늘 속.

피 예 있으니, 피 예 있으니,
너무들 인색치 말고
있는 사람은 병약자한테 시량柴糧도 더러 노느고
홀어미 홀아비들도 더러 찾아 위로코,
첨성대 위엔 첨성대 위엔 그중 실한 사내를 놔라.

살의 일로써 살의 일로써 미친 사내에게는
살 닿는 것 중 그중 빛나는 황금 팔찌를 그 가슴 위에,
그래도 그 어지러운 불이 다 스러지지 않거든
다스리는 노래는 바다 넘어서 하늘 끝까지.

하지만 사랑이거든
그것이 참말로 사랑이거든
서라벌 천년의 지혜가 가꾼 국법보다도 국법의 불보다도
늘 항상 더 타고 있거라.

짐의 무덤은 푸른 영 위의 욕계 제2천.
피 예 있으니, 피 예 있으니, 어쩔 수 없이
구름 엉기고, 비 터 잡는 데— 그런 하늘 속.

내 못 떠난다.

• 선덕여왕은 지귀라는 자의 여왕에 대한 짝사랑을 위로해, 그 누워 자는 데 가까이 가, 가슴에 그의 팔찌를 벗어 놓은 일이 있다.

•『신라초』.

해설

이 시는 『신라초』의 첫 작품으로 실려 있는데 발표 지면은 알려져 있지 않다. 최현식은 시집 미수록 작품인 「선덕여왕 찬」(『문예』, 1950. 6)을 화자를 바꾸어 개작했을 가능성에 대해 언급하였으나[1] 두 시의 화법이 많이 다르기 때문에 그렇게 보기는 어려울 것 같다. '신라초'라는 시집 제목을 염두에 두고 시집의 성격에 맞는 작품을 새로 써서 수록했을 가능성이 있다.

선덕여왕은 신라의 첫 여왕이어서 그런지 전해지는 설화가 많다. 김부식은 『삼국사기』에서 여자를 왕으로 세웠으니 그 나라가 망하지 않은 것이 다행이라고 폄하했으나 일연은 『삼국유사』에서 선덕여왕의 지혜로움을 보여주는 세 가지 사례를 소개했다. 그중의 하나가 이 시의 소재가 된 자신의 장지葬地를 지정한 일화다. 여왕은 자신의 죽음을 예언하면서 도리천에 묻으라고 했다. 도리천은 불교의 욕계 제2천의 이름이다. 불교에서는 세계의 공간을 탐욕에서 완전히 벗어난 무색계, 탐욕에서는 벗어났으나 아직 형상에 매어 있는 색계, 탐욕에서 벗어나지 못한 욕계의 셋으로 나눈다. 인간 세상은 욕계에 속하며 그보다 높은 단계의 욕계에 여섯 가지 세계(육욕천六欲天)가 또 있는데 그중 두 번째 세계가 도리천이다. 「춘향 유문」에 나온 도솔천은 이보다 높은 네 번째 세계다. 사람이 죽으면 그 죄업에 따라 지옥에 떨어지거나 아귀, 축생, 아수라로 태어날 수도 있고 인간 세상에 다시 태어날 수도 있지만 공덕이 높으면 그 수준에 따라 육욕천 중 어느 한 곳에 태어난다고 한다.

신하들이 도리천이 어디인지 몰라 다시 묻자 여왕은 낭산狼山의 남쪽

---

1 최현식, 『서정주 시의 근대와 반근대』, 소명출판, 2003, 196쪽.

이라고 했다. 그로부터 33년이 흘러 문무왕이 선덕여왕의 무덤 아래 사천왕사를 지었다. 사천왕천은 욕계 제1천으로 도리천 아래에 있다. 여왕은 먼 훗날 사천왕사가 지어질 것을 미리 알고 자신이 묻힐 곳을 도리천이라 명명했다는 것이다. 이것은 미래를 내다보는 선덕여왕의 영험함을 나타낸 일화인데, 미당은 이것을 욕망의 세계에서 완전히 떠나려 하지 않은 여왕의 마음이 반영된 이야기로 해석했다.

그러한 자신의 해석을 보강하기 위해 지귀志鬼의 설화를 끌어들였다. 지귀라는 젊은이가 선덕여왕을 흠모하여 몸이 여위어갔다. 선덕여왕이 그 말을 듣고 지귀를 불렀는데, 여왕이 불공을 드리는 사이에 지귀는 기다리다가 그만 탑 밑에서 잠들었다. 여왕이 잠든 지귀를 보고 자신의 팔찌를 벗어 놓고 돌아갔다. 나중에 잠에서 깬 지귀는 팔찌를 발견하고 사모의 마음이 더욱 불타올라 탑을 불태우고 불귀신이 되었다는 것이다. 미당은 이 설화에서 지귀의 마음을 이해하고 팔찌를 얹어준 선덕여왕의 너그러움을 찾아냈다.

선덕여왕이 다른 천상세계를 지칭하지 않고 욕계 제2천을 지목한 것은, 구름도 엉기고 비도 내리는, 인간의 희로애락이 지속되는 세상에 머물고 싶었기 때문이다. 여왕은 사랑의 파문과 설렘의 감정을 긍정하는 사람이다. 피의 잉잉거림을 이해하는 사람이다. 인간의 삶은 어차피 이 예토穢土에서 펼쳐지는 법이니, 있는 사람은 없는 사람을 도와주고 외로운 사람들을 돌보고 천문을 살피는 첨성대에는 건실한 남자를 배치하여 국기가 든든하게 이어지도록 배려했다. 국가 정치만 잘한 것이 아니라 연모의 마음으로 괴로워하는 사람을 위해서 빛나는 황금 팔찌도 벗어주고, 그래도 사랑의 불길이 가라앉지 않으면 불귀신을 달래는 주문을 써서 온 세상에 퍼지게 했다.

세상 무엇으로도 가릴 수 없는 것이 사랑이다. 사랑의 불길, 사랑의 피는 지엄한 국법으로도 다스릴 수가 없다. 그리고 그것이 진정한 사랑이라면 설사 국왕을 흠모하는 것이라 해도 그것을 굳이 막을 필요가 없는 것이다. 사랑의 불이 타올라 몸을 태우고 탑을 태운다 해도 그것 또한 사람으로서 피할 수 없는 일이니 받아들일 수밖에 없다. 죽음을 두려워하지 않고 시간의 장벽도 넘어선 사랑이라면, 그것 자체가 황홀한 축복이 아니겠는가? 선덕여왕은 그런 진정한 사랑의 불기운을 이해하는 능력을 충분히 지니고 있는 사람이다. 그러니 죽어서 묻힐 곳도 먼 하늘나라가 아니라 욕계 제2천 도리천을 지정한 것이 아니겠는가. 미당의 생각은 대체로 이러한 것이다.

마지막의 독립된 시행 "내 못 떠난다."는 구절은 미당이 이해한 선덕여왕의 현실주의적 사유를 단적으로 표명한 말이다. 미당이 이해한 선덕여왕의 사유라기보다는 미당 자신의 생각을 선덕여왕을 빌려 토로했다고 하는 것이 더 옳을 것이다. 미당은 한편으로는 속세의 어지러움을 벗어난 절대 영원의 세계를 꿈꾸면서도 한쪽으로는 애증과 회한이 오가는 현실에 대한 애착도 보여주었다. 초월에의 갈망과 현세에의 안주 사이를 왕래하면서 사유의 편력과 궤적을 거의 그대로 시로 표현했다. 일관성이 없어 보이는 그 엇갈림 속에 오히려 살아 있는 인간의 방황과 번민이 고스란히 드러난다. 적어도 시 앞에서는 그 순간의 감정에 정직하고 충실하게 임하려 했음을 알려주는 대목이다.

천오백 년 내지 일천 년 전에는

금강산에 오르는 젊은이들을 위해

별은, 그 발맡에 내려와서 길을 쓸고 있었다.

그러나 송학宋學 이후, 그것은 다시 올라가서

추켜든 손보다 더 높은 데 자리하더니,

개화 일본인들이 와서 이 손과 별 사이를 허무로 도벽塗壁해 놓았다.

그것을 나는 단신으로 측근側近하여

내 체내體內의 광맥을 통해, 십이지장까지 이끌어갔으나

거기 끊어진 곳이 있었던가,

오늘 새벽에도 별은 또 거기서 일탈한다. 일탈했다가는 또 내려와 관류하고, 관류하다간 또 거기 가서 일탈한다.

장을 또 꿰매야겠다.

* 『신라초』.

해설

　서정주가 신라 정신의 수용을 통해 정립한 역사의식의 단면을 드러내는 작품이다. 그가 파악한 한국 정신사의 흐름을 정리한 것인데, 제목은 한국의 별의 역사를 간략히 언급했다는 뜻으로 붙였다. "천오백 년 내지 일천 년 전"이라는 것은 대체로 신라가 불교를 공인한 23대 법흥왕(서기 514~540년) 대로부터 신라 통일 이후 52대 효공왕(897~912년) 대에 이르는 시기를 말한다. 이 시기는 신라가 정치적·문화적으로 가장 발전한 때이고, 신라의 토착 신앙이 불교와 융합되어 자생적인 정신세계를 펼쳐낸 시대다. 서정주는 이 시기에 신라인의 정신의 영원성에 대한 믿음이 삶의 보편적인 기반을 형성했다고 보았다. 그 후 성리학이라는 유교의 현실주의적 사유 구조가 유입하면서 신라 특유의 정신세계는 퇴행을 보였다고 파악했다.

　금강산에 오르는 젊은이들을 위해 하늘의 별이 길을 쓴다는 것은 향가 「혜성가」의 내용을 두고 한 말이다. 「혜성가」는 26대 진평왕(579~632년) 때 만들어진 노래로 『삼국유사』에 기록되어 있다. 세 명의 화랑이 풍악(금강산)에 유람을 가려할 때 혜성이 심대성을 범하는 변괴가 생겨 불길한 징조로 보고 풍악 유람을 중지했는데, 이때 융천사가 노래를 지어 부르자 변괴가 사라지고 일본 병사도 돌아가버렸다는 노래의 내력이 소개되고 10구체의 향가가 기록되어 있다. 여기서 혜성은 일본군을 상징하고, 심대성은 신라의 중심부 또는 국왕을 상징한다고 해석한다.

　나라에 재앙이 올 것을 미리 예측하고 재앙을 물리치는 노래를 불렀으니 이 노래는 주술적 기능을 지닌 노래다. 양주동의 해석에 따르면, 이 노래의 7구와 8구가 "길 쓸고 있는 별들을 바라보고 / '혜성이여'라고 말한 사람이 있구나."라는 내용으로 풀이된다. 즉, 화랑이 유람을 떠나려 하니 별이 화랑의 갈 길을 미리 쓸어주려 나온 것인데, 그것을 혜성이 나타난 것으로 잘못 알았다는 뜻의 해석이다. 하늘의 별이 인간과 교감하여 화랑이 갈 길을 미리 준비한다는 점에서 자연과 인간이 소통하는 신화적 사유가 작용하고 있음을 알 수 있다. 서정주는 그러한 신화적 사유, 융합의 세계관이 우리의 원초적인 사유 구조라고 생각한다.

그런데 고려 중엽 송나라의 주자학을 받아들임으로써 사유 구조의 변화가 생겼다. 주자학은 현실주의적 세계관을 내세워 신비주의를 배격했다. 조선조에 와서 성리학을 국가 이념의 표준으로 내세우게 되면서 불교나 무속 신앙의 신화적 사유는 의식의 저변으로 가라앉았다. 하늘의 별은 화랑의 갈 길을 쓸어주던 친근한 대상이 아니라 손이 닿을 수 없는 먼 천공으로 올라가버렸다. 자연과 인간의 동질적 교감은 사라지게 된 것이다. 개화 이후 일본인들은 더욱 서구적 근대화를 가속시켰으므로 우리의 토착 신앙이나 불교적 융합의 사유는 아예 발을 못 붙이게 되었다. 이제 인간의 손과 하늘의 별은 만날 수 없는 격절의 공간으로 갈라져 그 사이에 허무의 벽이 가로놓인 꼴이 되었다.

이것은 한국인의 정신 구조, 사유 구조의 커다란 위해다. 미당 자신은 단신으로 자연과 인간의 벽을 뚫고 하늘의 별을 자신의 내부에 끌어들이려는 시도를 벌인다. "측근"이라는 말은 '바로 곁의 가까운 곳'이라는 뜻의 명사지만, 미당은 이 말을 동사로 활용하여 가까이 다가갔다는 말로 썼다. 하늘의 별 가까이 다가가 그것을 자신의 몸 안의 광맥을 통해 십이지장까지 끌어들였으나 어디 끊어진 곳이 있었는지 별은 자신의 내부에서 벗어나서 제자리로 돌아가려 한다. 그것을 다시 붙잡아 자신의 체내로 끌어들이려는 노력은 계속된다. 그것을 미당은 "일탈"과 "관류"라는 말로 표현했다. '일탈'은 정해진 길에서 벗어난다는 뜻이고, '관류'는 어떤 공간을 꿰뚫어 흐른다는 뜻이다.

미당은 신화적 사유가 자기 몸에 관류하기를 바라지만 그것은 일탈을 반복한다. 더 이상 빠져나가지 못하게 "장을 또 꿰매야겠다."는 말을 한

다. 신화적 사유가 자신의 몸과 마음에 그대로 흐르기를 미당은 바라고
있다. 자신만이 아니라 한국인 모두가 인간과 자연의 교감, 그 융합의
사유를 회복하기를 바랐을 것이다. 이처럼 이 시는 서정주의 사상적 기
반과 정신의 지향을 알려주는 의미 구조를 지니고 있다.

마른 여울목

말라붙은 여울 바닥에는 독자갈들이 드러나고
그 위에 늙은 무당이 또 포개어 앉아
바른 손바닥의 금을 펴어 보고 있었다.

이 여울을 끼고는
한 켠에서는 소년이, 한 켠에서는 소녀가
두 눈에 초롱불을 밝혀 가지고 눈을 처음 맞추고 있던 곳이다.

소년은 산에 올라
맨 높은데 낭떠러지에 절을 지어 지성을 드리다 돌아가고,
소녀는 할 수 없이 여러 군데 후살이가 되었다가 돌아간 뒤……

그들의 피의 소원을 따라 그 피의 분꽃 같은 빛깔은 다 없어지고
맑은 빗낱¹이 구름에서 흘러내려 이 앉은 자갈들 위에 여울을 짓더니
그것도 할 일 없어선지 자취를 감춘 뒤

말라붙은 여울 바닥에는 독자갈들이 드러나고
그 위에 늙은 무당이 또 포개어 앉아
바른 손바닥의 금을 펴어 보고 있었다.

*『현대문학』(1959. 7), 『동천』(1968. 11).

---

1 정지용의 「비」에도 나오는 시어다. 사전에는 등재되어 있지 않지만 '비+낱'의 복합어로 본다.
'낱'은 '아주 작거나 가는 물건을 세는 단위'를 뜻하니 "빗낱"은 빗방울이나 빗줄기라는 뜻으로 풀이된다.

해설

　시집『동천』은 1968년 11월 15일 자로 간행되었는데, 여기에는 1958년 이후의 작품이 수록되어 있다.『신라초』가 1961년 12월 25일에 간행되었지만『신라초』출간 광고가 1958년 11월부터 지면에 나온 것을 보면『신라초』원고는 1958년 가을에 출판사로 넘어간 것 같다. 1959년 2월에『현대문학』에 발표된「무無의 의미」가『동천』수록 작품 중 먼저 발표된 것이지만 해설 대상 작품에 넣지 않았으므로「마른 여울목」이 그다음 발표작이 된다. 앞에서도 말했지만『동천』이후 신라 정신이 서정주의 고정된 창작 관념이 되어 윤회사상과 영원주의가 시에 반복적으로 나타나기 때문에 새로운 양상을 보이는 작품이 드물다. 이 시 역시 윤회의 상상력에 기반을 두고 있으나 사랑의 정열이 어떻게 변하는가를 보여주는 특징이 있어서 해설 대상에 넣었다.

　1연에 제시된 상황은 을씨년스럽다. 물이 있어야 할 여울에 물이 말라 바닥의 자갈돌이 드러나고, 남의 손금을 봐줘야 할 무당이 여울 바닥에 포개어 앉아 자기 손바닥의 금을 들여다보고 있으니 한심스럽다. 여울이 말라붙었듯 무당도 늙은 무당이다. 물 기운이 사라졌고 생기가 잦아들었다.

　그래도 한때는 여울을 중심으로 소년과 소녀가 사랑을 나누기도 했다. 뜨거운 사랑을 불태운 것은 아니고, 두 눈에 초롱불을 밝히고 서로의 눈을 처음 맞추었다. 그러나 눈을 맞추었을 뿐 마음을 맺기 위한 행동은 이어지지를 못했다. 어쩐 일인지 소년은 높은 곳 낭떠러지에 절을 지어 지성을 드리다 세상을 떠났고, 소녀는 여러 집에 후취로 가서 기구하게 살다 세상을 떠났다. 이렇게 허망하게 이승에서의 생이 끝났으니, 그 결과는 자갈돌이 머리를 내민 마른 여울 바닥과 같다.

소년과 소녀는 다른 사람들이 하는 것처럼 세속적 피의 연정을 나누지 않았다. "피의 분꽃 같은 빛깔"이 다 없어진 맑은 빛의 여울을 이루고자 했다. 그 마음의 반향을 따라 맑은 빗방울이 구름에서 흘러내려 자갈 위에 맑은 여울이 흐르기도 했다. 그러나 시간이 지나자 여울물은 마르고 바닥에 자갈이 그대로 드러나게 된 것이다. 분홍 빛깔의 피가 맑은 여울물로 바뀌어 정화의 상태로 끝나는 줄 알았는데 하릴없는 허무의 상태로 끝나게 되있다.

마지막 연은 첫 연의 반복인데, 두 사람의 사연을 알고 나니 "그 위에 늙은 무당이 또 포개어 앉아"의 의미가 더 선명하게 각인된다. 여울 바닥에 쌓인 자갈돌 위에 늙은 무당이 마치 자갈의 일부인 것처럼 포개어 있다는 뜻이다. 소년과 소녀의 맑고 애틋한 사랑은 사라지고 자갈만 남았는데, 바로 그 자갈 위에 늙은 무당이 자갈처럼 놓여 있는 불모의 정황. 이것이 사랑의 끝판이라는 말인가?

이 시를 발표했을 때 그의 나이 마흔넷. 이 시를 읽을 때마다 미당은 45세 이후 상상력도 시들어가고 육체의 정력도 쇠퇴해갔다는 생각이 뚜렷해진다. 사석에서 농담처럼 여러 번 이야기한, 그럴 때마다 사람들이 그렇지 않다고 부정했던, "미당은 45세 이후 정력이 쇠퇴해갔다"는 말의 근거가 여기에 있다. 이러한 나의 판단을 보강해주는 시가 「마흔다섯」이다.

마흔다섯

마흔다섯은
귀신이 와 서는 것이
보이는 나이.

참 대 밭 같이
참 대 밭 같이[1]

겨울 마늘 낼
풍기며,
처녀 귀신들이
돌아와 서는 것이
보이는 나이.

귀신을 기를 만큼 지긋치는 못해도
처녀 귀신하고
상면은 되는 나이.

* 『사상계』(1959. 8), 『동천』.

---

1 『사상계』와 『동천』에 똑같이 이렇게 띄어쓰기가 되어 있어서 시인의 강조를 위한 배치
로 보고 그대로 적었다.

미당은 마흔다섯의 나이가 생의 한 고비를 나누는 변곡점이라고 인식했던 것 같다. 이 나이에 그의 신체와 정신의 변화가 눈에 띄게 나타났기 때문에 그런 생각을 했을 것이고 그런 판단이 위의 시를 쓰도록 유도했을 것이다. 미당이 자신의 판단에 증거로 내세운 것이 귀신이 보인다는 현상이다. 헛것을 보게 되었으니 기력이 약해졌다는 뜻도 되고, 또다른 맥락에서 보면 귀신과 통하게 되었으니 삶과 죽음을 이어서 볼 수 있는 열린 시각을 갖게 되었다는 해석도 가능하다.

자신의 생각을 잘 드러내기 위해 미당은 '참대 밭'을 끌어왔다. 이 말은 중요한 의미를 담은 것이기에 "참 대 밭 같이"라고 특별히 띄어 쓰고 두 번 반복했다. 참대 밭은 곧게 벋은 왕대가 군락을 이룬 곳을 말한다. 이 말은 예로부터 선비의 절개, 불굴의 강직성을 상징하는 말로 사용되었다. '참대 밭엔 쑥이 나도 참대같이 곧아진다.'는 속담이 그런 관념을 대변한다. 그런데 미당은 이 '참대 밭'을 청빈이나 불굴의 속성과 연결 짓지 않고 처녀 귀신들이 돌아와 서는 모양을 비유하는 말로 사용했다. 미당의 독창적 변용에 속하는 이 비유가 뜻하는 바는 무엇인가? 처녀 귀신들이 누추하고 옹색한 모습으로 나타나는 것이 아니라 소슬하면서도 올곧은 형상으로 나타나는 것을 비유한 것이다. '처녀 귀신'이라 한도 푸르게 남았을 터이니 그 푸르른 한의 빛깔을 정정한 참대의 모습에 비유하고 싶었던 것이리라. 그리고 또 중요한 것은 이 '참대 밭'이 '겨울 마늘 냄새'를 수식하는 역할도 한다는 점이다.

'겨울 마늘 냄새'는 무엇인가? 마늘은 보통 가을에 파종하고 겨울에 뿌리를 내려 봄에 싹이 돋아난다. 기온이 따뜻한 남방 해안 지역에서는 2월 하순이면 새순이 올라와 마늘 밭이 푸른빛으로 덮인다. 그때 알싸

한 마늘 냄새도 함께 풍겨온다. 이것을 미당은 '겨울 마늘 냄새'라 했을 것이다. 겨울 차가운 땅에 뿌리를 내리고 우수가 지나면 새순을 내밀어 가장 먼저 봄을 알리는 마늘의 인고의 속성을 '참대 밭'과 '처녀 귀신'에 연결시켰다. 죽음의 세계로 갔다가 푸른 한을 지닌 채 이승으로 돌아와 자신 앞에 선 처녀 귀신에게서 소슬하고 꼿꼿한 참대 밭의 형상을, 겨울 추위를 이겨내고 푸른 싹을 내미는 마늘의 냄새를 연상한 것이다.

귀신을 보고 놀라 자빠지는 것은 혈기 방장한 젊은이들이 하는 일이다. 노인이 되면 저승길에 어느 정도 준비가 되어 있어 저승사자가 와도 별로 놀라지 않는다. 삶의 영역에 죽음을 끌어들일 마음의 준비가 어느 정도 되어 있다. 미당은 그 변화의 지점이 마흔다섯이라고 이야기한다. 스스로 마흔다섯의 나이부터 노화가 시작되고 죽음의 세계로 조금씩 다가가게 된다고 느꼈을 것이다. 칠십, 팔십이 되어 저승 가까이 가면 귀신과 친구가 되어 마음의 친교를 나누게 될지도 모른다. 그러나 마흔다섯은 귀신과 상면만 할 뿐 아직 귀신과 교류할 수 있는 나이는 아니다. 그래도 상면은 한 것이니 삶의 절정에서 조금 물러나 죽음의 준비를 해두는 것이 필요하다. 그런 마음의 대비 상태를 이 한 편의 시로 나타냈다.

미당은 처음에는 그냥 귀신이 와 서는 것이 보이는 나이라고 하고, 다시 되풀이해서 말할 때 "처녀 귀신"이라는 말을 썼다. 왜 "처녀 귀신"이라고 구체화해서 말했을까? 이승에 미련을 지닌 귀신이라는 뜻으로 그 말을 사용했을 수 있다. 또 다른 관점으로는 "처녀 귀신"과도 상면하는 나이니 현실의 처녀와는 얼마든지 상면해도 아무 문제가 없다는 뜻을 함축한 것일 수 있다. 이제 남녀의 문제는 졸업하게 되었다는 것, 아무리 고운 처녀가 와도 이미 처녀 귀신을 상면한 상태니 몸과 마음의 동요가 있을 리 없다는 뜻을 내포한 구절로 읽힌다.

이것을 근거로 "미당은 45세 이후 정력이 쇠퇴해갔다"고 말한 것이다. '참대 밭'과 '겨울 마늘 냄새'의 청청한 기운이 미당에게는 근접하기 어려운 귀신의 형상으로 비치기 시작했다. 그것은 본인이 몸으로 실현하기 힘든 못내 그리운 것으로 남게 된다. 여기서 그의 절대 영원의 탐구도 걸음을 멈추게 된다. 잉잉거리던 피의 열기는 가라앉고 나른하게 저무는 노년의 길이 시작된 것이다.

내 영원은

내 영원은
물빛
라일락의
빛과 향의 길이로라.

가다 가단
후미진 굴헝이 있어,
소학교 때 내 여선생님의
키만큼 한 굴헝이 있어,
이쁜 여선생님의 키만큼 한 굴헝이 있어,

내려가선 혼자 호젓이 앉아
이마에 솟은 땀도 들이는

물빛
라일락의
빛과 향의 길이로라
내 영원은.

*『현대문학』(1960. 3), 『동천』.

해설

　미당의 시 중 가장 아름다운 시의 하나다. 마흔다섯을 넘어서면서 육체의 혈기가 가라앉고 내면이 정화되자 이렇게 맑은 영혼의 세레나데가 탄생하게 되었다. 영혼의 소곡에 이울리게 운율도 부드러운 유성음의 연속으로 아름답게 구성되어 있다. 여기에는 그의 회고담에서 소년기의 첫사랑으로 여러 차례 기록된 초등학교 때의 일본인 여 선생님이 등장한다. 가장 정화된 그리움과 사랑을 떠올릴 때 어김없이 등장하는 순수의 표상이다.

　미당이 젊은 시절 바다를 절대 영원의 표상으로 내세웠음은 앞에서 살핀 바 있다. 「꽃밭의 독백」에서는 벼락과 해일이 몰아치더라도 절대 추구의 길을 가겠다고 선언한 바 있다. 그로부터 2년 정도 시간이 지난 후 그는 자신의 영원을 조용한 순수의 표상으로 제시하고 있다. 이제 저승을 떠돌던 처녀 귀신이 이승으로 와 모습을 보이는 것을 상면할 수 있는 상태가 되었으니 절대 영원을 향한 투신에서는 물러날 만하다. 그는 자신이 추구하는 영원을 "물빛 라일락의 빛과 향의 길"이라고 말했다. 이것은 "벼락과 해일만이 길일지라도 / 문 열어라 꽃아. 문 열어라 꽃아."의 세계와는 사뭇 다른 것이다. 라일락은 향기가 좋고 연보라의 연한 꽃송이가 아기자기하게 모여 핀 모습이 아름답다. 그것을 "물빛"에 비유하였는데 '물'은 피의 뜨겁고 진한 빛깔이 정화된 상태를 암시한다. 뜨거운 열기가 가라앉고 은은한 연보랏빛과 향기가 안내하는 그윽한 길이 자신이 생각하는 영원의 길이다.

　그윽하고 안온한 그 길에는 자기만이 쉴 수 있는 휴식의 공간도 있다. "후미진 굴형"은 구석진 구덩이라는 부정적 의미가 아니라 호젓한 쉼터라는 긍정적인 의미다. 그 "굴형"의 편안함을 나타내기 위해 초등학교

(소학교) 때 여 선생님의 키를 끌어왔고, 그 여 선생님이 예쁘다는 사실까지 명시했다. 그의 회고에 의하면, 3학년 때 담임을 맡은 요시무라 아야코(吉村綾子) 선생이 지금까지 자신을 가르친 모든 선생님 중에서 자신을 가장 사랑한 분이라는 것이다. 친구들과 동산에 꽃을 꺾으러 갔다가 물빛 라일락을 한 가지 꺾어서 언덕을 넘어 달려오던 중 언덕 사이의 작은 구렁에 들어앉아 쉬면서 편안하고 호젓한 느낌이 들었는데, 그 구렁의 높이가 요시무라 선생님의 키만큼 여겨져서 더 흡족하고 싱그러웠다는 것이다.[1] 짐작건대 요시무라 선생님의 품에 안겨 있는 듯한 느낌이 들었던 것 같다.

자신이 마음속에 영원히 간직하고 싶은 것은 그런 순정하고 고요한 어떤 것이다. 그리고 자신이 어떤 영원한 것을 추구한다고 해도 그 대상 역시 그렇게 순정하고 맑은 것이다. 그 길을 가다가 땀이 나고 숨이 차면 자기 몸을 가릴 만한 구렁에 파묻히듯 누워 세상의 간섭을 받지 않고 이마에 솟은 땀도 식힐 수 있는 호젓한 쉼터도 있어야 할 것이다. '벼락과 해일의 길'은 선도산 성모 사소에게는 어울릴지 몰라도 자신은 도저히 감당할 수 없는 행로다. 이제 그는 위험한 절대 추구의 선언을 포기하고 유연한 해조의 리듬과 더불어 40대 후반 안식의 공간으로 내려가려 한다. 이미 처녀 귀신이 겨울 마늘 냄새를 풍기며 툇마루 끝에 서는 것을 보았는데 어떤 경지를 새삼 추구할 것인가? 물빛 라일락의 빛과 향의 길이라면 그 이상 더한 것은 없으리라. 그래서 그는 '고요의 미학'을 추구한다.

---

1 『미당자서전 1』, 민음사, 1994, 188~189쪽.

고요

이 고요 속에
눈물만 가지고 앉았던 이는
이 고요 다 보지 못허였네.

이 고요 속에
이슥한 삼경의 시름
지니고 누웠던 이도
이 고요 다 보지는 못하였네.

눈물,
이슥한 삼경의 시름,
그것들은
고요의 그늘에 깔리는
한낱 혼곤한 꿈일 뿐,

이 꿈에서 아주 깨어난 이가
비로소
만 길 물 깊이의
벼락의
향기의
꽃 새벽의
옹달샘 속 금 동아줄을
타고 올라오면서

임 마중 가는 만세 만세를
침묵으로 부르네.

*『현대문학』(1962. 8),[1] 『동천』.

1 다른 시에 비해『현대문학』발표본의 여러 곳을 수정하여 시집에 실었다. 그만큼 정성을
기울여 지은 작품임을 알 수 있다.

해설

"무언의 해심에 홀로 타오르는/ 한낱 꽃 같은 심장으로 침몰하라"(「바다」), "난타하여 떨어지는 나의 종소리"(「행진곡」), "바람이 파도를 밀어 올리듯이 / 그렇게 나를 밀어 올려 다오"(「추천사」), "벼락과 해일만이 길일지라도 / 문 열어라 꽃아. 문 열어라 꽃아."(「꽃밭의 독백」)의 세계에서 벗어나 '삼경의 고요'에 탐닉할 때 눈물이나 시름 같은 세상사의 부산물은 앙금처럼 가라앉는다. "세사에 시달려도 번뇌는 별빛이라"(조지훈, 「승무」) 같은 사라지지 않는 번뇌의 끈질김은 이제 걱정할 필요가 없게 되었다. 눈물과 시름을 맑게 정화해주는 것이 '삼경의 고요'이기 때문이다.

삼경의 고요와 상면하면서도 세속의 슬픔을 놓지 못하는 사람은 고요의 진면목을 볼 수가 없다. 세상의 걱정에 사로잡혀 이슥한 삼경의 시간에도 잠을 이루지 못하는 사람 역시 고요의 참다운 능력을 발견하지 못한 사람이다. 눈물이나 시름 같은 세속의 번뇌는 고요의 그늘에 깔리는 혼곤한 꿈에 불과한 것. 그것은 순간의 물거품, 그림자, 허깨비에 불과하다. 『금강경』의 구절을 빌려 말하면, "一切有爲法 如夢幻泡影", 현상에 존재하는 모든 것이 꿈 같고 허깨비 같고 물거품 같고 그림자 같다는 것이다. 이렇게 가시적 세계의 허망함을 바로 인식할 때 참다운 진리에 도달한다고 『금강경』은 말한다. 불교의 세계관을 충분히 이해했을 미당은 참다운 진리의 현현에 해당하는 경지를 '삼경의 고요'로 설정한 것이다.

몽상에서 벗어났을 때 비로소 만 길이나 되는 번민의 깊이에서 벗어나 금 동아줄에 올라타 님을 만나는 기쁨을 누리게 된다. 그것은 만 길 깊이로 떨어지는 벼락의 단계를 넘어서서 꽃 피는 새벽의 향기를 안고 옹달샘에서 금 동아줄을 타고 오르는 신비로운 승화의 체험이다. 님을 만나는 환희의 합창도 침묵으로 울려나오는, 불교적으로 말하면 색이

공으로 회귀하는, 영혼의 깨달음을 알리는 노래인 것이다. 참으로 희유한 체험을 시로 표현한 것은 틀림이 없으나, 이 작품 이후 미당의 시는 도통과 달관의 세계로 더욱 기울게 된다.

외할머니네 마당에 올라온 해일 — 쏘네트 시작試作

외할먼네 마당에 올라온 해일엔요.
예순 살 나이에 스물한 살 얼굴을 한
그리고 천 살에도 이젠 안 죽기로 한
신랑이 돌아오는 풀밭 길이 있어요.

생솔가지 울타리, 옥수수 밭 사이를
올라오는 해일 속 신랑을 마중 나와
하늘 안 천 길 깊이 묻었던 델 파내서
새각시 때 연지를 바르고, 할머니는

다시 또 파, 무더기 웃는 청사초롱에
불 밝혀선 노래하는 나무 나무 잎 잎에
주저리주저리 매어 달고, 할머니는

갑술년[1]이라던가 바다에 나갔다가
해일에 넘쳐 오는 할아버지 혼신魂身 앞
열아홉 살 첫사랑 적 얼굴을 하시고

* 『현대문학』(1963. 7), 『동천』.

---

1 『자화상』을 다룰 때 언급한 것처럼 '갑오년'(1894)이 사리에 맞는다. 갑술년은 1874년인데, 『현대문학』과 『동천』에 '갑술년'으로 되어 있으므로 그대로 적는다.

해설

영국의 정형시 소네트 형식에 맞추어 지어보려고 시도한 작품이다. 『현대문학』에는 소네트 형식에 맞추어 행과 음절 수의 배치, 심지어 각 시행의 남성운과 여성운의 배치까지 고려하여 시작에 임했음을 밝히고 있다. 그러나 이러한 서양 정형시의 형식 실험은 여기서 더 나아가지 않았고, 그것은 다행스러운 일이기도 했다. 그러나 우리는 이러한 사례를 통해 미당이 시의 형식 개발에 많은 관심을 가지고 있었음을 이해할 수 있다.

불교의 윤회설에 바탕을 둔 미당의 생사회귀와 영원주의가 바탕에 깔려 있는 작품이다. 그의 자서전에 나오는 내용이고, 나중에 『질마재 신화』 시편에 '해일'이라는 제목의 산문시로 재창조되는 소재다. 그만큼 미당에게는 매우 깊은 인상으로 각인된 외할머니에 대한 기억이다. 자서전에 의하면, 해일이 마당에까지 들어온 것은 못 보고 해일이 지나간 다음에 마당에 남긴 자취만 보았다고 했다. 20대에 청상과부가 된 외할머니가 왠지 발그레하게 부끄러움을 띤 얼굴로 서 있었던 것을 떠올리며 이 시의 상황을 재구성한 것이다.

20대에 청상과부가 되었고 신랑이 세상 떠난 지 한 40년 되었으니, 신랑이 살아 있다면 예순 살쯤 되었을 것이다. 육신은 떠났으나 할머니 마음에 계속 지워지지 않고 살아 있으니 "천 살에도 이젠 안 죽기로 한", 거의 영원의 시간으로 올라가버린 신랑이, 마당까지 들어온 바닷물을 따라 젊은 시절의 모습을 그대로 지니고 나타났다. 그 신랑은 해일이 이동하는 대로 옥수수 밭을 지나 풀밭 길을 지나 생솔가지 울타리를 넘어 마당에 올라왔다. 신랑을 맞이하기 위해 할머니는 천 길 깊이 묻어두었던 새각시 때의 연지를 파내 얼굴에 바르고 다시 또 청사초롱을 파내서 나뭇가지마다 불 밝혀 매달아놓고 신랑을 대하는 것이다.

할아버지가 스물한 살이니 할머니는 열아홉으로 설정했다. 열아홉 새색시가 첫사랑의 상기한 얼굴과 단장을 하고 40년 지난 할아버지 신랑을 대한다는 발상은 서양인으로서는 상상하기조차 어려운 일이다. 그러나 상황이 바뀌어도 영혼이 지속된다는 동양적 귀신론에 의할 것 같으면 할아버지의 혼이 그에 맞는 몸을 갖추어 할머니 앞에 모습을 보이는 것은 가능한 일이다. 그러한 할아버지의 현현을 나타내는 시어가 "혼신魂身"이라는 말이다. 이 말은 서정주가 새롭게 의미 부여한 시어로 영혼을 담은 몸이라는 뜻이다. 할아버지가 정상적으로 살아서 돌아오는 것은 아니지만, 할아버지의 영혼을 담은 물질, 즉 바닷물은 할아버지의 몸과 동일한 대상이다. 할아버지의 생명을 앗아간 바다가 다시 할아버지를 재생시키는 역할을 한다는 것은 무속적 상상력에 해당한다. 이 상상력에 의해 할머니도 첫사랑의 새색시로 변신하여 새신랑을 맞이하는 장면을 연출하게 된다.

여기 "갑술년"은 두 문건에 동일하게 나오는 것으로 보아 미당이 의도적으로 선택한 시어로 이해된다. 「자화상」에서 "갑술년"을 "갑오년"으로 바꾼 것은 사실의 합리성과 어감을 함께 고려한 결과일 것이다. 여기서는 합리적 문맥보다 어감을 더 고려한 것 같다. 「자화상」에서는 "바다에 나가서는 돌아오지 않는다 하는"이라는 개방적 어감의 음소가 이어지기 때문에 "갑오년"이라는 열린 어감의 시어가 적절하고, 이 시에서는 "바다에 나갔다가"라는 짧은 마디의 말이 나오니까 "갑술년이라던가"라는 끊어지는 어감의 말이 적당하다고 생각했을 것이다. 미당은 어감의 미세한 부분까지 세심하게 배려했음을 알 수 있다.

여행가旅行歌

행인들은 두루 이미 제집에서 입고 온 옷들을 벗고
만 리에
날아가는 학 두루미들을 입고,

하늘의
텔레비전에는
오천 년쯤의 객귀客鬼와
사자 몇 마리
연꽃인지 강 갈대를
이마에 여서 피우고,

바람이 불어서
그 갈대를 한쪽으로 기울이면
나는 지난밤 꿈속의 네 눈썹이 무거워
그걸로 여기
한 채의 새 절간을 지어두고 가려 하느니

애인이여
아침 산의 드라이브에서
나와 같은 잔에 커피를 마시며
인제 가면 다시는 안 오겠다 하는가?

그렇다

그것도 필요한 일이다.

*『문학춘추』(1965. 4),[1] 『동천』.

---

1 『문학춘추』에는 '기인 여행가'라는 제목으로 발표되었다.

또 하나의 소슬한 전환이 일어나는 계절에 새로운 여행을 꿈꾸다가 그것이 사랑의 종결로 갑자기 전환을 이루는 독특한 상상력의 작품이다. 마흔다섯에 시작된 그의 육체의 피로가 오십에 접어들면서 달관의 포즈를 취한다는 사실을 알면 이 시의 문맥을 쉽게 파악할 수 있을 것이다. 이 시의 내용은 『삼국유사』에 나오는 오대산 신효 거사의 설화와 연결되어 있다. 신효 거사의 어머니가 육식을 좋아하여 날아가는 학을 보고 활을 쏘았는데, 학 한 마리가 깃털 하나를 떨어뜨리고 갔다. 그 깃털을 통해 사람을 보니 사람들이 전부 짐승의 형상으로 보여 살생을 할 수 없었다. 그래서 자신의 살을 베어 어머니께 드렸다. 얼마 후 다섯 사람의 비구가 와서 자신들의 가사袈裟 한 폭을 달라고 했다. 가지고 있던 깃털을 내주자 가사의 찢어진 폭에 딱 들어맞았다. 그것은 학의 깃털이 아니라 비구의 가사 한 쪽이었던 것이다.

불교의 불살생의 계율과 존재의 상의성相依性의 교훈을 알리는 설화다. 서정주는 이 설화를 끌어들여 새로운 사랑 여행을 계획하다가 그것을 이루지 못하는 데서 오는 허전함을 표현했다. 계절이 바뀌자 마음이 들뜬 사람들은 자신에게 친숙한 관습의 굴레에서 벗어나 무언가 새로운 여행을 떠날 마음을 갖는다. 그것을 시인은 빙 돌려 "제집에서 입고 온 옷들을 벗고/ 만 리에 / 날아가는 학 두루미들을 입고"로 표현했다. 여기서 "두루미"는 '두루마기'의 방언으로 보는 것이 문맥에 맞을 것이다. "학 두루미"란 학과 두루미를 가리키는 것이 아니라 만 리를 날아가는 학 모양의 두루마기를 입었다는 뜻이다. 먼 곳으로 여행을 떠날 차비를 잘 갖추었다는 뜻이다.

2연은 미당 특유의 영통靈通의 상상력을 발휘하여 하늘의 풍경을 신비롭게 표현했다. 하늘에 텔레비전 화면이 펼쳐 있는데, 거기에는 5천년 전쯤 세상을 떠나 떠돌아다니는 오래된 객귀와 사자 몇 마리의 모습이 보인다. 그들은 강에 핀 갈대를 마치 연꽃처럼 이마에 떠받들고 있다. 이 장면은 돌사자가 연꽃을 떠받치고 있는 석상에서 얻은 이미지다. 떠도는 귀신의 모습과 불교 수호신의 모습이 교차하면서 환상적인 영상을 만들어냈다.

이런 신기한 영상 한쪽에 화자가 그리워하는 너의 모습이 겹쳐진다. 바람이 불어서 갈대가 한쪽으로 기울면 지난밤 꿈속에 본 너의 눈썹이 무겁게 다가와 마음에 그늘을 만든다. 지세가 나쁜 곳에 사찰을 지어 운을 비보裨補하는 것처럼, 너에 대한 걱정을 재료로 삼아 한 채의 새 절간을 지어두고 가려고 한다. 불교적 정화 과정을 통해 세상의 근심을 덜어보려는 기원이다.

무거운 눈썹의 여인은 4연에서 아예 "애인"으로 호명된다. 생의 무거움, 또는 연애의 부담감을 인식하여 이제 만남을 끝내려는 여인은 아침 산길을 같이 드라이브도 했고 커피도 나누어 마셨는데, 예기치 않은 작별 인사를 건넨다. "인제 가면 다시는 안 오겠다"는 것이다. 이미 만 리를 날아갈 학 모양의 두루마기를 입고 어딘가로 떠날 준비를 갖춘 마당에 구구한 미련이 남았을 리 없다. 더군다나 생의 무거움을 가볍게 덜어줄 한 채의 절간도 지어놓지 않았는가? 그러니 그런 작별의 인사도 집 떠나 여행길에 오르려는 사람에게는 어울리는 일일 수 있다. "그렇다 / 그것도 필요한 일이다."라는 체념의 발화는 그런 맥락으로 해석된다.

이 작품보다 1년쯤 전에 발표한 「무제」(『현대문학』, 1964. 6)[1]에서 이미 집착하지 않는 "아주 섭섭하지는 않은 이별"의 은유적 표현으로 "한두 철 전 / 만나고 가는 바람같이……"를 제시한 바 있다. 그렇게 헤어져 내세에 재회할 수 있는 이별이라면 충분히 수용할 수 있다는 뜻이다.

1 『동천』에는 「연꽃 만나고 가는 바람같이」로 개제되어 수록되었다.

"연꽃 만나러 가는 바람"의 소망마저 접었으니 절대에 대한 추구는 이미 사라졌고 체념의 여유가 남은 것이다.

이것은 「내리는 눈발 속에서는」에 보였던 '괜찮다'는 긍정의 수락보다 체념의 수위가 더 상승하고 집착 없는 무욕의 상태에 더 가까이 간 느낌을 준다. 10년 이상의 세월이 흘렀고 나이가 오십이 되었으니 투명한 무색의 경지에 이를 만하다. 그러니 다음의 시 「피는 꽃」에서처럼 "빈 그릇"과 같은 사랑의 경지를 읊는 것도 가능하다. 나이 오십이 넘어 터득한 미당의 독특한 이별의 미학이 「피는 꽃」에 압축되어 있다.

피는 꽃

사발에 냉수도
부셔 버리고
빈 그릇만 남겨요.
아주 엷은 구름하고도 이별해 버려요.
햇볕에 새 붉은 꽃 피어나지만
이것은 그저 한낱 당신 눈의 그늘일 뿐,
두 번짼가 세 번째로 접히는 그늘일 뿐,
당신 눈의 작디작은 그늘일 뿐이어니…….

* 『사상계』(1966. 3), 『동천』.

해설

이 시의 제목이 왜 '피는 꽃'인가를 이해해야 이 시를 제대로 감상할 수 있다. 햇볕에 붉게 피어나는 꽃이 사실은 그대 눈에 스치는 그늘이며 잠시 나타났다 사라지는 덧없는 형상이다. 그러니 작은 집착까지 모두 버린, 텅 빈 공허의 상태에 이르러야 진정한 이별의 미학, 자신이 추구하는 정신의 경지에 도달할 수 있다. 새로 피는 꽃까지 빈 그릇으로 받아들이고 아주 작은 감각의 세계까지 이별할 수 있어야 진정한 평정에 도달할 수 있는 것이다.

그냥 "사발"이라고 했지만 미당은 하얀 사기그릇을 염두에 두었을 것이다. 거기 맑은 물이 담겨 있는 모습은 단정하고 담백하다. 엷은 감정의 기운도 스며 있지 않은 것 같다. 그런데 그 냉수마저 비워버리고 빈 그릇만 남겨놓자고 했다. 여기서 '부시다'라는 말은 물론 그릇 같은 것을 깨끗하게 씻는다는 뜻이다. 미당은 이 말에 냉수의 맑은 존재감마저도 깨끗이 씻어 없애버린다는 의미가 포함되기를 원했던 것 같다. 모든 유색, 유루有漏의 상태에서 벗어나 진정한 무無와 공空의 경지로 가는 것을 희망했을 것이다. 불교에서 말하는 진공묘유眞空妙有의 깨달음의 경지를 정신의 지향으로 삼았으리라. 그러한 해탈의 경지의 세속적 표현이 "아주 엷은 구름하고도 이별해 버려요"다. 감정의 기미가 남아 있는 유색의 공간과의 완전한 결별을 화자는 원하고 있다.

그다음에 나오는 상황은 이 시의 제목과 관련이 된다. 햇볕에 새로 피어나는 붉은 꽃이 등장하니 이것이 바로 '피는 꽃'의 상태다. 그런데 이 꽃을 화자는 "당신 눈의 그늘", 그것도 맨 처음의 그늘이 아니라 "두 번쨴가 세 번째로 접히는 그늘", "작디작은 그늘일 뿐"이라고 세 번이나 반복해서 이야기하고 있다. 이 반복은 그 그늘의 미미함을 강조하여 존재의 의미를 희석시키고자 하는 노력이다.

내가 사랑하는, 혹은 한때 사랑하던, 혹은 지금도 그리워하는, 그러나 빈 그릇처럼 비워야 하는 그대의 눈빛. 그것은 마치 햇살을 받아 새롭게 피어나는 붉은 꽃처럼 지금도 아름다우리라. 그러나 불교적 공관空觀의 견해에 의하면 모든 것은 가변적인 것, 실체가 없는 변화일 뿐이다. 무아無我요 무상無常이다. 지금 피어나는 붉은 꽃은 언젠가는 시들어 떨어질 꽃, 색즉시공色卽是空이다. 마찬가지로 당신의 반짝이는 눈 역시 언젠가는 작디작은 그늘로 사라질 대상이다. 그러니 지금 피어나는 꽃을 당신 눈의 미미한 그늘로 받아들일 수 있다.

우리는 여기서 유채색의 화려한 세계에서 무욕과 무색의 세계로 진압해가는 노시인의 지향을 엿볼 수 있다. 달관을 향한 정신의 집중과 전념의 의지를 체감할 수 있다. 오십의 나이를 늙었다고 할 수 없지만 미당의 정신의 동선動線은 분명 동양적 초월의 자리를 지향하고 있다. 그러나 "작디작은 그늘"이 무無가 아니라는 것도 유의해야 한다. 그것은 공의 상태를 나타내지만 공즉시색空卽是色이기 때문에 현실의 세계로 돌아올 가능성을 충분히 열어놓고 있다. 미당의 무상관이 허무주의로 굴절되지 않는 이유가 여기에 있다. 그렇기 때문에 그 '그늘'은 「동천」에서 '매서운 맑음'의 이미지로 변용될 수 있다.

동천冬天

내 마음 속 우리 님의 고운 눈썹을
즈믄 밤의 꿈으로 맑게 씻어서
하늘에다 옮기어 심어 놨더니
동지섣달 나르는 매서운 새가
그걸 알고 시늉하며 비끼어 가네.

*『현대문학』(1966. 5),『동천』.

내 마음에 담겨 있는 님의 모습에 집착도 하지 않지만 그렇다고 그 모습을 쉽게 지워버리지도 않는다. 내 마음 속의 님은 그 모습 그대로 지속된다. 님의 모습 중 젊은 날부터 미당의 마음을 끌어온 것은 눈썹이다. 여인의 고운 눈썹은 시간의 흐름을 초월하여 언제나 매혹적이다. 그 눈썹을 "즈믄 밤의 꿈으로 맑게" 씻는다고 했다. "즈믄 밤"이란 꼭 천 일의 밤이란 뜻이 아니라 헤아릴 수 없을 정도로 많은 밤이란 뜻이다. '즈믄'이라는 말의 부드러운 어감은 님의 고운 눈썹이 신비로운 밤의 꿈으로 계속 씻기어 맑게 승화되는 과정을 연상시킨다. '천 날 밤의 꿈'이라고 썼다면 느낌의 차이가 컸을 것이다.

"즈믄 밤의 꿈"이라고 할 때 그 '꿈'의 내용은 무엇일까? 그것은 물론 님에 대한 꿈이다. 늘 님만을 생각하며 오매불망 지내왔을 화자의 간절한 소망의 꿈. 자신의 마음에 변함없이 간직되어 있는 님의 고운 눈썹을 자신의 간절한 꿈으로 헤아릴 수 없을 정도로 씻는다고 했으니, 그 정화의 상황은 신비의 차원으로 승화된다. 이것은 현실의 맥락이 아니라 초월의 경지다. 절대적 차원으로 승화된 초월적 대상을 하늘에 옮기어 심어놓겠다는 뜻이다. 물론 이것은 밤하늘에 뜬 달을 비유한 것이다. 눈썹의 형상이고 "동지섣달 나르는 매서운 새"가 등장하니 하현달이나 그믐달에 해당할 것이다. 차가운 겨울 하늘에 뜬 달은 평범한 완상물이 아니라 헤아릴 수 없이 많은 꿈으로 정화된 간절한 사랑의 상징물이다. 쉽게 범접할 수 없는 초월적 사랑의 기표를 보고 혹한의 하늘을 나는 매서운 새도 그만 그 사랑의 기세에 눌려 눈썹의 모양을 흉내 내며 비스듬히 스쳐 지나간다고 했다.

우리는 미당이 "비켜 가네"라고 하지 않고 "비끼어 가네"라고 한 점에

유의해야 한다. 비켜간다는 것은 피해간다는 뜻이므로 "시늉하며"와 연결될 수 없다. "시늉하며"라는 말은 맑게 정화된 초월의 꿈을 충분히 수용하여 그것에 동화되고 싶은 마음을 나타낸다. 그러나 아무리 매서운 새라고 해도 그 초월적 대상과 하나가 될 수 없다. 범접하기 어려운 절대의 대상이기에 겨우 흉내만 낼 수 있을 따름이다. 그래서 "고운 눈썹"의 모양을 시늉하며 비스듬히 스쳐 지나가는 것이다. 현상적으로 겨울 하늘에 뜬 달 옆으로 날아가는 철새의 무리를 보고 착상했을 것 같은 이 시는 결과적으로 절대적인 초월의 대상을 상징적으로 표현한 시로 승화되었다. 간결한 형식에 신비주의의 아우라가 결합하면서 외국어로 번역해도 충분히 공감을 줄 수 있는 단형 서정시의 완결된 결정으로 자리 잡게 된 것이다. 30년 시작 체험이 이룩한 단형 서정시의 희유한 성취라고 평가할 만하다.

칡꽃 위에 뻐꾸기 울 때

누군가 다 닳은 신발을 끌고
세계의 끝을 걸어가고 있다.
발바닥에 밟히는
모래 소리 들린다.
세계의 끝에서 죽지 아니하고
또 걸어가면서
뻐꾸기가 따라 울어
보라 등 빛
칡꽃이 피고,
나도 걷기 시작한다,
세계의 끝으로
어쩔 수 없이⋯⋯.

*『현대문학』(1966. 8), 『동천』.

해설

　이 시는 춘궁기의 가난을 소재로 한 작품이다. 이와 유사한 주제의 작품으로는 『서정주 문학 전집』에 수록된 「춘궁春窮」과 「보릿고개」가 있다. 두 작품 다 춘궁기의 굶주리는 아이를 소재로 삼아 가난의 문제를 직접 표현했는데, 이 시는 "다 닳은 신발"과 "발바닥에 밟히는 모래 소리"의 이미지를 빌려 궁핍의 고통을 간접적으로 드러내고 있다.

　"세계의 끝"이라는 말은 참을 수 있을 만한 고통의 한계 지대를 의미한다. 「춘궁」에는 "보름을 굶은 아이"가 나오고, 「보릿고개」에는 "굶주리어 간 아이"가 등장한다. 여기서는 아이라는 말을 하지 않고 그냥 "누군가"라고 했다. 궁핍의 고통을 일반화하여 세계의 고통으로 나타내려는 의도였는지 모른다. 미당은 그의 기억 속에 남아 있는 보릿고개의 궁핍, 특히 가혹한 그 시절에 굶주린 아이들의 고통을 끝내 잊지 못했던 것 같다. 굶주리고 간 아이가 신었을 다 닳은 신발, 신발 뒤로 삐져나왔을 검고 까칠한 발바닥. 그런 모습으로 세계의 끝을 걸어가는 누군가의 모습. 불행과 곤궁의 극지에서 그가 밟는 모래 소리가 귀에 들린다고 했다. 세계의 끝을 조금이라도 벗어나면 분명 죽음의 나락으로 떨어질 것 같은데 그래도 세계의 끝에서 죽지 않고 고통의 보행을 계속하고 있는 인간의 비극성이 시각과 청각으로 전해진다.

　그 가혹한 상황에 뻐꾸기 소리가 들린다는 것이 생의 아이러니를 일깨워준다. 「보릿고개」에도 뻐꾹새 소리가 고추장처럼 매운 상태로 빈창자에 얼얼하게 배어드는 장면을 제시했다. 차마 죽지 못해 걸어가는 형극의 길에 공허하면서도 아름다운 뻐꾸기 소리가 들리고 보라색 등을 켜놓은 듯한 칡꽃이 피는 것이다. 칡 향기까지 퍼져 나올 것이다. 이 가혹함과 아름다움의 공존은 도대체 무엇인가? 이런 상황에서 가난의 명에를 짊어진 화자도 걸을 수밖에 없음을 이야기한다. 다 닳은 신발을 신고 세계의 끝을 걷는 누군가를 구제해줄 기약이 없다면 그와 함께 그 세상을 걷는 것 외에 다른 도리가 없는 것이다. 그야말로 "어쩔 수 없이" 세계의 끝을 걷는 우리들. 그 가난의 형벌을 담담히 그려낸 시가 이 작품이다.

추석

대추 물 들이는 햇볕에
눈 맞추어
두었던 눈썹.

고향 떠나올 때
가슴에 *끄리고*[1] 왔던 눈썹.

열두 자루 비수 밑에
숨기어져
살던 눈썹.

비수들 다 녹슬어
시궁창에
버리던 날,

삼시 세끼 굶은 날에
역력하던
너의 눈썹.

1 『중앙일보』에는 "끓이고"로, 『현대문학』과 『동천』에는 "끄리고"로 되어 있다. 이 말은 『신라초』에 수록된 「무제 ― 하여간 난 무언지 잃긴 잃었다」에 "끼려온"으로 활용된 말로 '간직하다'의 뜻을 지닌 전라도 방언이다. 다른 선집에 이 말이 "그리고"나 "끌고"로 표기된 것은 잘못된 것이다.

안심찮아
먼 산 바위²
박아 넣어 두었더니

달아 달아 밝은 달아
추석이라³
밝은 달아

너 어느 골방에서
한잠도 안 자고 앉았다가
그 눈썹 꺼내 들고
기왓장 넘어 오는고.

＊『중앙일보』(1966. 9. 29), 『현대문학』(1967. 4)⁴, 『동천』.

2 『중앙일보』에는 이 시행이 "眞鍮속에"로 되어 있으나 쉬운 우리말 표현으로 수정되었다. '진유眞鍮'란 '놋쇠'라는 뜻이다.
3 『중앙일보』와 『현대문학』에는 이 시행이 "30년 만에"로 되어 있다. 30년 전의 추억을 되살린다는 뜻이리라.
4 『현대문학』에는 '달밤'이라는 제목으로 발표되었다.

해설

이 시에 나오는 "눈썹"도 자신이 사랑하는 여인의 고운 자태를 제유하는 표현이다. 가을 햇살이 따뜻하게 비쳐 대추 열매에 붉은빛이 물들 때 화자도 사랑의 빛깔을 그녀 눈썹에 불어넣었던 것이다. 사랑하기 좋은 계절인 가을, 대추 열매에 물드는 붉은빛, 그것처럼 여인의 얼굴을 붉게 물들이는 사랑의 정감 등이 연상된다.

그러나 서로 눈까지 맞추어두었던 나는 사랑의 결실을 보지 못하고 고향을 떠나 그녀와 헤어지게 되었다. 고향은 떠났지만 그 여인의 고운 모습을 그대로 가슴에 담아두었고 타향의 각박한 삶을 살면서도 여인에 대한 사랑을 잘 간직해왔다. 가혹하고 각박한 도시에서도 순수한 사랑을 지키려는 노력을 "열두 자루 비수"로 표현하고, 그 노력이 끝내 수포로 돌아가 세상과 타협하게 된 것을 "비수들 다 녹슬어 / 시궁창에 / 버리던 날"로 표현했다. 비수 밑에 숨겨져 간신히 지탱해오던 그녀에 대한 순정이 위기에 처하게 된 것이다.

미당은 여기서 열두 자루 비수가 다 녹슬어 시궁창에 버리게 되는 것을 가난의 문제와 결부시켰다. "열두 자루 비수"가 관용적인 표현이듯 "삼시 세끼 굶은 날"도 관용적인 표현이다. 타락하지 않으려고 1년 12달 쉬지 않고 노력했으나 하루 세끼를 꼬박 거르는 빈궁의 상태에 떨어지고 만 것이다. 그래도 너에 대한 사랑과 순정은 비수처럼 뚜렷했다고 고백하고 있다. 자신의 가슴속에 그 사랑을 간직하는 것이 아무래도 걱정되어 안전한 장기 보관을 위해 먼 산 바위 속에 박아두었다고 했다. 귀중한 것은 암혈巖穴에 비장秘藏한다는 옛 관습이 떠올라 이렇게 표현했을 것이다.

옛날의 추억을 떠오르게 하는 밝은 추석 달이 솟아오르자 바위에 넣어두었던 옛 님의 고운 눈썹이 옛 모습 그대로 나타나게 되었다. 처음에 이 구절을 "30년 만에 / 밝은 달아"라고 한 것은 30년 전 총각 시절의 추억임을 나타내기 위해서였겠으나 추억의 보편성을 드러내기 위해 "추석이라 / 밝은 달아"로 고쳤을 것이다. 추석이면 늘 그대의 눈썹을 변함없이 대하게 된다는 뜻을 담으려 한 것이다. 깊은 밤까지 잠도 자지 않고 골방에 남아 있다가 그녀의 아름다운 눈썹을 꺼내 들고 기왓장 넘어 나에게로 와서 옛날의 그 대춧빛 추억을 고스란히 안겨주는 보름달. 추석 보름달을 볼 때마다 이런 추억에 잠길 수 있는 것도 행복이라 할 수 있을 터인데, 그러기 위해서는 타락한 세상에서 열두 자루 비수를 들고 눈썹을 지켜온 세월이 또한 필요할 것이다.

영산홍映山紅

영산홍 꽃잎에는
산이 어리고

산자락에 낮잠 든
슬픈 소실댁

소실댁 툇마루에
놓인 놋요강

산 너머 바다는
보름사리 때

소금 발이 쓰려서
우는 갈매기

*『문학』(1966. 11), 『동천』.

미당의 50대 작품 중 완벽한 형식미를 갖춘 명작이다. 영산홍은 꽃
모양이 진달래보다 철쭉에 가깝고 잎이 난 다음 꽃이 피기 때문에 개화
시기도 철쭉과 같다. 다만 철쭉꽃이 색상이 뚜렷하고 크기가 큰 데 비해
영산홍은 꽃 모양이 작고 색상이 부드러우면서도 화려한 느낌을 준다.
영산홍의 한자어는 '산에 비치는 붉은빛'이라는 멋진 뜻을 지니고 있어
서 한시의 소재로도 등장하고 기녀의 이름으로도 사용되었다.

미당은 영산홍 한자어의 뜻을 살려 첫 연을 "영산홍 꽃잎에는 / 산이
어리고"로 구성했다. 한자어의 원뜻을 살리면서도 산에 붉은빛이 비치
는 것이 아니라 꽃잎에 산이 비친다는 식으로 변형시켰다. 사소한 변화
인 것 같지만 작은 꽃잎에 큰 산이 비치다니, 음미해볼수록 시적인 맛이
우러나는 변용이다. 산은 배경으로 물러나고 영산홍에 초점이 집중되는
작용을 한다. 그 결과 영산홍 붉은 꽃잎이 중요한 의미를 지닌 사물로
부각된다.

2연에서 "산"이 "산자락"으로 구체화되면서 영산홍의 붉은 색상이 소
실댁의 슬픈 사연으로 전환된다. 어떤 해설서에는 "산자락에 낮잠 든 /
슬픈 소실댁"을 소실댁이 무덤에 묻힌 것으로 풀이했는데, 도내체 이런
해석이 어디서 유래된 것인지 알 수 없다. 그다음 연에 분명 "소실댁 툇
마루에 / 놓인 놋요강"이라는 구절이 있어서 소실댁이 거주하고 있음을
알리고 있는데 왜 소실댁이 죽었다고 생각한 것일까? 죽었다고 해야 소
실댁의 비극성이 더 강조될 수 있을지는 모르지만, 그것은 영산홍의 서
글픈 아름다움의 색상과 너무 멀리 떨어진 상상이다.

2연은 문맥 그대로 산자락에 있는 자신의 거처에서 잠시 낮잠을 자고
있는 소실댁의 모습을 나타낸 것이다. 그러면 왜 낮잠 든 소실댁의 모습

이 슬픈 것일까? 소실댁이면 젊은 여인일 것이고 젊은 여인이라면 할 일이 많은 법이다. 그러나 소실은 집안 살림을 하지 않으니 할 일이 많지 않다. 나이 많은 사람의 소실이면 아이도 없고, 남정네가 자주 들르지 않으면 무료한 시간을 보낼 수밖에 없다. 생활의 현장에서 소외되어 성애의 대상으로만 존재하는 여성처럼 불행한 여성은 없다. 낮잠 든 소실댁의 방문 앞 툇마루에 놓인 놋요강. 외로운 여인의 텅 빈 툇마루에 고즈넉이 자리 잡고 있는 놋요강은 그 자체가 고독의 표상이다. 놋요강의 누렇고 은은한 표면 역시 외로움을 환기하는 요소다. 남정네가 왔다면 그 놋요강은 툇마루에서 안방으로 이동되었을 것이다. 낮잠 든 소실댁과 툇마루의 놋요강은 객관적 상관물로 철저히 대응된다.

이러한 쓸쓸한 배경의 산기슭을 벗어나 재를 넘으면 거기 바다가 펼쳐져 있다. 마침 음력 보름이라 바다는 만조의 풍만한 물결로 해안에 밀려든다. 소실댁과 놋요강의 외로움과는 아주 다른 이미지다. 여기서 "보름사리"를 '음력 보름 무렵에 잡히는 조기'로 풀이하는 경우가 있다. 사전에서 찾으면 "보름사리"에 그런 뜻도 분명히 나온다. 그러나 이 시의 정황은 조기 떼와는 아무 관련이 없다. 더군다나 이 시의 발표본과 시집의 원문은 모두 "보름 사리 때"로 되어 있다. 이렇게 분명히 "때"로 되어 있는데, 왜 "떼"로 바꾸어 읽는단 말인가? 이 부분을 조기 떼로 해석하는 사람은 그다음에 나오는 갈매기의 존재를 고려해서 갈매기가 조기를 먹으려고 달려드는 장면을 연상했을지 모른다. 그러나 만조 때 밀물이 밀려들기 때문에 조기가 아니더라도 물고기를 잡으려는 갈매기들이 달려들기 마련이다.

이 시의 4연은 소실댁이 기다리는 남정네 대신 바다에 밀려드는 밀물을 제시한 것으로 읽을 수도 있다. 젊은 여인의 충족되지 못하는 성적 욕구, 무료한 오후의 적막, 그것과 대비되는 충만한 밀물의 움직임은 이루지 못한 성애의 대리적 상징으로 해석될 여지가 충분히 있다. 보름사리 때 소실댁에게도 배란기가 오고 충만한 음기가 몸에 밀려들지도 모르는 일이다.

5연의 "소금 발"은 '소금기에 젖은 발'이란 뜻으로 풀이하는 것이 옳다. 회갑 때 쓴 「격포우중格浦雨中」에도 "바다의 짠 소금 물결만으로는 도저히 안 되어"라는 구절이 나오는 것으로 볼 때 바다의 짠 소금기를 나타낸 것이 맞을 것이다. 사전에 "소금밭"이 나오는데, 이 말은 '소금기가 겉으로 허옇게 피어 나온 것'을 의미하며, 발음은 '소금빧'로 난다. 만일 이것을 지칭한 것이라면 미당은 "소금 발"로 띄어 쓰지도 않았을 것이고 아예 "소금빧"로 썼을 것이다. 밀물에 섞여오는 물고기를 잡으려고 갈매기는 물속으로 돌진하고, 그 사이에 끼룩거리는 울음소리를 낸다. 그것을 미당은 소금기에 젖은 발이 쓰려서 운다고 상상한 것이다.

이 갈매기의 거동 역시 소실댁의 외로운 슬픔과 연관되어 있다. 영산홍은 슬픈 홍색으로 아련히 피어 있고 소실댁은 무료히 낮잠에 잠겨 있고 놋요강은 누런 고독의 빛깔로 툇마루에 놓여 있는데, 생존을 위해 바닷물에 발을 적시는 갈매기는 쓰라린 울음소리를 토해낸다. 무료하게 잠든 존재건 살려고 몸부림치는 존재건, 생의 비애에서 벗어나지 못한 가련한 존재라는 공통점이 있다. 소실댁의 슬픔은 갈매기의 울음으로 고스란히 이월되는 것이다.

정형시에 가까운 절제된 형식미, 거기에 내포된 풍부한 상징성, 이 둘의 긴장에서 형성되는 신비로운 시적 아우라, 생의 비극성을 관조하는 담담한 시선. 미당 후기시의 결작 「영산홍」은 이러한 시적 구성을 통해 미당의 시적 광휘가 시들지 않았음을 생생히 보여준다.

무제無題

피여. 피여.
모든 이별 다 하였거든
박사博士가 된 피여.
인제는 산그늘 지는 어느 시골 네 갈림 길
마지막 이별하는 내외같이[1]
피여
홍역 같은 이 붉은 빛깔과
물의 연합에서도 헤어지자.

붉은 핏빛은 장독대 옆 맨드라미 새끼에게나
아니면 바위 속 굳은 어느 루비 새끼한테,
물기는 할 수 없이 그렇지
하늘에 날아올라 둥둥 뜨는 구름에…….

그러고 마지막 남을 마음이여
너는 하여간 무슨 전화 같은 걸 하기는 하리라.
인제는 아주 영원뿐인 하늘에서
지정된 수신자도
소리도 이미 없이

---

1 『동천』에서는 이곳에서 페이지가 바뀐다. 이것을 연이 나뉘는 것으로 보고 『미당 시 전집』에서 연 구분을 했으나, 『현대문학』 발표본을 보면 위와 같이 세 연으로 구성되어 있음을 알 수 있다. 또 3행의 "博士가 된 피여."가 『미당 시 전집』에는 "薄士가 된 피여."로 잘못 표기되어 있다.

하여간 무슨 전화 같은 걸 하기는 하리라.

*『현대문학』(1967. 1), 『동천』.

이 시의 "피"는 「사소 두 번째의 편지 단편」, 「선덕여왕의 말씀」, 「마른 여울목」 등에 나왔던 사랑의 갈증과 집착을 상징하는 시어다. '피가 박사가 되었다'는 것은 사랑의 열정이 여러 차례의 이별 체험에 씻기고 닦여 이제 이별이라면 얼마든지 감당할 수 있는 경지가 되었다는 뜻이다. 여기서 '박사'라는 말은 미당이 즐겨 사용한 유머의 화법이다. 이제 사랑이나 이별에 관한 한 높은 경지에 이르렀으니, 산그늘 지는 어느 시골 갈림길에서 마지막으로 이별하는 내외처럼 사랑의 갈증이나 열병 같은 것은 떨쳐버리게 되었다는 뜻이다. 이것을 미당은 "홍역 같은 이 붉은 빛깔과 물의 연합"에서 헤어지자는 표현으로 나타냈다.

그러면 사랑의 열기, 그 붉은 기운은 어디에 주는가? 여기서 다시 미당의 유머가 발휘된다. '홍역 같은 붉은 빛깔'과 '물'이 결합된 상태에서 '붉은 빛깔'은 장독대 옆의 맨드라미 꽃이나 바위 속의 루비에게 주고, 남은 '물기'는 하늘에 뜬 구름에 준다고 했다. 이제 젊은 날의 뜨거운 핏빛 사랑은 가시적인 외부의 사물로 전이되고 사랑의 물 기운 역시 하늘의 구름처럼 손에 잡히지 않는 먼 곳으로 부상하게 되었다. 사랑과 이별 때문에 슬퍼하고 마음 아파할 일은 이제 없어졌다. 그런데 마지막 남을 미련 같은 것도 없을까? 그래서 그는 세 번째 연에서 사랑의 후일담을 이야기했다.

이 후일담 역시 유머의 화법으로 구성되었다. 1960년대 중반을 넘어서면서 우리나라 대도시의 일반 가정에도 전화가 보급되어 전화로 통화를 할 수 있게 되었다. 사랑의 피도 물도 다 이별하여 외부 대상에게 넘겨준다 하더라도 사랑하던 마음은 남을 것이 아닌가? 그 마지막 남은 마음이 나에게 무슨 메시지를 전할 것 같다. 무어라고 형용할 수 없는 미묘한 메시지의 송신을 미당은 그 당시 소통 도구로 등장한 전화를 끌어들여 표현했다. 사랑의 시작도 이별의 종말도 다 증발해버린 텅 빈 하늘, 그래서 영원뿐일 하늘. 거기서 "지정된 수신자도 없이", 또 "소리도 이미 없이" 무슨 신호 같은 것이 전해지기는 할 것 같다고 속으로 조용히 생각해보는 것이다. 사랑의 감정이 다 사라져도 말로 표현 못 할 미묘한 무엇인가가 남아 마음에 잔상처럼 여음처럼 미세하게 움직인다는 것을 미당은 이해하고 있었다. 사람 마음의 비밀을 파악하는 데 박사가 된 상태였다.

봄볕

내 거짓말 왕궁의
아홉 겹 담장 안에
김치 속 속배기의
미나리처럼 들어 있는 나를

놋날 같은 봄 햇볕 쏟아져 내려
육도삼략六韜三略으로[1]
그 담장 반나마 헐어,

내 옛날의 막걸리 친구였던
바람이며 구름
선녀 치마 훔친 뻐꾸기[2]도 불러,
내 오늘은
그 헐린 데를 메꾸고 섰나니……

* 『현대문학』(1967. 4), 『동천』.

1 『현대문학』에는 "쟌느 다르끄 戰法으로"라고 되어 있다. 훨씬 유머러스한 표현이기는
하다.
2 『현대문학』에는 "쑥국새"로 되어 있다. 「쑥국새 타령」을 생각하면 그냥 두어도 좋을
것 같은데 친숙한 말로 바꾸었다.

해설

　자신의 미묘한 심사에 대한 독특한 사유를 평범한 어법으로 표현한
작품이다. 거짓과 진실의 거리감과 거짓과 진실을 오가는 인간의 양면
성을 이중적인 구조로 드러냈다. 인간은 살아가면서 거짓말을 하게 마
련이다. 거짓말의 정도와 수량에 따라 그 인간의 사람됨이 평가될 테지
만, 현실 생활을 하는 인간이 거짓말을 하나도 안 한다는 것은 기대하기
어렵다. 미당 역시 자신이 거짓의 왕궁 속에 몸을 숨기고 있는 존재라고
생각했다. 거짓말 왕궁은 구중궁궐이란 말처럼 아홉 겹 담장이 둘러쳐
있고, 그 안에 아무도 모를 자신의 속내가 도사리고 있다. 그것을 김치
속배기의 미나리에 비유했다. "김치 속 속배기"의 '속배기'는 사물의 가
장 안쪽을 가리키는 말이니 그 앞의 "속"이라는 말은 쓰지 않아도 되는
데, 미당은 김치의 속을 채우는 재료라는 뜻으로 '속배기'를 쓴 것 같다.
김치의 소에 쓰이는 미나리처럼 눈에 안 뜨이게 숨어 있는 모습을 나타
내고자 한 것이다.

　그런데 그 구중궁궐 깊은 곳에 봄 햇볕이 놋날같이 쏟아져 내렸다고
했다. "놋날"은 '놋날'의 변형으로 '돗자리를 칠 때 날실로 쓰는 노끈'을
뜻한다. 흔히 비가 계속해서 내릴 때 놋날같이 내린다고 한다. 봄 햇살
이 놋날같이 쏟아져 내렸다는 것은 거짓말 왕궁에 밝은 햇빛이 비쳐서
어둠이 걷히게 된 것을 의미한다. "육도삼략"이란 중국의 오래된 병서
『육도』와 『삼략』을 함께 이르는 말이다. 요컨대 온갖 병법을 동원하여
거짓말 왕궁을 가린 담을 허물려고 노력했다는 뜻이다. 그 담이 반 이상
헐리게 되었다는 것은 자신의 거짓이 어느 정도 세상에 드러나게 되었
다는 뜻이다. 그런데 문맥으로 보면 자신을 둘러싼 거짓의 담을 허물고
진정한 자신의 모습을 드러낸 것이 자신의 노력인 것처럼 암시되어 있

다. 겉으로는 "놋날 같은 봄 햇볕" 때문에 거짓의 담장이 헐렸다고 했지만, 그 담장을 헌 것은 결국 자신의 양심이다. 그러니까 "육도삼략"이란 도저히 팽개칠 수 없었던 양심의 다양한 작용을 비유한 말이리라.

그런데 묘한 것은 그렇게 담장이 헐렸는데 다시 화자는 자신의 옛 친구들을 불러 그 헐린 담장을 메운다고 서술한 점이다. 애써 헌 담장을 왜 다시 메우는 것일까? 그리고 헐린 담을 다시 메우는 막걸리 친구들은 또 무엇인가? 옛날의 막걸리 친구들은 바람, 구름, 뻐꾸기 들이다. 말하자면 자연의 사물들이다. 자연의 사물들을 불러 자신의 거짓이 드러난 허전한 담벼락을 메우고 있는 것이다. 이것은 다시 거짓의 은신처로 돌아가겠다는 뜻이 아니다. 거짓이 드러난 자신의 치부를 친근한 자연의 사물을 통해 가려보겠다는 뜻이다. 그러니 이 자연물들은 치유의 기능을 가진 대상이다. 그들을 "옛날의 막걸리 친구"라고 지칭한 것은 그 때문이다.

자신이 거짓의 존재라는 것을 밝히고, 그 거짓의 담을 허물기 위해 온갖 방법을 동원했고, 그 결과 드러난 자신의 부끄러움을 친근한 자연의 사물을 통해 달래보겠다는 뜻을 나타냈다. 거짓을 드러내는 방법이나 거짓이 드러난 자신을 달래는 방법이 우화적인 속성을 지니기는 하지만, 그래서 그 진정성이 그렇게 절실하게 다가오지는 않지만, 그래도 자신에 관한 거짓과 진실의 문제를 다루었다는 점에서 이 시를 눈여겨볼 만하다.

저무는 황혼[1]

새우마냥 허리 오그리고
누엿 누엿 저무는 황혼을
언덕 너머 딸네 집에 가듯이
나도 인제는 잠이나 들까.

굽이 굽이 등 굽은
근심의 언덕 너머
골골이 뻗치는 시름의 잔주름뿐,
저승에 갈 노자도 내겐 없느니

소태같이 쓴 가문 날들을
여꾸 풀 밑 대어 오던
내 사랑의 보 도랑물
인제는 제대로 흘러라 내버려 두고

으시시히 깔리는 머언 산 그리매
홑이불처럼 말아서 덮고
엇비슥이 비기어 누워
나도 인제는 잠이나 들까.

*『현대문학』(1967. 4), 『동천』.

1 『현대문학』에는 '午睡의 노래'라는 제목으로 발표되었다.

앞의 시「봄볕」처럼 시인의 자의식이 노출된 작품이다. "새우마냥 허
리 오그리고"라는 첫 시행은 "저무는"과 "잠이나 들까"에 다 걸리는 듯하
다. 그러나 가만히 들여다보면 그것은 황혼 무렵 삶에 지친 듯 몸을 오
그리고 잠이 든 자신의 모습을 비유한 말임을 알 수 있다. 그만큼 삶에
피로를 느낀 자신의 모습을 스스로 나약하다고 느낀 것이다. "누엇 누엇
저무는 황혼"이라는 구절 역시 자신의 노쇠한 하강 상태를 나타낸다.
"황혼을"이라는 구절은 이어주는 서술어가 없으므로 "황혼에"라는 부사
어의 의미에 해당한다. 여기에는 저무는 황혼을 어찌할 수 없다는 노년
의 무력감이 개입되어 있다. 언덕 너머 딸네 집에 가는 것은 그야말로
할 일이 없을 때 하는 일이다. 오십이 넘은 친정아버지가 멀리 시집간
딸에게 가는 일은 거의 없기 때문이다.

첫 행에 나왔던 허리 굽은 새우의 형상은 둘째 행에서 등이 굽은 근
심의 언덕으로 연결된다. 이제 상투적인 관습적 표현까지도 거침없이
쓸 정도로 미당의 감각은 무디어진 것일까? 근심의 언덕 너머에는 시름
의 잔주름이 골골이 뻗쳐 있다고 했으니, 늙음과 무기력과 허전함과 덧
없음이 연이어 그대로 노출된다. 시를 쓴다는 의식도 제쳐놓은 것 같은
막무가내의 자기 고백이다. 저승에 갈 노자도 없다는 말은 천상병이 먼
저 한 말이 아니고 미당이 여기서 먼저 했다. 그나마 이 구절에서 시적
인 자질이 유지되었다.

앞으로 거쳐갈 가문 날들은 소태같이 쓰기만 하고, 그래도 자신만이
돌보던 사랑의 비밀은 이제 감당할 수 없게 되어 다 흘려보내고 말았으
니 마음이 얼마나 허전할 것인가. 사랑의 보에 담아둔 도랑물이 텅 비고
만 것이 아닌가. 이 막막한 어둠의 인식은 어디서 온 것일까? 육체와 정

신의 노화에서 온 것일까? "내버려 두고"라는 방임의 어법으로 볼 때, 이제는 나이가 들었으니 집착에서 벗어나는 것이 어울린다는 일종의 체념처럼 들린다.

그러나 그다음 연에 나오는 "으시시히"라는 말을 보면 미당이 전폭적인 긍정의 심정으로 이 허망을 받아들이는 것 같지는 않다. 집착에서 벗어나 무욕의 달관으로 일관하기에는 아직 미련이 남아 있는 것이다. 그것은 "으시시히 깔리는 머언 산 그리매"처럼 아직 그에게는 낯선 것이다. 나이 오십이 넘었지만 그는 아직 마음의 짐을 벗지 못했다. 달관은 아직 요원한 일이다. 겉으로는 먼 산 그림자를 홑이불처럼 말아서 덮는다고 했지만, 마음이 아직 욕망의 색계色界에 있는데 도솔천의 하늘을 구름으로 나는 것은 불가능하다.

그러나 그는 다른 선택의 여지가 없는지 "엇비슥이 비기어 누워 / 나도 인제는 잠이나 들까."라고 말한다. 저무는 황혼과 더불어 먼 산 그림자를 홑이불처럼 덮고 편안히 잠들 수 있다면 얼마나 좋으리오. 그러나 그것은 이미 첫 행의 "새우마냥 허리 오그리고"에서 부정된 사실이다. 그렇게 초라하고 나약한 모습으로 잠을 자는 것을 자존심 강한 미당이 받아들일 리 없다. 그는 몸이 좀 다치더라도 아직 풍류의 계절에 머물고 싶은 것이다. 그것이 목이 쉰 풍류라 하더라도.

선운사 동구洞口

선운사 고랑으로
선운사 동백꽃을 보러 갔더니
동백꽃은 아직 일러 피지 않았고
막걸릿집 여자의 육자배기 가락에
작년 것만 아직도[1] 남았습니다.
그것도 목이 쉬어 남았습니다.

* 『예술원보』(1967. 12), 『동천』.

---

1 『예술원보』에도 『동천』과 똑같은 형식으로 되어 있는데, 1974년에 세운 선운사의 서정주 친필 시비에는 "상기도"로 되어 있다. 문맥의 어감으로 볼 때 "상기도"가 더 어울리는 것 같지만, 시집의 표기를 원칙으로 하였기에 그대로 적는다.

선운사는 미당의 고향인 고창에 있고 그 경내에 이 시가 비석에 새겨져 있다. 대웅전 뒤쪽 언덕에 천연기념물로 지정된 동백나무 숲이 있어 봄이면 장관을 이룬다. 이곳의 동백꽃은 다른 곳보다 조금 늦게 대체로 3월 말에서 4월 말 사이에 한꺼번에 피었다가 져서 장관을 이룬다. 조금 일찍 가도 동백꽃의 만개를 볼 수 없고, 조금 늦게 가면 이미 절정을 지나 반쯤 떨어진 모습을 보게 된다.

이 시는 너무 일찍 간 경우에 해당한다. 동백꽃이 피지 않았기에 서운한 마음으로 동구에 있는 막걸리 집에 들렀는데 그 주막의 여인이 부르는 육자배기 가락에 작년에 피었던 동백꽃의 자취가 남아 있다고 했다. 육자배기란 진양조장단으로 부르는 남도 지역의 잡가로 한 각이 여섯 박자로 되어 있어서 육자배기라고 한다. 굴곡과 꺾임이 많고 활발하면서도 구성지게 부르는 것이 특징이다. "막걸릿집 여자", "육자배기 가락"이라는 말에서 여자가 나이든 사람임을 알 수 있고, 그렇게 나이든 여자의 육자배기 소리니 목이 쉬었다는 것도 이해가 된다.

나이든 여자가 목이 쉰 상태로 부르는 육자배기 가락에 작년에 절정을 이루었다가 지금까지 묵은 채로 남아 있는 동백꽃을 병치시킨 수법이 이채롭다. 여기에는 너무 일찍 와서 만개한 동백꽃을 보지 못한 아쉬움과 그 아쉬움을 달래려고 육자배기 가락에 젖어드는 풍류의 흥겨움이 한꺼번에 얽혀 있다. 막걸리 집 여자의 목쉰 가락을 통해 인생의 곡절을 제때에 만나지 못하고 어긋난 상태로 지내는 서민의 한을 드러내기도 한다.

짧은 형식의 시인데, 그래서 그런지 소리 내서 낭송하면 절묘한 음악의 울림을 느낄 수 있다. "선운사 고랑"과 "선운사 동백꽃"의 동일음의 반복과 이질음의 교차에서 오는 공명과 변주, "아직 일러"와 "아직도"의 유사 의미의 반복, 그다음에 오는 "피지 않았고"와 "남았습디다"의 대립적 의미 배치 등은 작위적 봉합의 흔적이라곤 전혀 없는, 자연스럽고도 유려한 운율적 미감을 전해준다. "아직도 남았습디다"에 이어서 "그것도 목이 쉬어 남았습디다"로 다시 한 번 휘감아 한의 색조를 두르는 수법은 '언어의 마술사'라는 말이 과장이 아님을 깨닫게 한다.

한양 호일漢陽好日

열대여섯 살짜리 소년이 작약 꽃을 한 아름 자전거 뒤에다 실어 끌고
이조李朝의 낡은 먹기와집 골목길을 지나가면서 연계軟鷄 같은 소리로 꽃
사라고 외치오. 세계에서 제일 잘 물들여진 옥색의 공기 속에 그 소리의
맥이 담기오. 뒤에서 꽃을 찾는 아주머니가 백지의 창을 열고 꽃 장수 꽃
장수 일루 와요 불러도 통 못 알아듣고 꽃 사려 꽃 사려 소년은 그냥 열심
히 외치고만 가오. 먹기와집들이 다 끝나는 언덕 위에 올라서선 작약 꽃
앞자리에 냉큼 올라타서 방울을 울리며 내달아 가오.

* 『동천』.

해설

이 시의 제목이 왜 '한양 호일'인지 궁금하다. 제시된 장면은 일제강점기나 해방 이후의 풍경 같은데 시인은 굳이 '한양 호일'이라는 제목을 달았다. 미당이 이 시를 쓰던 당대에는 보기 힘든 장면이라고 생각하고 '한양 호일'이라는 예스러운 제목을 붙인 것 같다. "이조의 낡은 먹기와집 골목길"을 배경으로 제시하여 지나간 시대의 한가한 풍경을 보여준다는 뜻도 포함되어 있는 것 같다.

작약 꽃은 매우 화려하고 사치스럽다. 5월부터 6월에 걸쳐 피는데 모란보다 더 크고 모란과 마찬가지로 개화 기간이 짧다. 만개한 작약 꽃과 그 꽃을 파는 열대여섯 살 먹은 소년이 대비가 된다. 소년은 천진한 미숙의 상태고 작약 꽃은 농염한 완숙의 상태다. 그 소년은 당연히 "연계 같은 소리"로 꽃을 사라고 외친다. '연계'라는 말은 미당의 시에 여러 번 나오는데, 병아리보다 조금 큰 어린 닭을 가리키며 우리가 흔히 '영계'라고 하는 그 말이다. 변성기가 지나지 않는 열대여섯 살의 소년이니 아직 앳된 목소리로 외쳤을 것이다. 그 소년이 지나는 길은 조선 시대의 유풍이 남아 있는 듯한 "낡은 먹기와집 골목길"이다.

우리는 이 세 형상이 지닌 대조와 어긋남의 묘미를 충분히 음미할 필요가 있다. 화려하고 농염한 작약 꽃, 그 꽃을 파는 열대여섯 살의 연계 같은 소년, 소년이 지나가는 낡은 유풍의 퇴색한 골목길. 이 세 요소의 대조와 어긋남이 자아내는 '한양 호일'의 흥취가 이 시의 본질이다.

소년의 천진하고 청순한 소리의 맥은 "세계에서 제일 잘 물들여진 옥색의 공기 속에" 담긴다. 이러한 고전적인 이미지가 중첩되기 때문에 제목을 '한양 호일'이라 했을 것이다. 앞의 세 가지 요소에 옥색의 공기라는 또 한 가지 요소가 제시되면서 이 시의 흥취는 또 다른 차원으로 상

승한다. 이 옥색의 공기가 앞의 세 가지 요소를 두루 포용하면서 그 이
질성과 차별성을 더 높은 차원으로 지양하는 융합의 역할을 수행하기
때문이다.

이 옥색 공기의 상승적 융화력이 소년을 풍경에 대한 도취의 경지로
고양시킨다. 그는 낡은 먹기와집의 고전미와 붉은 작약 꽃의 화려한 색
채와 옥색 공기의 신비감에 도취되어 자신의 현실적 위상을 상실한 몽
유의 존재처럼 미의 극치의 몽환 속을 내달아간다. 검은 먹기와집에서
백지의 창을 열고 아무리 소리를 쳐 꽃 장수를 불러도 알아듣지 못하고
도취와 몽환의 상태에 몰입할 뿐이다. 자발적 도취에서 우러난 동일화
의 자세를 "작약 꽃 앞자리에 냉큼 올라타서"로 표현했다. 붉은 작약 꽃
과 하나가 되어 앞으로 내달아가는 것이다. 그가 이럴 수 있는 것은 현
실의 영역에 소속되지 않은 중간 단계의 인물이기 때문이다.

미당은 짧은 시의 형식 안에 색상과 형상의 교차, 대비, 전위, 교감,
동화 등 다양한 맥락을 짜임새 있게 배치했다. 그래서 길지 않은 이 시
가 긴 여운을 남길 수 있도록 했다. 이러한 시적 창조가 흔한 일이 아니
라는 것을 많은 사람이 알았으면 좋겠다.

사경四更

이 고요에
묻은
나의 손때를

누군가
소리 없이
씻어 헤우고

그 씻긴 자리
새로
벙그는

새벽
지샐 녘
난초 한 송이.

＊『세대』(1969. 3), 『서정주 문학 전집』(1972. 10).

　"사경"은 새벽 한 시부터 세 시 사이의 시간이다. 자정이 지난 가장 깊은 밤의 시간이다. 새벽이 오기 전 그 정적의 시간에 일어나는 생명의 움직임을 시로 표현했다. 50대 중반에 들어섰지만 그의 시정신과 감성이 시들지 않았음을 증명이라도 하려는 듯 미당은 이런 뛰어난 작품을 연이어 발표했다.

　고요한 새벽은 정화의 시간이다. 모든 움직임이 정지되고 정밀하게 가라앉은 분위기 속에 손에 묻었던 작은 때까지 맑게 씻긴다. 가시적인 사물은 물론이요, 보이지 않는 내면의 티끌까지 정화되는 느낌을 갖는다. 정화의 신비감으로 인해 보이지 않는 어떤 절대적 존재가 정화의 성사를 실행한다고 생각한다. "누군가 / 소리 없이 / 씻어 헤우고"는 그런 의미를 내포한 시행이다.

　새벽의 고요가 정화로만 끝난다면 그것은 싱거운 일이다. 미당은 정화의 다음 단계에 그것에 어울리는 신비로운 창조가 이어진다고 생각한다. 그것이 난초의 개화다. 키우기 어렵고 꽃 피우기는 더욱 어려운 난초가 정작 꽃대를 내미는 것은 예기치 않은 어느 순간에 일어난다. 외출했다가 들어와보니 꽃망울이 벙글어 있을 때가 있고, 자고 일어나 아침에 보았더니 꽃이 피어 있는 경우도 있다. 그런 체험을 한 시인인지라 사경의 새벽 고요 속에, 그 맑고 고결한 기류 속에 한 송이 난초 봉오리가 벙근다고 상상한 것이다. 이러한 새벽의 정결한 고요를 체험할 수 있는 사람은 드물겠지만, 그 고요의 힘이 아름다움을 창조하는 동력이 되는 것은 확실하다.

내 아내

나 바람나지 말라고
아내가 새벽마다 장독대에 떠 놓은
삼천 사발의 냉숫물.

내 남루와 피리 옆에서
삼천 사발의 냉수 냄새로
항시 숨 쉬는 그 숨결 소리.

그녀 먼저 숨을 거둬 떠날 때에는
그 숨결 달래서 내 피리에 담고,

내 먼저 하늘로 올라가는 날이면
내 숨은 그녀 빈 사발에 담을까.

*『서정주 문학 전집』.

해설

『서정주 문학 전집』에 들어 있고 다른 발표 지면은 알 수 없는 작품이다. 1972년『문학사상』10월 호(창간호)에 미당의 시와 산문이 발표되었는데, 이 작품의 창작 일자를 1969년 3월 10일로 밝혀놓았다. 앞에서 해설한「사경四更」은 1969년 2월 2일 새벽 세 시에,「춘궁」은 1969년 2월 8일에,「내 데이트 시간」은 1969년 7월 3일 오전 두 시에 쓴 것이라고 했다. 이 작품들은 모두『서정주 문학 전집』에 수록되어 있다. 1969년 3월이면 미당이 방옥숙 여사와 결혼을 한 지 만 31년이 되는 시점이다. 자신과 30년 넘게 부부의 정을 이어온 아내 생각을 하며 죽음 다음에도 이어질 인연의 곡절을 상상해본 것이다. 윤회사상에 바탕을 둔 미당의 독특한 사유를 개성적 어법으로 표현한 작품이다.

사석에서 취흥이 돋았을 때 미당의 언행을 목격한 사람들은 미당이 바람을 꽤 피웠을 것이라고 추측한다. 그러나 미당은 공적인 대담의 자리에서 그러한 세인의 추측을 일축하며 자신은 그렇게 여성을 함부로 대하는 사람이 아니라고 언급한 바 있다. 관능적 호기심으로 주막 여인의 육덕을 탐하기는 하지만 여인을 숨겨놓고 바깥 살림을 꾸리지는 않는다는 뜻으로 나는 받아들였다. 이 시에 담겨 있는 생각이 50대 중반에 이른 시인 교수의 솔직한 윤리의식일 것이다.

바람 따라 떠도는 방랑벽과 타고난 예인 기질, 거기 덧붙은 짝사랑의 습벽으로 인해 부인은 사실 남편 걱정을 많이 했을 것이다. 미당의 자서전을 보면 기분파다운 낭비벽까지 있었던 것으로 보이니, 어려운 살림을 맡은 부인으로서는 고생이 많았을 것이다. 6·25 때는 자살로까지 몰아간 환청의 정신착란을 겪지 않았던가? 전주와 광주에서의 피난 시절 환청 현상에 의한 의처증으로 여러 차례 아내에게 폭력을 가했음을 기록해놓았다. 아내는 모진 굴욕을 당하면서도 "당신 암만해도 큰일 났소"라는 말만 반복했다고 한다. 미당은 "새 시대의 정신을 가진 여자였다면 이때 벌써 그네는 나를 작파하고 떠나버렸을 것이다."[1]라고 썼다.

부인에 대해 여러 가지 미안한 생각을 한 미당은 그녀의 마음을 "숨결 소리"라는 말로 간단히 표현했다. 그리고 자신의 다사다난한 이탈 행위를 "바람"이라는 말로 몰아서 표현했다. "바람"과 "숨결"은 둘 다 공기의 상상력이니 미당의 내면에서는 자신과 아내의 화합이 벌써 이루어진 것이다.

아내는 새벽마다 냉수를 떠놓고 남편의 무사를 기원했다. 3천 사발이라고 했으니 10년 세월에 해당한다. 10년을 기원하니 남편의 바람기가 잠재워진 것일까? 3천 사발이라는 레토릭을 넘어서서 이 시를 쓰는 그때까지 아내는 새벽마다 보이지 않는 정화수를 떠놓고 기원했을 것이다. 그러니 그 냉수 냄새와 숨결 소리가 자기 옆에 늘 붙어 있다고 말하지 않았겠는가. 남편이 지닌 것은 남루와 피리다. 가난, 방랑벽, 바람기, 예인 기질 등이 그것이다. 생활에는 별로 도움이 되지 않는 그것이 그래도 남편을 시인으로 키우고 대학교수로 만들었다. 그것 때문에 고생했지만 그것 때문에 살게 되었다. 생은 이렇게 아이러니로 가득 차 있다. 인생은 모순 덩어리다.

이제 육십이 가까워오니 죽음을 예비할 때가 되었다. 죽음은 두 사람을 갈라지게 한다. 지금은 아내의 냉수 냄새와 숨결 소리가 옆에 있지만 죽음은 그것을 나에게서 떼어놓는다. 죽음의 이별 다음의 일을 미당 특유의 윤회의 과정으로 풀었다. 미당다운 해결법이다. 그녀가 먼저 떠나면 그 숨결은 내 피리에 담고, 내가 먼저 떠나면 내 숨은 그녀 빈 사발에 담을 것이라는 생각이다. 즉흥적 상상인 것 같은데 생각의 속살이 깊다. 그녀가 먼저 떠나면 그녀의 숨결을 내 피리에 담아 계속 가락을 펼쳐내고, 내가 먼저 떠나면 사발에 냉수 떠놓을 필요 없으니 빈 사발에

1 『미당 자서전 2』, 338쪽.

내가 남긴 숨결이나 담아보겠다는 뜻이다. 평생 남편을 위해 냉수를 떠놓던 아내가 남편이 떠난 다음 담을 것 없는 빈 사발에 남편이 남긴 숨결을 담는다는 생각은 아름답다.

미당의 아내 방옥숙 여사는 그럴 기회를 갖지 못했다. 미당보다 일찍 치매가 와서 미당이 늙은 아내를 많이 보살폈다. 그리고 2000년 10월 10일 미당보다 두 달쯤 먼저 세상을 떠났다. 미당은 문상 온 제자들에게 "할망구는 불쌍한 사람이다. 미안하게 생각한다."고 말했다고 한다. 그때 이후 미당은 곡기를 거의 끊고 맥주로 연명하다가 12월 24일 부인 곁으로 갔다. 아내의 숨결을 피리에 담아 노래할 기력이 없었기에 들리지 않는 마음속 피리를 울린 것이라고 나는 생각한다. 미당은 이 시에서 말한 내용을 실행한 것이다.

기억

그 애는 육날 메투릴 신고
손톱에는 모싯물이 들어 있었지.
고구려 때 모싯물이 들어 있었지.
그 애 손톱의 반달 속으로
저녁때 잦아들던 뻐꾹새 소리
나와 둘이 숨 모아 받아들이고,
그 애 손톱의 반달 속에서 다시 뻗쳐 나가는 뻐꾹새 소리
나와 둘이 숨 모아 뻗쳐 보내던
그 계집아이는…….

•『서정주 문학 전집』.

해설

이 시와 유사한 내용의 작품이 앞에서 참고한 『문학사상』(1972. 10)에 '숨 쉬는 손톱'이라는 제목으로 발표되었다. 이 작품도 1969년 어느 시점에 쓴 것 같은데 공책 사이 여백에 써놓은 초고에는 날짜도 적혀 있지 않다고 했다. 「숨 쉬는 손톱」은 『서정주 문학 전집』에 수록되지 않았고 그것의 변형이라 할 수 있는 「기억」만 수록되었다. 「숨 쉬는 손톱」의 전문을 인용하면 다음과 같다.

　　그 계집애는 단군적 박달나무 신발을 신고
　　손톱으로도 가만히 숨을 쉬고 있었지.
　　우리 둘이 떡갈나무 그늘에 숨어
　　그 계집애가 숨을 속으로 들여 쉬면
　　그 계집애 손톱의 분홍 속으로
　　먼 산 뻐꾹새 소리도 고스란히 잦아들고,
　　그 계집애가 숨을 또 밖으로 내어 쉬면
　　그 계집애 손톱의 분홍 속에 몰려왔던
　　뻐꾹새 소리는 다시 하늘 가로 퍼지고……

시에 담긴 상황은 「기억」과 유사하지만 운율미의 조성이나 시어 선택에 있어서 「기억」이 훨씬 정제된 작품임을 한눈에 알 수 있다. 초고를 다듬어 『서정주 문학 전집』에 수록하면서 날것 그대로의 이 작품을 『문학사상』에 발표한 이유는 알 수 없다. 서정주는 이 시를 두고 "내 인생에 중요하면 꽤나 중요한 것이긴 했던" 것 같다고 토를 달고 있는데, 중요한 기억을 담은 작품이기에 초고와 수정본을 다 발표한 것으로 생각된다.

시인의 기억 속에 어린 시절에 경험한 몇 개의 영상이 중첩된다. 그애가 신었던 육날 미투리, 그 애 손톱의 은은한 빛깔, 그 애의 손을 잡고 숨죽이고 들었던 뻐꾹새 소리 등이 기억의 배면에 떠오른다. 이러한 영상의 교차 속에 형성된 이 시의 표현상의 압권은, 뻐꾹새 소리가 그 애 손톱의 반달 속으로 잦아들었다가 그곳에서 다시 뻗쳐나갔다고 표현한 대목이다. 좋아한다는 말도 못 하고, 혹시 둘이 있는 것을 남이 볼새라 두려운 마음에 숨을 죽이고, 살며시 그 애의 손을 잡았을 때 멀리서 뻐꾹새 소리가 들린다. 그 소리는 마치 그 애의 은은한 손톱 빛깔 안쪽에 있는 흰 반달 속으로 스며들었다가 다시 뻗쳐 나오는 것 같다. 숨 막히는 침묵 속에 그 애의 마음과 나의 마음이 비밀스럽게 오가는 것처럼 뻐꾹새 소리는 그런 매개자 역할을 한다. 시인은 몇십 년의 세월이 흐른 후 어린 날의 기억을 떠올려 이 시를 썼을 것이다. 사건의 디테일은 표면에 제시되지 않았지만, 그 단편적인 상황 속에서 우리는 오히려 어린 날의 순수한 감성을 더욱 생생하게 감지한다.

시는 음악적 요소와 떼려야 뗄 수 없는 관계에 있다. 위의 시에서도 2행과 3행에 반복되는 형식이 운율미를 자아내며 6행과 8행의 반복 역시 음악적 율동감을 불러일으킨다. 그 사이의 7행은 길이가 길어졌는데 이것은 그 나름의 독특한 기능을 수행한다. 즉, 6행과 8행의 유사한 반복 사이에 위치하여 감정을 고조시키고 그 감정의 절정 부분을 시각적·청각적으로 확인하는 구실을 한다. 그리고 마지막 시행 "그 계집아이는……"의 급격한 종결은 시적 압축미의 절정을 보여준다. 이 압축적 종결을 통해 과거의 기억은 무한한 상상을 재생하는 창조의 저장소로 활성화된다.

이 시에서 꼭 언급해야 할 것은 "육날 메투리"와 "고구려 때 모싯물"이 지닌 기능적 의미다. 이 두 시어는 세부적 정황의 하나로 막연히 제시된 것이 아니다. 그 애가 신은 "육날 메투리"는 신분의 차이를 나타낸다. 옛날 농촌의 아이들은 보통 짚신을 신었다. 돈이 좀 있는 신분이라야 미투리를 신을 수 있었다. 미투리는 볏짚으로 엮은 것이 아니라 삼 줄을 여섯 가닥으로 꼬아 만들기 때문에 고급 신에 속한다. 그 여자아이는 마을에 놀러 나올 때에도 미투리를 신을 정도로 여유 있는 집안의 아이다. "그 애는 육날 메투릴 신고"를 맨 처음에 제시한 것으로 보아 화자는 그것을 부러워하고 어려워하는 쪽, 그러니까 가난한 집안의 아이다.

"육날 메투리"와 연결된 것이 손톱의 "모싯물"이다. 모시 역시 고급 옷감에 속해서 모시를 재배해서 가공할 수 있는 집은 부유한 집이다. 그 아이의 손톱에는 미황색의 모싯물이 들어 있다. 발에는 육날 미투리를 신고 손에는 모싯물을 들였으니 시골에서 할 수 있는 호사는 다 보여준 것이다. 다른 애들에게서는 결코 볼 수 없는 그 애의 은은한 모싯물을 화자는 "고구려 때 모싯물"이라고 신비화했다. 이렇게 신분적으로 그 애와 내가 커다란 거리를 두고 있기 때문에 남자아이인 내가 침묵으로 일관할 수밖에 없었다. 육날 미투리를 신고 손톱에 모싯물을 들인 그 아이에게는 한마디 말을 건넬 용기가 나지 않았다. 그 침묵의 시공 속에 열린 감각은 오직 청각일 뿐. 봄날의 뻐꾹새 소리만 그 애 손톱의 반달 속으로 스며들었다가 뻗쳐 나오기를 반복했던 것이다.

그러나 그 침묵의 시공 속에서도 두 마음의 교류가 이루어졌다고 생각하는지 미당은 "나와 둘이 숨 모아 받아들이고" "나와 둘이 숨 모아 뻗쳐 보내던"이라고 썼다. 나만이 아니라 그 애도 나의 조바심과 간절함에 동참했던 것이다. 말은 한마디도 하지 않았지만 마음은 그대로 하나였던 그 계집아이는 어떻게 되었을까? 미당은 "계집아이는……"으로 끝냄으로써 독자들의 무한한 상상을 열어놓았다. 참으로 절묘한 생성적 압축의 어법이라고 아니할 수 없다.

싸락눈 내리어 눈썹 때리니

싸락눈 내리어 눈썹 때리니
그 암무당 손때 묻은 징채 보는 것 같군.
그 징과 징채 들고 가던 아홉 살 아이―
암무당의 개와 함께 누룽지에 취직했던
눈썹만이 역력하던 그 하인 아이
보는 것 같군. 보는 것 같군.
내가 삼백 원짜리 시간 강사에도 목이 쉬어
인제는 작파할까 망설이고 있는 날에
싸락눈 내리어 눈썹 때리니…….

* 『지성』(1971. 12), 『서정주 문학 전집』.

해설

　미당은 추위가 엄습하는 것을 싸락눈 내리는 것에 곧잘 비유했다. 싸락눈이 내리면 겨울이 본격적으로 시작되기 때문이다. 싸락눈은 결정으로 되어 있기 때문에 피부에 닿는 감촉이 선명하고 빗방울보다 훨씬 차갑게 느껴진다. 미당이 섬세한 생명의 감각으로 늘 떠올리던 것은 '눈썹'이다. 차가운 싸락눈이 생명의 촉수인 눈썹을 때리니 문득 삶의 힘겨운 고비들이 떠올랐던 것일까? 미당은 암무당 손때 묻은 징채를 들고 가던 아홉 살 난 아이를 생각한다. 고아임에 틀림없을 것 같은 그 아이는 "암무당의 개와 함께 누룽지에 취직"했다고 미당은 썼다. 암무당의 일을 도와주며 밥을 얻어먹는 처지를 이렇게 말한 것인데, "개"를 끌어와 개와 다름없는 처지임을 드러내면서 그것을 다시 "취직"이라는 말로 돌리는 능청스러운 유머의 어법이 일품이다.

　궁색한 처지에 놓였지만 그 아이의 눈썹은 제법 뚜렷한 라인을 형성하여 궁색에 머물 인물이 아닐 것 같은 인상을 풍겼다. 비록 누룽지를 얻기 위해 개처럼 기생하는 처지지만, 역력한 눈썹의 그 아이는 싸락눈 내리는 추위나 천출 하인의 누추한 상태를 너끈히 이겨내 자신의 삶을 살아낼 것 같은 인상을 보였다. 그럼에도 불구하고 그 아이의 비천한 처지를 생각하면 차갑고 스산한 삶의 밑바닥이 역력히 떠오르는 것도 사실이다. 헐값의 시간 강사로 목이 쉬도록 떠들어야 살 수 있는 각박한 생활이 한탄스러워 이 일도 이제 그만 작파해버릴까 망설이는 날, 거기에 싸락눈까지 내려 추위가 몰려오는 날, 문득 그 아이 생각이 난 것이다.

　자신이 그 하인 아이처럼 생활의 노예가 되어 누룽지나 얻으려고 이 짓을 하는 것인가 하는 생각이 들었을 것이다. 헐값의 강사료를 모아봐야 기름진 성찬을 맛볼 기회는 없었으니, 참담한 환멸의 우울 속에 또 생각나는 것은 그 아이의 역력하던 눈썹이다. 미당의 눈썹 역시 만만한 라인은 아니다. 누룽지나 얻어먹으며 손때 묻은 징채나 들고 다니던 그 아이도 눈썹의 윤곽은 뚜렷했으니, 그 역력한 눈썹으로 싸락눈 내리는 추위도 이겨내지 않았을까 하는 생각이 들었을 것이다. 그렇지 않다면 "눈썹만이 역력하던 그 하인 아이 / 보는 것 같군. 보는 것 같군."이라고 그 아이의 눈썹에 대한 언급을 두 번 반복했을 리가 없다. 말하자면 이 시의 내면에는 내가 그 개떡 같은 하인 아이 처지와 다를 바 없다는 생각과 눈썹 뚜렷했던 그 녀석은 그래도 싸락눈을 이겨냈겠지 하는 생각이 교차하고 있는 것이다. 가족을 책임져야 할 가장의 위치에 있었기에 그것은 더욱 그랬을 것이다. 이 아이의 후일담에 속하는 「단골무당네 머슴 아이」(『질마재 신화』 수록)를 보면 나의 이러한 추측이 전혀 근거 없는 것이 아님을 알게 된다.

그 애가 물동이의 물을 한 방울도 안 엎지르고 걸어왔을 때

그 애가 샘에서 물동이에 물을 길어 머리 위에 이고 오는 것을 나는 항용 모시밭 사잇길에 서서 지켜보고 있었는데요. 동이 갓의 물방울이 그 애의 이마에 들어 그 애 눈썹을 적시고 있을 때는 그 애는 나를 거들떠보지도 않고 그냥 지나갔지만, 그 동이의 물을 한 방울도 안 엎지르고 조심해 걸어와서 내 앞을 지날 때는 그 애는 내게 눈을 보내 나와 눈을 맞추고 빙그레 소리 없이 웃었습니다. 아마 그 애는 그 물동이의 물을 한 방울도 안 엎지르고 걸을 수 있을 때만 나하고 눈을 맞추기로 작정했던 것이겠지요.

* 『시문학』(1972. 2), 『질마재 신화』(1975. 5).

미당은 50대 후반이 되자 어릴 때부터 자신의 고향 마을인 질마재에서 보고 들었던 이야기를 회상하여 산문시 형식의 작품을 창작하여 연속적으로 발표했다. 「질마재 신화」 연작이 시작된 것은 1972년 2월부터다. 『현대문학』에도 일부가 발표되었지만 대부분의 연재는 『시문학』을 통해서 이루어졌다. 연재가 완료된 것은 1975년 6월의 일이고, 그해 5월 18일이 미당의 회갑일이었기 때문에 회갑을 기념하는 뜻에서 시집 『질마재 신화』는 5월 20일 자로 출간되었다. 미당의 연작시 「질마재 신화」는 그의 나이 57세로부터 60세에 이르는 인생의 원숙기에 집중적으로 창작된 것이다. 「질마재 신화」 연작의 첫 발표작이 이 시다.

사람에게는 누구든 자신이 자랑으로 삼는 것이 있다. 어린 시절 딱지치기를 자랑으로 삼는 아이도 있는가 하면 씨름 잘하는 것을 으뜸으로 삼는 아이도 있었다. 여자아이라면 물동이의 물을 한 방울도 흘리지 않고 나르는 것을 대단하게 여기는 아이도 있을 것이다. 이 시에 등장하는 아이는 그런 유형의 아이다. 자신이 대단하게 여기는 일을 완벽하게 해낼 때에만 그 외의 것에 관심을 주는 아이. 미당의 회상 속에는 그 아이의 모습이 강렬한 인상으로 남아 있다. 어쩌면 그 아이가 자신의 특징을 그대로 지닌 분신일지도 모른다.

이 시는 서술된 내용보다 시어의 쓰임새에 세심한 관심을 기울일 필요가 있다. 그래야 이 시의 묘미를 감득할 수 있다. "항용"이라는 말은 '언제나, 늘'이라는 뜻인데, 이 문맥에 배치된 것이 모순처럼 보인다. 왜냐하면 그 애가 샘에서 물을 길어오는 것은 일회적인 일인데 나는 그것을 늘 지켜보았다고 말하는 식이기 때문이다. 상황에 맞게 해석하면 그 애가 물을 길어 나르는 시간이 대체로 정해져 있으니 그때를 맞추어 그

애의 모습을 지켜보곤 했다는 뜻이리라. 실제로는 하루 한두 번 있는 일이지만 화자의 심리적 기억에는 그것이 '늘' 반복되는 일로 강화되어 남은 것이다. 그만큼 그 애의 물동이 나르는 모습이 보기 좋았던 것이리라. 젊은 여자가 물동이를 머리에 이고 몸을 단정히 하여 걷는 모습은 매우 고혹적이다. 그런데 화자는 그런 육체의 매력 따위는 언급이 없이 그 애가 자기에게 눈길을 주는 경우에 대해 이야기를 하고 있다. 요컨대 그 아이가 내게 눈길을 주는가 아닌가가 중요한 관심사다. 그 긴장감이 언제나 나로 하여금 그 아이의 모습을 "서서" 지켜보게 했다.

물동이의 물이 이마에 흐르는 경우 그것은 미당의 가장 중요한 감각적 대상인 "눈썹"을 적신다. 자기를 지켜보는 아이에게 자랑스러운 성취의 눈길을 보내야 할 마당에 그 눈동자 바로 위의 눈썹을 물방울이 적시다니. 아이는 "나를 거들떠보지도 않고 그냥" 지나가는 것이다. 이 '거들떠보지 않음'은 상대에 대한 무시의 태도라기보다는 자기 자신에 대한 부정의 태도다. 내 자신을 온당히 지키지 못했으므로 나를 둘러싼 모든 것이 부정되는 것이다. "동이의 물을 한 방울도 안 엎지르고 조심해 걸어와서 내 앞을 지날 때는 그 애는 내게 눈을 보내 나와 눈을 맞추고 빙그레 소리 없이 웃었습니다."라는 온전한 한 문장이 갖는 완벽한 서사 구조와 어순의 자연스러움은 그 애의 의젓하면서도 아름다운 거동과 그것을 대하는 나의 흐뭇한 기쁨을 동시에 잘 나타낸다.

그다음에 이어진 결론적 부연은 없어도 좋았을 것이다. 학술적으로 말하면, 자신에게 완벽할 때 타자에 대한 사랑이 시작될 수 있다는 내용이 될 것이다. 그러나 그런 것 생각하지 말고 지금부터 한 백 년 전쯤 어느 농촌의 남녀가 샘터와 모시밭 사이에서 벌인 연정 교류의 한 장면이라고 생각하고 읽으면 훨씬 더 정감 어린 이해에 도달할 것이다. 요즘 연애 감정의 교감은 어떠한 방식으로 이루어지는지 비교해보는 것도 흥미로울 듯하다.

외할머니의 뒤안 툇마루

외할머니네 집 뒤안[1]에는 장판지 두 장만큼 한 먹오딧빛 툇마루가 깔려 있습니다. 이 툇마루는 외할머니의 손때와 그네 딸들의 손때로 날이 날마다 칠해져 온 것이라 하니 내 어머니의 처녀 때의 손때도 꽤나 많이는 묻어 있을 것입니다마는, 그러나 그것은 하도나 많이 문질러서 인제는 이미 때가 아니라, 한 개의 거울로 번질번질 닦이어져 어린 내 얼굴을 들이비칩니다.

그래, 나는 어머니한테 꾸지람을 되게 들어 따로 어디 갈 곳이 없이 된 날은, 이 외할머니네 때거울 툇마루를 찾아와, 외할머니가 장독대 옆 뽕나무에서 따다 주는 오디 열매를 약으로 먹어 숨을 바로 합니다. 외할머니의 얼굴과 내 얼굴이 나란히 비치어 있는 이 툇마루에까지는 어머니도 그네 꾸지람을 가지고 올 수 없기 때문입니다.

* 『시문학』(1972. 2), 『질마재 신화』.

---

1 사전에 "뒤안"은 '뒤꼍'의 잘못된 말로 나온다. 평안도와 중부 지방에서 많이 쓰는 '뒤란'은 표준어로 올라 있다. '뒤란'은 '집 뒤 울타리의 안쪽'이라는 뜻이지만 '뒤꼍'과 거의 같은 뜻으로 쓰인다. "뒤안길"은 서정주의 「화사」에도 나오지만, 「국화 옆에서」를 통해 전국에 알려져 사전에 표준어로 올라 있다.

해설

외할머니와 관련된 시가 많은 것은 외할머니와 어머니의 친밀성 때문이다. 외할머니가 일찍 청상과부가 되어 혼자 지냈기 때문에 어머니와 함께 방문하는 일이 많았을 것이다. 외할머니 집 뒤쪽에 딸려 있는 작은 툇마루는 "먹오딧빛"이다. '오디' 자체가 검붉은 빛인데 색상을 강조하기 위해 '먹' 자를 덧붙였다. 툇마루가 이렇게 검게 보이는 것은 많은 사람의 손때가 묻었기 때문이다. 툇마루가 놓인 지 오래되었을 터이니 외할머니의 후손만이 아니라 선조의 손때도 묻었을 것이다. 많은 사람의 손길이 가해져 반들반들해진 그 툇마루의 표면은 마치 거울처럼 매끈해서 사람들의 얼굴까지 비칠 정도다. 「상가수의 소리」에서는 똥오줌 항아리가 거울로 전환되었는데, 여기서는 오래된 툇마루의 윤기가 거울로 전환되는 특별한 현상을 보게 된다.

이 툇마루 거울은 똥오줌 항아리 거울과는 다른 특징을 지니고 있다. 똥오줌 항아리 거울이 기피의 대상에서 보통의 거울로 용도가 바뀌는 정도에 그치는 데 비해, 툇마루 거울은 인간의 실존을 비추는 좀 더 근원적인 의미를 지닌다. 소년 화자에게 이 툇마루 거울은 어머니의 꾸지람으로부터 도피하여 쉴 수 있는 금기의 공간, 일종의 신성의 공간이다. 그것은 이 툇마루가 지닌 삶의 역사성 때문이다. 다층의 삶이 누적된 이 신성한 공간 안으로 일상의 꾸지람이나 사소한 감정 문제가 끼어들 수는 없는 것이다.

소년 화자는 그 툇마루 안에서 외할머니가 따주는 오디 열매를 먹고 가쁜 숨을 가다듬는다고 했다. 외할머니는 치유의 기능도 갖고 있고, 어머니의 꾸지람을 누그러뜨린다는 점에서 화해의 기능도 갖고 있다. 그런 점에서 외할머니와 툇마루는 동격의 위상에 놓인다. 그래서 제목도

'외할머니의 뒤안 툇마루'다.

후손을 생산하며 생활의 주역을 담당하는 외할머니가 아닌 할아버지는 툇마루의 주인이 될 수 없다. 할아버지는 가문의 상징, 권위의 상징일 뿐이다. 그것은 억압의 기능만 갖고 있지 치유와 화해의 기능은 갖고 있지 않다. 외할머니는 권위의 "뒤안"에 놓였지만 권위의 주체가 갖고 있지 못한 치유와 화해의 기능을 갖는다. 이러한 외할머니와 툇마루의 기능적 역할을 발견한 것은 오랫동안 시를 써온 미당의 창조적 연륜이 작용한 결과다. 여성 시인도 시도하지 못한 이러한 시적 성취, 여성이 지닌 생명의 부드러운 힘을 발견하고 표현한 공을 우리의 시인 미당에게 돌리는 데 인색할 필요는 없을 것이다.

상가수上歌手의 소리

질마재 상가수의 노랫소리는 답답하면 열두 발 상모를 젓고, 따분하면 어깨에 고깔 쓴 중을 세우고, 또 상여면 상여 머리에 뙤약볕 같은 놋쇠 요령 흔들며, 이승과 저승에 뻗쳤습니다.

그렇지만 그 소리를 안 하는 어느 아침에 보니까 상가수는 뒷간 똥오줌 항아리에서 똥오줌 거름을 옮겨 내고 있었는데요. 왜, 거, 있지 않아, 하늘의 별과 달도 언제나 잘 비치는 우리네 똥오줌 항아리, 비가 오나 눈이 오나 지붕도 앗세 작파해 버린 우리네 그 참 재미있는 똥오줌 항아리, 거길 명경明鏡으로 해 망건 밑에 염발질을 열심히 하고 서 있었습니다. 망건 밑으로 흘러내린 머리털들을 망건 속으로 보기 좋게 밀어 넣어 올리는 쇠뿔 염발질을 점잔하게 하고 있어요.

명경도 이만큼은 특별나고 기름져서 이승 저승에 두루 무성하던 그 노랫소리는 나온 것 아닐까요?

*『현대문학』(1972. 3), 『질마재 신화』.

해설

이 시는 「질마재 신화」 연작 중 「신부」, 「해일」, 「소자小者 이 생원네
마누라님의 오줌 기운」과 함께 두 번째로 발표한 작품 중 하나다. 지면
에는 『시문학』에 이어 두 번째로 발표되었지만 시집에는 앞부분에 수록
되어 있다. 「해일」은 앞에서 해설한 「외할머니네 마당에 올라온 해일」
에서 이미 다룬 소재이고, 「신부」는 전승 설화를 시로 다시 바꾸어 표현
한 것이고, 「소자小者 이 생원네 마누라님의 오줌 기운」은 익살이 앞선
작품인 데 비해, 이 작품은 자신의 고향 질마재의 인간 유형과 관련된
독특한 시각을 보여주고 있어서 주목된다.

서정주의 말에 의하면, 고향인 질마재 마을에는 세 가지 유형의 사람
들이 살았다고 한다. 미당은 세 유형의 명칭도 유머러스하게 붙였다. 하
나는 '유학파'로 책만 읽고 지내는 선비의 후손들이고, 다음에는 '자연파'
로 자연 속에서 농사짓고 살아가는 농민들, 또 하나는 '심미파'로 일상적
인 생활 능력은 없으나 농악을 잘 하거나 손재주가 뛰어난 예인藝人들이
있다는 것이다.

이 시는 예인의 한 사람인 상가수를 소재로 한 것이다. 상가수란 상
여가 나갈 때 상여에 올라 상엿소리를 선창하는 사람을 말한다. 그는 여
러 가지 재주를 지니고 있어서, 농악을 할 때 벙거지 끝에 열두 발이나
되는 상모를 달고 돌리기도 하고 고깔 쓴 중의 형상으로 춤을 추기도
한다. 보통 때에는 할 일 없는 건달처럼 건들거리다가 사람이 죽어 상여
가 나가면 상여 머리에 서서 '이승과 저승에 뻗치는' 기가 막힌 노래를
선창하는 사람이다. 그가 노래 부르며 흔드는 요령을 "뙤약볕 같은 놋쇠
요령"이라고 표현했는데, 이 표현은 놋쇠 요령의 금속성의 음감과 샛노
란 색감을 동시에 표현하는 절묘한 비유다. 이 요령을 흔들며 그가 선창

하는 노래가 이승과 저승에 두루 무성하다고 했으니, 그 노래는 죽은 자를 이승에서 저승으로 인도하는 일종의 매개 역할을 한 것이다.

이렇게 기막히게 소리를 잘하는 사람이 보통 때 무엇을 하나 가 보았더니 그는 의외롭게도 거름통에서 거름을 푸다가 똥오줌 항아리를 거울처럼 들여다보며 머리를 다듬고 있었다. "쇠뿔 염발질"은 쇠뿔을 가늘게 자른 도구를 이용하여 망건 밑으로 흘러내린 머리털을 밀어 올리는 것을 말한다. 이것은 망건을 쓰는 사람이면 누구나 하는 일인데, 특이한 것은 똥오줌 항아리를 거울로 사용했다는 점이다. 보통 사람에게 거름통은 거름통이고 거울은 거울일 뿐이다. 그런데 상가수는 거름통을 거울로 변용시켰다. 요컨대 남다른 예술적 재능을 소유한 사람은 현실적 생활에서 소외되고, 그 소외가 오히려 일상적 삶에 새로운 의미를 부여하게 된다는 생각을 이 시는 담아내고 있다. 예술이란 결국 일상적인 사물(거름통)에 다른 기능(거울)을 부여하는 일이라는 매우 중요한 사실을 발견한 것이다.

그런데 이러한 생각이 논리적으로 피력된 것이 아니라 상당히 유머러스한 방법으로 제시된 데 이 시의 특징이 있다. 즉, 거울 대신에 "명경"이라는 시어를 채택하여 "명경도 이만큼은 특별나고 기름져서"라고 말한 것도 재미있고, 거름통에 얼굴을 비추며 머리를 가다듬는 정황도 재미있으며 "왜, 거, 있지 않아"로 이어지는 구어체의 입담도 해학적이다. 이러한 해학적 어법은 예술의 본질적인 문제를 마치 할아버지의 옛날이야기처럼 흥미롭게 전달하는 역할을 한다. 우리는 시인의 해학적 입담에 휘말려 예술의 기본 속성에 해당하는 심각한 주제를 아주 편안하게 받아들이게 된다.

간통 사건과 우물

간통 사건이 질마재 마을에 생기는 일은 물론 꿈에 떡 얻어먹기같이 드물었지만 이것이 어쩌다가 주마담走馬痰 터지듯이 터지는 날은 먼저 하늘은 아파야만 하였습니다. 한정 없는 땅삐 떼에 쏘이는 것처럼 하늘은 웨ー 하니 쏘여 몸서리가 나야만 했던 건 사실입니다.

"누구네 마누라하고 누구네 남정네하고 붙었다네!" 소문만 나는 날은 맨 먼저 동네 나팔이란 나팔은 있는 대로 다 나와서 '뚜왈랄랄 뚜왈랄랄' 막 불어 젖히고, 꽹과리도, 징도, 소고도, 북도 모조리 그대로 가만있진 못하고, 퉁기쳐 나와 법석을 떨고, 남녀노소, 심지어는 강아지 닭들까지 풍겨져 나와 외치고 달리고, 하늘도 아플 밖에는 별수가 없었습니다.

마을 사람들은 아픈 하늘을 데불고 가축 오양간으로 가서 가축용의 여물을 날라 마을의 우물들에 모조리 뿌려 메꾸었습니다. 그러고는 이 한 해 동안 우물물을 어느 것도 길어 마시지 못하고, 산골에 들판에 따로 따로 생수 구먹을 찾아서 갈증을 달래어 마실 물을 대어 갔습니다.

* 『시문학』(1974. 2), 『질마재 신화』.

해설

　간통 사건이 터지는 것을 주마담 터지는 것에 비유했는데, 이것은 간통 사건이 거의 생기지 않는다는 사실과 어긋나는 표현처럼 보인다. 주마담은 몸의 여러 곳이 아프고 부어오르는 병인데, 요즘의 의학용어로는 다발성근염이라고 할 수 있다. 종창과 근육통이 여기저기 돌아가면서 발생하기 때문에 환자는 큰 고통을 받는다. 그러니까 질마재에서는 간통 사건이 거의 발생하지 않는데, 어쩌다 한번 생기는 날이면 온 마을 사람들이 돌아가면서 고통을 받고 종국에는 하늘도 병들어 종창과 통증을 치른다는 뜻이다.

　간통 사건의 발발이 고통을 안겨주는 사건인데도 이것을 전하는 화자의 어조는 마치 축제를 소개하는 것처럼 흥겨운 느낌을 준다. 억압이나 규제에서의 해방을 은근히 즐기는 듯한 화법이다. 나팔이 모두 나와 "뚜왈랄랄 뚜왈랄랄" 불어젖히고, 꽹과리에서 북까지 온갖 악기가 쏟아져 나와 법석을 떠는 모습은 분명 흥겨운 잔치판이나 축제의 한 장면을 연상시킨다. 남녀노소는 물론이요 강아지나 닭 같은 미물까지 전부 거리로 나와 야단법석의 한자리를 차지하니 이런 흥겨운 놀이판이 어디 있겠는가. 겉으로는 하늘까지 아파할 주마담이라고 해놓고 속으로는 금기의 파괴에서 오는 해방감을 즐기는 화법이다.

　"누구네 마누라하고 누구네 남정네하고" 붙어먹은 일은 물론 비윤리적인 일이고 미풍양속을 해치는 일이지만, 남에게 들키지만 않는다면 당사자의 차원에서는 야릇한 쾌감과 애틋한 로망에 속하는 일이기도 하다. 온 동네 구성원이 모두 참여한 야단법석은 단죄와 속죄의 표면적 의미를 드러내면서 속으로는 저마다의 감추어진 욕망을 대리적으로 해소하는 일종의 통과의례 같은 것이다.

그러나 그것이 억제된 욕망의 대리 해소라는 내면적 의미를 지니고 있다 하더라도 그 비윤리적 사태에 대한 공동의 책임의식조차 희석시킬 수는 없다. 비록 두 남녀의 개인적인 치정이라 하더라도 그것이 질마재 마을에서 일어난 이상 마을 사람들은 그 비행에 대해 공동의 책임감을 드러내는 속죄의식을 실행해야 한다. 그것이 바로 마을의 우물을 메우고 새 우물을 찾는 일이다. 비행을 일으킨 두 남녀를 단죄하는 대신 각자 자신의 노력으로 새로운 수원水源을 개척하는 고역을 자임하는 것이다.

여기서 굳이 우물을 속죄의 대상으로 설정한 것은 샘물이 갖는 성적 은유 때문인 것 같다. 남녀의 부정한 교합에 의해 마을의 수역이 더럽혀졌으니 각자 새롭고 깨끗한 물을 찾아 갈증을 달래야 한다는 논리다. 겉으로는 마을 사람들의 속죄의식을 이야기하는 것처럼 해놓고, 사실은 성적 억압에서의 해방을 한쪽으로 즐기는 미당의 독특한 화법이 재미를 자아낸다.

단골무당네 머슴아이

세상에서도 제일로 싸디싼 아이가 세상에서도 제일로 천한 단골무당네 집 꼬마둥이 머슴이 되었습니다. 단골무당네 집 노란 똥개는 이 아이보단 그래도 값이 비싸서, 끼니마다 얻어먹는 물누렁지 찌끄레기도 개보단 먼저 차례도 오지는 안 했습니다.

단골무당네 장고와 소고, 북, 징과 징채를 늘 항상 맡아 가지고 메고 들고, 단골무당 뒤를 졸래졸래 뒤따라 다니는 게 이 아이의 직업이었는데, 그러자니, 사람마다 직업에 따라 이쿠는[1] 눈웃음─ 그 눈웃음을 이 아이도 따로 하나 만들어 지니게는 되었습니다.

"그 아이 웃음 속엔 벌써 영감이 아흔아홉 명은 들어앉았더라."고 마을 사람들은 말하더니만 "저 아이 웃음을 보니 오늘은 싸락눈이라도 한 줄금 잘 내리실라는가 보다."고 하는 데까지 가게 되었습니다. "이놈의 새끼야. 이 개만도 못한 놈의 새끼야. 네 놈 웃는 쌍판이 그리 재수가 없으니 이 달은 푸닥거리 하자는 데도 이리 줄어들고 만 것이라……" 단골무당네까지도 마침내는 이 아이의 웃음에 요렇게 말려들게 되었습니다.

그리하여 이 아이는 어느 사이 제가 이 마을의 그 교주教主가 되었다는 것을 알았는지 몰랐는지, 어언간에 그 쓰는 말투가 홱딱 달라져 버렸습니다.

"……헤헤에이, 제밀헐 것! 괜시리는 씨월거려 쌌능구만 그리여. 가만히 그만 있지나 못 허고……" 저의 집 주인 ─ 단골무당 보고도 요렇게 어른 말씀을 하게 되었습니다.

그렇게쯤 되면서부터 이 아이의 장고, 소고, 북, 징과 징채를 메고 다니

---

1 '익히는'의 사투리이다. 구어적 흐름을 고려하여 그대로 적는다.

는 걸음걸이는 점 점 점 더 점잔해졌고, 그의 낮의 웃음을 보고서 마을 사람들이 점치는 가짓수도 또 차차로이 늘어났습니다.

*『시문학』(1974. 2), 『질마재 신화』.

해설

이 시는『서정주 문학 전집』에 실린「싸락눈 내리어 눈썹 때리니」와 연관되는 작품이다. 거기 등장했던 무당집 머슴아이의 성장 과정이 어떠한지 알려주고 있다.「싸락눈 내리어 눈썹 때리어」에서도 그 아이가 "개와 함께 누룽지에 취직"했다고 한 것처럼 "제일로 싸"고 "제일로 천한" 처지에 놓여 있는 아이다. 개만도 못한 처지에 있음을 화자는 여러 가지 장치를 동원해 보여주었다. 그 아이가 하는 일은 무당의 의전 용품을 들고 무당을 따라다니며 뒤치다꺼리를 하는 일이다. 제일 비천한 자리에 있으니 누구에게든 잘 보이려고 거기 맞는 눈웃음도 따로 만들어 지니게 되었다.

눈칫밥 먹으면서 커간다고 그 아이가 세상에 적응하기 위해 개발한 눈웃음은 세상의 사정과 형편을 알려주는 일종의 시금석 역할을 하게 되었다. 눈 오고 비 오는 기상의 문제만이 아니라 굿이 잘 되고 못 되는 일까지 판가름하는 신통한 주술적 기능까지도 갖는 것처럼 여겨졌다. 이러한 상태에 이른 것을 미당은 '마을의 교주'가 되었다고 표현했다. 눈칫밥 먹으며 세상 물정을 다 익혔으니 어느 면에선 주인인 무당보다 더 우위에 놓였다는 생각도 할 만하다. 그렇게 되자 눈웃음만 치던 그 애의 말투도 아주 달라져서 상전인 무당에게도 상말을 섞어 어른스러운 말투를 뱉어내게 되었다. 권위의 전복, 상하의 전도가 이루어지게 된 것이다.

이런 유형의 인물은 우리 주위에 넓게 분포되어 있다. 세월은 성장하는 자의 편이기에 주인인 무당은 나이 들어 힘을 잃고, 비천하던 아이는 자라서 무당과 마을을 장악하는 새로운 권위로 등장한다. 이것은 그 아이가 가진 능력이라기보다는 세월의 힘에 의한 것이다. 시간에 의한 권위의 전복을 전라도 방언을 빌려 직접적으로 표현한 데 이 시의 매력이

있다. 남의 눈치나 살피던 눈웃음이 "헤헤에이, 제밀헐 것!"이라는 거침
없는 육담으로 변하면서 마을 사람들의 길흉화복을 점지하는 새로운 능
력자로 자리 잡는 것이다.

박꽃 시간

옛날 옛적에 중국이 꽤나 점잖았던 시절에는 '수염 쓰다듬는 시간'이라는 시간 단위가 다 사내들한테 있었듯이, 우리 질마재 여자들에겐 '박꽃 때'라는 시간 단위가 언젠가부터 생겨나서 시방도 잘 쓰여져 오고 있습니다.

"박꽃 핀다 저녁밥 지어야지 물 길러 가자" 말 하는 걸로 보아 박꽃 때는 하루 낮 내내 오므라들었던 박꽃이 새로 피기 시작하는 여름 해 어스름이니, 어느 가난한 집에도 이때는 아직 보리쌀이라도 바닥나진 않아서, 먼 우물물을 동이로 여나르는[1] 여인네들의 눈에서도 간장肝腸에서도 그 그득한 순백의 박꽃 시간을 우그러뜨릴 힘은 하늘에도 땅에도 전연 없었습니다.

그렇지만, 혹 흥부네같이 그 겉보리쌀마저 동나버린 집안이 있어 그 박꽃 시간의 한 귀퉁이가 허전하게 되면, 강남서 온 제비가 들어 그 허전한 데서 파닥거리기도 하고 그 파닥거리는 춤에 부쳐 "그리 말어, 흥부네. 오곡백과도 상평통보도 금은보화도 다 그 박꽃 열매 바가지에 담을 수 있는 것 아닌갑네." 잘 타일러 알아듣게도 했습니다.

그래서 이 박꽃 시간은 아직 우그러지는 일도 뒤틀리는 일도, 덜어지는 일도 더하는 일도 없이 꼭 그 순백의 금 질량 그대로를 잘 지켜 내려오고 있습니다.

*『시문학』(1974. 3), 『질마재 신화』.

---

1 '이고 나르는'이 표준어지만 어감을 살려 그대로 표기하였다.

여기 나오는 "수염 쓰다듬는 시간"을 "수유須臾"라는 한자어의 뜻으로 풀이한 경우가 있는데, '수유'는 산스크리트어에서 온 말이므로 수염과는 관련이 없다. "수염 쓰다듬는 시간"은 "박꽃 때"라는 말처럼 서정주의 상상 속에서 만들어진 말로 보인다. 이 시에서 "박꽃 때"란 박꽃이 피기 시작하는 저녁 무렵을 뜻한다. 박꽃은 저녁에 피고 아침에 지는 특성을 지녔다. 박꽃의 특성을 살려 시간을 지칭하는 화법은 자연과 동화된 생활양식에서 나온 것이다. 이것은 박꽃이 피는 여름에만 가능한 호칭이어서 계절감도 함유하고 있는 용어다.

옛날 농촌에서 여름이라고 하면 먼저 떠오르는 것이 보릿고개다. 박꽃이 피기 시작하는 시기는 집안에 식량이 거의 떨어져가는 보릿고개 끝 무렵에 해당한다. 이 시에 보리쌀이 아직 바닥나지 않았다든가, 겉보리쌀마저 동나버린 집안이 나오는 것은 바로 그 때문이다. 아직 곡식이 남아 있는 집안은 박꽃이 피기 시작하는 저녁 무렵에 하얀 박꽃을 배경으로 물을 길어오는데, 그 모습이 그윽한 흥취를 불러일으킨다. "그득한 순백의 박꽃 시간"에 어울리는 물 나르는 모습이요, 저녁 식사를 준비하는 모습이기에 이 자연 친화의 장면에 생활의 궁색한 구석이 끼어들 수 없다.

만일 흥부네처럼 가난한 집이 있어 먹을거리가 완전히 동난 처지라면 그때에는 『흥부전』의 한 대목을 빌려 행운의 박이 열리기를 기원하는 덕담을 위로의 말로 들려줄 수도 있다. 이런 맥락에서 보면 그 "박꽃 시간"이라는 말은 생활이 순조로운 때건 사는 것이 팍팍한 때건 상황에 맞는 자연 친화의 흐뭇함을 얹어주어서 삶의 윤기를 더해주는 역할을 했음을 알 수 있다. 미당은 자연과 동화된 옛날 농촌의 순박한 삶을 "박꽃 시간"이라는 작명으로 드러내면서 모든 것이 금전으로 환산되는 산업화의 시대에 "그 순백의 금 질량"이 갖는 가치를 재조명해본 것이다.

지연紙鳶 승부

'싸움에는 이겨야 멋이라'는 말은 있습지요만 '져야 멋이라'는 말은 없사옵니다. 그런데, 지는 게 한결 더 멋이 되는 일이 음력 정월 대보름날이면 이 마을에선 하늘에 만들어져 그게 일 년 내내 커어다란 한 뻔보기¹가 됩니다.

승부는 끈질겨야 하는 거니까 산해山海의 끈질긴 것 가운데서도 가장 끈질긴 깊은 바다 속의 민어 배 속의 부레를 꺼내 풀을 끓이고, 또 승부엔 날카로운 서슬의 날이 잘 서 있어야 하는 거니까 칼날보다 더 날카로운 사금파리들을 모아 찧어 서릿발같이 자자란 날들을 수없이 만들고, 승부는 또 햇빛에 비쳐 보아 곱기도 해야 하는 것이니까 고운 빛깔 중에서도 얌전하게 고운 치자의 노랑 물도 옹기솥에 끓이고, 그래서는 그 승부의 연실에 우선 몇 번이고 거듭 번갈아서 먹여야 합죠.

그렇지만 선수들의 연 자새의 그 긴 연실들 끝에 매달은 연들을 마을에서 제일 높은 산봉우리 위에 날리고, 막상 승부를 겨루어 서로 걸고 재주를 다하다가, 한쪽 연이 그 연실이 끊겨 나간다 하더라도, 패자는 '졌다'는 탄식 속에 놓이는 게 아니라 그 반대로 해방된 자유의 끝없는 항행航行 속에 비로소 들어섭니다. 산봉우리 위에서 버둥거리던 연이 그 끊긴 연실 끝을 단 채 하늘 멀리 까물거리며 사라져 가는데, 그 마음을 실어 보내면서 '어디까지라도 한번 가 보자'던 전 신라 때부터의 한결같은 유원감悠遠感에 젖는 것입니다.

그래서 그들은 마을의 생활에 실패해 한정 없는 나그네 길을 떠나는

---

1 '본보기'의 사투리로 사전에 나오지는 않지만 원문의 구어적 어감을 살려 그대로 적는다.

마당에도 보따리의 먼지 탈탈 털고 일어서서는 끊겨 풀려 나가는 연같이 가뜬히 가며, 보내는 사람들의 인사말도 "팔자야 네놈 팔자가 상팔자구나" 이쯤 되는 겁니다.

*『시문학』(1974. 4), 『질마재 신화』.

해설

이 시는 지고도 오히려 마음이 후련한 산뜻한 승부의 놀이를 소개하고 있다. 바로 정월 대보름에 벌이는 연 싸움이다. 승부는 끈질겨야 하고 날카로워야 하고 또 멋져야 한다. 그래서 가장 끈기가 센 민어 부레를 끓여 부레풀을 만들어 연실에 먹이고, 날카로운 사금파리를 찧어서 입히고, 치자의 고운 노랑 물을 들여 연 싸움에 대비한다. 어릴 적 연 싸움을 할 때는 무작정 달려들었지만, 이 시에 제시된 대로 세 조건을 갖추기 위한 준비 과정을 살펴보고는 매우 합리적인 절차로 이루어졌음을 이해하게 되었다.

"연 자새"라는 말도 참으로 오랜만에 들었다. 요즘 어린 사람들은 전혀 모를 이 말은 연실을 감았다 풀었다 할 수 있도록 만든 작은 도구를 가리킨다. 어린 시절 겨울바람이 잘 부는 날이면 저마다 만든 연을 들고 가능한 한 높은 곳에 올라가 연을 띄우고 연 싸움을 벌였다. 갖가지 모양과 색깔의 연들이 하늘로 올라 싸움을 벌이는 광경은 장관이었고, 연을 부리는 사람들의 짜릿한 쾌감은 이루 말할 수 없었다. 연끼리 싸움을 벌이다 한쪽 연이 끊어지면 이긴 사람은 환호를 부르고 진 사람은 안타까운 탄식을 발한다. 그러나 저마다 놀이의 즐거움을 함께 느끼며 승부를 받아들이기 때문에 이기고 지는 것에 대한 원망이나 분노 같은 것은 전혀 없다.

미당은 이 점에 착안하여 패자가 졌다는 탄식 속에 갇히는 것이 아니라 연을 저 멀리 하늘로 풀어놓았다는 "해방된 자유의 끝없는 항행 속에" 들어선다고 보았다. 가물거리며 사라지는 연을 보며 자신의 마음도 어디론가 멀리 떠나간다는 미묘한 "유원감" 같은 것을 느낀다는 것이다. 이러한 느낌은 어느 지역 어느 시대에서도 가질 수 있는 것인데, 그것을

"신라 때부터의 유원감"이라고 표현한 데 미당의 신라에 대한 집착이 드러난다. 『삼국유사』 소재 설화 상당수가 통일신라 시기의 것이기 때문에 미당의 머릿속에는 '신라'라는 이미지가 매우 강하게 박혀 있는 것이다.

미당은, 생업에 실패해 유랑의 길을 떠나면서도 미련이나 회한은 없다는 듯 가뿐하게 떠나는 나그네의 모습이라든가 나그네를 유랑 길로 보내면서도 "팔자야 네놈 팔자가 상팔자구나" 하는 낙천적인 별사別辭에 대해 언급하며, 신라 때부터 이어져온 탈속의 유원감이 이런 태도와 연결되어 있음을 말하고 있다. 승부가 이미 결판이 났을 때 그것을 그대로 받아들이며 거기서 오히려 마음의 자유를 얻는 삶의 지혜를 연 싸움을 통해 표현한 것이다. 여기 언급된 나그네의 이별 대목은 신라 정신 형성에 영향을 준 김범부의 동생 김동리의 단편 「역마」에 다음과 같은 모습으로 재현되기도 했다.

성기는 한참 뒤 몸을 돌렸다. 그리하여 그의 발은 구례 쪽을 등지고 해동 쪽을 향해 천천히 옮겨졌다. 한 걸음, 한 걸음, 이 발을 옮겨 놓을수록 그의 마음은 한결 가벼워지어, 멀리 버드나무 사이에서 그의 뒷모양을 바라보고 서 있을 어머니의 주막이 그의 시야에서 완전히 사라져 갈 무렵 하여서는, 육자배기 가락으로 제법 콧노래까지 흥얼거리며 가고 있는 것이었다.

신선 재곤在坤이

땅 위에 살 자격이 있다는 뜻으로 재곤이라는 이름을 가진 앉은뱅이 사내가 있었습니다. 성한 두 손으로 멍석도 절고[1] 광주리도 절었지마는, 그것만으론 제 입 하나도 먹이지를 못해, 질마재 마을 사람들은 할 수 없이 그에게 마을을 앉아 돌며 밥을 빌어먹고 살 권리 하나를 특별히 주었었습니다.

"재곤이가 만일에 제 목숨대로 다 살지를 못하게 된다면 우리 마을 인정은 바닥난 것이니, 하늘의 벌을 면치 못할 것이다." 마을 사람들의 생각은 두루 이러하여서, 그의 세 끼니의 밥과 추위를 견딜 옷과 불을 늘 뒤대어 돌보아 주어 오고 있었습니다.

그런데 그것이 갑술년이라던가 을해년의 새 무궁화 피기 시작하는 어느 아침 끼니부터는 재곤이의 모양은 땅에서도 하늘에서도 일절 보이지 않게 되고, 한 마리 거북이가 기어 다니듯 하던 살았을 때의 그 무겁디무거운 모습만이 산 채로 마을 사람들의 마음속마다 남았습니다. 그래서 마을 사람들은 하늘이 줄 천벌을 걱정하고 있었습니다.

그러나 해가 거듭 바뀌어도 천벌은 이 마을에 내리지 않고, 농사도 딴 마을만큼은 제대로 되어, 신선도에도 약간 알음이 있다는 좋은 흰 수염의 조 선달 영감님은 말씀하셨습니다. "재곤이 생긴 게 꼭 거북이같이 안 생겼던가, 거북이도 학이나 마찬가지로 목숨이 천년은 된다고 하네. 그러니, 그 긴 목숨을 여기서 다 견디기는 너무나 답답하여서 날개 돋아나 하늘로 신선살이를 하러 간 거여……"

그래 "재곤이는 우리들이 미안해서 모가지에 연자맷돌을 단단히 매어

---

1 '겯다'(대, 갈대, 싸리 따위로 엮어 짜다)의 방언이다.

달고 아마 어디 깊은 바다에 잠겨 나오지 않는 거라" 하던[2] 마을 사람들
도 "하여간 죽은 모양을 우리한테 보인 일이 없으니 조 선달 영감님 말씀
이 마음적으로야 불가불 옳기사 옳다"고 하게 되었습니다. 그래서 그들도
두루 그들의 마음속에 살아서만 있는 그 재곤이의 거북이 모양 양쪽 겨드
랑에 두 개씩의 날개들을 안 달아 줄 수는 없었습니다.

＊『시문학』(1974. 6), 『질마재 신화』.

2 이 작품은 『시문학』과 『질마재 신화』에 글자 하나 안 바뀌고 똑같은 형식으로 실려
있는데, 원문에는 "하던"이 없다. 그러나 문맥으로 볼 때 이 부분에는 "하던"이 들어가야
맞는다고 판단되어 원문에 없는 "하던"을 첨가한다.

이 시는 질마재 마을 사람들이 지니고 있는 마음의 바탕과 거기서 우러나오는 후덕한 삶의 모습을 보여주는 작품이다. 일어서서 활동을 못하는 재곤이라는 이웃을 위해 마을 사람들은 생활 여건을 지원해주었는데 어느 날 재곤이의 모습이 마을에서 사라졌다. 마을 사람들은 재곤이를 지키지 못한 것에 대해 죄책감을 느끼며 천벌이 내릴 것을 기다렸다. 그러나 아무런 변고도 일어나지 않자 재곤이에 대해 이런 저런 논평을 주고받게 되었다.

재곤在坤이라는 이름을 "땅 위에 살 자격이 있다"고 풀이한 점, 앉아서만 다니는 그의 모습을 거북이에 비유한 것 등은 마을 사람들이 갖고 있는 긍정적인 세계관을 암시한 것이다. 논리적이지는 않지만 마을 사람들은 지상에 존재하는 모든 것이 존재의 이유가 있고 이 땅에 살 가치를 지닌다는 생각을 공유하고 있다. 이것이 질마재만이 아니라 우리나라 사람 모두가 갖고 있는 토착적 세계관이라고 미당은 이야기하는 것 같다. 이러한 사유방식은 재곤이가 사라진 다음 마을 사람들이 갖게 되는 무거운 자책감, 그 뒤에 이어지는 "신선살이" 이야기의 근거가 된다.

"신선도에도 약간 알음이 있다는 좋은 흰 수염의 조 선달 영감님"의 말씀은 마을 사람들의 죄의식을 없애주고 마음을 가볍게 해주는 좋은 선약 구실을 한다. 거북이는 십장생 중 하나로 장수의 상징이다. 거북 모양의 재곤이는 천 년을 사는 거북의 형상이니 지상에 살기가 답답해서 하늘로 신선살이를 갔다는 해석이다. 지금의 관점으로 보면 엉뚱한 합리화처럼 들리는 이야기지만, 여기에는 되돌릴 수 없는 상황을 긍정적으로 받아들여 마음의 평정이라도 유지해야 한다는 현실 수용적 태도가 깔려 있다. 이런 태도가 일제강점기의 상황을 그대로 수용하는 행동과 연결된다는 비판도 제기될 수 있다.

조 선달 식의 신화적 해석은 임시변통 식으로 사태를 무마하는 이야기여서 문제의 핵심을 비켜갔다는 비판을 받을 수 있다. 그러나 마을 사람들 마음에 드리워진 무거운 죄의식을 해소하기 위해서는 다소 엉뚱해 보이는 신화적 담론이 좋은 처방이 될 수 있는 것이다. 현실적으로는 마을 사람들도 재곤이가 앉은뱅이로 사는 것이 괴로워 바다에 투신자살했다는 생각을 갖고 있다. 이 생각은 마을 사람들 마음에 죄의식의 맷돌을 매달아놓았다. 마을 사람들을 죄의식의 중압감에서 해방시키기 위해서는 신화가 필요하다. 거북이 모양의 재곤이의 겨드랑이에 두 개의 날개를 달아 하늘로 날아오르게 하는 신화. 이것이 재곤이도 살리고 마을 사람들도 살리는 상생의 지혜. 윈윈(win-win)이란 말도 없던 아득한 시절, 질마재 사람들은 이미 이런 지혜의 담론을 구사했음을 미당은 말하고 싶었을 것이다. 이러한 현실 수용적 태도가 "종천순일終天順日"의 근거가 된다는 비판을 받게 되리라고는 미처 생각하지 못했을 것이다.

침향沈香

침향을 만들려는 이들은, 산골 물이 바다를 만나러 흘러내려 가다가 바로 따악 그 바닷물과 만나는 언저리에 굵직굵직한 참나무 토막들을 잠가 넣어 둡니다. 침향은, 물론 꽤 오랜 세월이 지난 뒤에, 이 잠근 참나무 토막들을 다시 건져 말려서 빠개어 쓰는 겁니다만, 아무리 짧아도 이, 삼백 년은 수저水底에 가라앉아 있은 것이라야 향내가 제대로 나기 비롯한다 합니다. 천 년쯤씩 잠긴 것은 냄새가 더 좋굽시요.

그러니 질마재 사람들이 침향을 만들려고 참나무 토막들을 하나씩 하나씩 들어내다가 육수陸水와 조류가 합수치는 속에 집어넣고 있는 것은 자기들이나 자기들 아들딸이나 손자손녀들이 건져서 쓰려는 게 아니고, 훨씬 더 먼 미래의 누군지 눈에 보이지도 않는 후대들을 위해섭니다.

그래서 이것을 넣는 이와 꺼내 쓰는 사람 사이의 수백 수천 년은 이 침향 내음새 꼬옥 그대로 바짝 가까이 그리운 것일 뿐, 따분할 것도, 아득할 것도, 너절할 것도, 허전할 것도 없습니다.

*『시문학』(1974. 7), 『질마재 신화』.

침향은 원래 남방 계통의 나무인 침향나무를 땅에 묻어 얻는 귀한 향이다. 우리나라에서는 침향나무가 나지 않아서 시에 나오는 대로 참나무를 잘라 민물과 갯물이 만나는 지점에 묻어 향을 얻었는데, 이것을 침향과 구분하여 매향埋香이라고 한다. 생태적으로 참나무가 많고 민물과 갯물이 합수하는 선운사 부근에 매향지가 많았고 불교의식의 하나로 매향의식을 거행했다고 한다. 그러니 서정주의 이 시도 엄격히 말하면 '매향'이라고 해야 하겠지만 땅속에 오랫동안 묻어 얻는다는 점에서는 같으니 그 정신만 살려 이해하면 될 것이다.

인간은 유한한 육체의 한계를 넘어서서 영원을 지향하는 속성이 있다. 자신의 행위가 먼 미래에 결실을 보는 경우 그것을 통해 정신의 영원성이 실현된다는 생각을 하는 사람들이 있다. "다시 천고의 뒤에 / 백마 타고 오는 초인이 있어 / 이 광야에서 목 놓아 부르게 하리라"는 이육사의 「광야」도 아득한 미래의 이상을 위해 현재 자신의 행위를 선택하는 사람의 모습을 보여준다. 이것은 육체의 한계를 넘어서서 영원한 미래에 자신을 투사함으로써 정신의 영원성을 획득하려는 방법이다. 몇백 년 후, 혹은 천 년 후의 누군가를 위해서 참나무를 물 밑바닥에 넣어두는 사람들도 현재를 미래에 투자하여 정신의 영원성을 얻으려는 사람들이다. 후대의 누군가는 더 먼 후의 누군가를 위해 또 그런 행동을 할 것이다. 인간의 마음은 이렇게 영원으로 이어진다.

자신이 한 행위의 결과가 먼 미래에까지 이어진다는 생각만큼 우리를 즐겁게 하는 것은 없다. 그것이 참나무 토막을 묻는 것이건, 씨를 뿌리는 것이건, 글을 쓰는 것이건 그것은 문제가 되지 않는다. 시간의 흐름 속에 자신의 한계를 초월할 수 있다는 생각이야말로 인간만이 누릴 수 있는 행복한 몽상이다. 미당은 시간의 한계를 넘어선 영원의 흐름을 침향의 냄새로 표현했다. 이미 영원의 시간에 자신을 맡긴 것이니 현재와 미래의 사이가 백 년이건 천 년이건 그것은 문제가 되지 않는다. 그것은 그냥 "바짝 그리운 것일 뿐", 시간의 간격에서 오는 허전함이나 조바심, 따분함 같은 것은 아예 끼어들지 못한다. 무한한 시간의 흐름에 자신을 맡겼으니 시간의 등차 따위는 무의미한 것이다. 영원히 이어지는 무엇을 위해 자신의 신명을 바치는 그런 사람들이 세상에는 있다.

석녀石女 한물댁의 한숨

아이를 낳지 못해 자진해서 남편에게 소실을 얻어주고, 언덕 위 솔밭 옆에 홀로 살던 한물댁은 물이 많아서 붙여졌을 것인 한물이란 그네 친정 마을의 이름과는 또 달리 무척은 차지고 단단하게 살찐 옥같이 생긴 여인 이었습니다. 질마재 마을 여자들의 눈과 눈썹 이빨과 가르마 중에는 그네 것이 그중 단정하게 이쁜 것이라 했고, 힘도 또 그중 아마 실할 것이라 했습니다. 그래, 바람 부는 날 그네가 그득한 옥수수 광주리를 머리에 이 고 모시밭 사이 길을 지날 때, 모시 잎들이 바람에 그 흰 배때기를 뒤집어 보이며 파닥거리면 그것도 "한물댁 힘 때문이다"고 마을사람들은 웃으며 우겼습니다.

그네 얼굴에서는 언제나 소리도 없는 엣비식한 웃음만이 옥 속에서 핀 꽃같이 벙그러져 나와서 그 어려움으론 듯 그 쉬움으론 듯 그걸 보는 남 녀노소들의 윗입술을 두루 위로 약간씩은 비끄러올리게 하고, 그 속에 윗 이빨들을 어쩔 수 없이 잠깐씩 드러내놓게 하는 막강한 힘을 가졌었기 때문에, 그걸 당하는 사람들은 힘에 겨워선지 그네의 그 웃음을 오래 보 지는 못하고 이내 슬쩍 눈을 돌려 한눈들을 팔아야 했습니다. 사람들뿐 아니라, 개나 고양이도 보고는 그렇더라는 소문도 있어요. "한물댁같이 웃기고나 살아라." 모두 그랬었지요.

그런데 그 웃음이 그만 마흔 몇 살쯤 하여 무슨 지독한 열병이라던가 로 세상을 뜨자, 마을에는 또 다른 소문 하나가 퍼져서 시방까지도 아직 이어 내려오고 있습니다. 그 한물댁이 한숨 쉬는 소리를 누가 들었다는 것인데, 그건 사람들이 흔히 하는 어둔 밤도 궂은 날도 해 어스름도 아니 고 아침 해가 마악 올라올락말락한 아주 밝고 밝은 어떤 새벽이었다고 합니다. 그리고 그것은 그네 집 한 치 뒷산의 마침 이는 솔바람 소리에 아주 썩 잘 포개어져서만 제대로 사운거리더라고요.

그래 시방도 밝은 아침에 이는 솔바람 소리가 들리면 마을 사람들은 말해 오고 있습니다. "하아 저런! 한물댁이 일찌감치 일어나 한숨을 또 도맡아서 쉬시는구나! 오늘 하루도 그렁저렁 웃기는 웃고 지낼라는가 보다."고……

• 『시문학』(1974. 8), 『질마재 신화』.

해설

　'석녀'란 아이를 낳지 못하는 여자를 일컫는 말이다. 여기서는 그런 뜻과 함께 이 시의 주인공인 한물댁의 단단하고 변함이 없는 생김새와 품성을 암시하는 말이기도 하다. "무척은 차지고 단단하게 살찐 옥같이 생긴 여인"이라는 표현이 그것이다. 일상적 시각에서 그녀의 일생을 보면 여인으로서 한 많은 생애를 살고 갔다고 말할 수밖에 없다. 아이를 낳지 못해 자진해서 소실을 앉혀주고 자신은 홀로 살아갔으며, 결국은 40대에 열병으로 외롭게 세상을 떠났으니 그의 삶은 행복과는 거리가 먼 것이었다. 그런데 이 불행한 여인의 외모는 언제나 옥처럼 단정하고 단아했으며 사람을 만나면 조용한 미소를 지어 보는 사람의 마음을 애틋하게 흔들어 놓았다고 한다. 그러나 이러한 특징도 사실은 그의 생애에 더욱 짙은 비극의 음영을 드리우게 한다. 왜냐하면 흠잡을 데 없이 단아한 사람이 불행에 빠질 때 그 불행은 더욱 비극적으로 비치기 때문이다.

　이 시에서 중요한 것은 한물댁을 보는 질마재 사람들의 시각이다. 그들의 마음은 참으로 넉넉하고 선량해서 비극의 주인공인 한물댁을 지극히 긍정적인 여인으로 바꾸어놓는다. 우선 그들은 한물댁이 외모가 단정하니 힘도 충실할 것이라고 생각해서 모시 잎들이 바람에 흔들리는 것도 한물댁 힘 때문이라고 생각한다. 혼자서 무력하게 살아갈 것이라는 일반인의 시각을 뒤집어 힘이 충실한 여자로 한물댁을 보는 것이다. 여기서 놓치지 말아야 할 것은 혼자 사는 불쌍한 여자니까 힘 있는 여자로 봐주자는 식의 자의식이 전혀 비치지 않는다는 점이다. 그들은 그냥 보이는 대로 보고 스스로 생각한 바를 이야기할 뿐이다. 그들은 정말로 한물댁이 모시 잎의 "흰 배때기"를 뒤집게 하는 힘이 있다고 생각했다.

　질마재 사람들은 한물댁이 사람을 웃기는 "막강한 힘"을 가졌다고 생각한다. 그 웃음은 마치 "옥 속에 핀 꽃"처럼 조용한 아름다움을 지니고 있어서 누구든 그 웃음 앞에서는 따라 웃지 않을 수 없는 위력을 지니고 있다고 생각한다. 이것을 세속적인 맥락으로 바꾸어 생각하면 어떤 뜻이 되는가? 혼자 사는 불행한 여자가 "엣비식하게" 웃으니 화가 난 사람도 그 웃음을 보고서는 어쩔 수 없이 웃음을 보낼 수밖에 없었을 것이다. 이 불행한 여자의 맑은 웃음을 대하는 것이 가슴 아프니까 눈길을 슬쩍 돌려버렸을 것이다. 그런데 질마재 사람들은 그런 속생각은 전혀 없이 한물댁이 정말 모든 사람을 웃기는 힘을 지녔다고 생각한 것이다. 혼자 사는 불행한 여자가 모든 사람을 즐겁게 하는 은혜로운 여자로 변신하는 신화를 우리는 여기서 본다.

정말 놀라운 것은 그다음 장면이다. 한물댁이 세상을 떠난 후 새벽녘 마을 뒷산 솔바람 소리 가운데 한물댁의 한숨이 섞여 나온다는 소문이 퍼졌다. 여기에 대해 우리 같은 범인들은 이렇게 생각할 것이다. 자식도 낳지 못하고 외롭게 살다 죽었으니 자신의 일생이 한스러워서 그 혼백이 한숨을 쉴 것이라고. 그러나 질마재 사람들은 그런 생각은 조금도 하지 않는다. 그들은 우리보다 훨씬 단수가 높다. 그들은 한물댁이 살아서는 그렇게 우리를 웃기더니 죽어서는 우리가 하루 동안 쉴 한숨을 미리 도맡아서 대신 쉬어준다고 생각했다는 것이다. 말하자면 마을 사람들 한숨 쉬지 말고 살라는 한물댁의 배려가 곧 그 한숨 소리라는 것이다. 그들은 억지로 그렇게 생각한 것이 아니라 정말로 한물댁이 그들을 위하여 한숨을 대신 쉬어준다고 생각했고 그것을 믿어 의심치 않았다. 그래서 한물댁은 그들 마을의 불행을 막는 수호신이 된 것이다.

외롭고 불행한 한 여인을 많은 사람들에게 웃음을 주고 사람들의 한숨을 거두어가는 존재로 변화시키는 이 놀라운 상상력, 그 너그럽고 아름다운 삶의 태도가 질마재 사람들 마음속에 자리 잡고 있었다. 이러한 긍정적 세계관이 이 시를 쓰던 시인 서정주의 가슴 속에도 머물러 있었을 터인데 이 시대를 사는 우리들에게는 그것이 어디로 사라진 것인지 알 수 없다. 그것은 그야말로 과거의 신화로만 남은 것인가. 이 세상 모든 것을 숫자로 환산하는 이 황잡한 시대에 이런 정신의 빛나는 결정을 시로 읽는 것은 기쁜 일이다. 이 시가, 그리고 그 외의 「질마재 신화」 시편이 이런 놀라운 가치를 지니고 있음을 우리는 새롭게 인식해야 할 것이다.

뻔디기

예수의 손 발에 못을 박고 박히우듯이
그렇게라도 산다면야 오죽이나 좋으리오?
그렇지만 여기선 그 못도 그만 빼자는 것이야.
그러고는 반창고나 쬐끔씩 그 자리에 붙이고
뻔디기 니야까¹나 끌어 달라는 것이야.
"뻐억, 뻐억, 뻔디기, 한봉지에 십원, 십원,
비오는 날 뻔디기는 더욱이나 맛 좋습네"
그것이나 겨우 끌어 달라는 것이야.
그것도 우리한테 뿐이라면 또 모르겠지만
국민학교 육학년짜리 손자놈들에게까지 이어서
끌고 끌고 또 끌고 가 달라는 것이야.
우선적으로, 열심히, 열심히, 제에길!

* 『시문학』(1973. 11), 『떠돌이의 시』(1976. 7).

---

1 '리어카'가 맞는 말이지만 원문의 어감을 살려 그대로 적는다.

해설

이 시는 1973년 11월 『시문학』에 발표되었다. 이 시기는 미당의 연작 「질마재 신화」가 연재되고 있을 때다. 이때 우리나라의 사정은 어떠했던가? 박정희 정권에 의해 주도된 경제개발정책은 1966년에 시작되어 1971년에 일단 마무리되었다. 이때 국민 1인당 GNP는 시작년도인 1966년의 두 배를 넘었으며, 수출도 목표치의 두 배를 넘는 성과를 보였다. 이 시대를 관통한 구호는 '조국 근대화'였고, 국민들에게는 '근검, 절약, 저축'의 덕목이 강조되었으며 '잘 살아보세'라는 노래가 전국에 울려 퍼졌다. 그러나 이러한 외형적 발전은 우리가 간직해야 할 귀중한 것들의 희생을 전제로 한 것이었다.

1969년 3선 개헌안을 통과시킨 박정희 정권은 1971년 제7대 대통령 선거에서 재집권에 성공했고, 1972년부터 중화학공업화를 목표로 제3차 경제개발정책을 추진했다. 그러나 장기집권과 독재화를 비판하는 국민의 저항이 끊이지 않았고, 여러 가지 국제정세의 변화에 위기감을 느낀 박정희 정권은 1972년 10월 17일 전국에 비상계엄을 선포하고 곧이어 국민의 기본권을 상당 부분 제한하고 대통령에게 권력을 집중하는 유신 헌법을 공포했다. 유신헌법에 의한 제4공화국이 1972년 12월 15일 출범했고, 1973년부터 유신체제의 강압과 국민의 저항이 충돌하는 유신시대가 시작되었다.

이 시는 바로 그 시기에 발표된 것이다. 국민의 기본권이 억압된 채 경제개발과 물질적 풍요만을 추구하는 현실 앞에서 정신적 가치를 추구하는 시인이 아무런 반응이 없었을 리 없다. 그는 그의 창작 역사상 거의 처음으로 사회 현실에 대한 불만을 시로 표현하였는데, 그것이 「뻔디기」라는 작품이다. 이것은 그의 생애 처음으로 발성된 일종의 저항시다.

지금 젊은 사람들은 이 시에 제시된 상황을 잘 이해하지 못하겠지만, 그 시대에는 길거리에 손수레를 끌고 다니며 번데기를 파는 행상들이 있었다. 그들은 목소리를 높여 "뻐억, 뻐억, 뻔디기"하고 외치고 다녔다. 미당은 이 우스꽝스러운 외침을 현실 풍자의 도구로 활용했다. 미당의 삶의 내력을 잘 아는 사람은 이 시에 나오는 "제에길!"이라는 부사가 그의 시에서 좀처럼 볼 수 없었던 격렬한 부정의 시어라는 점을 충분히 이해할 수 있을 것이다. 그는 당시의 상황에 염증을 느낀 것이 분명하다.

그는 예수가 손발에 못이 박히는 것을 거룩한 희생으로 여기는 시대를 그리워한다. 그것은 신화가 통용되던 세계 친화적 삶에 대한 동경이다. 현재의 상황은 그런 신화를 몽상의 차원으로 내동댕이쳐놓고 현실의 논리에 충실하자는 것이다. "못"이 신화적 동경을 상징한다면 "반창고"는 현실적 실리를 상징한다. "뻔디기 니야까"는 현실에 필요한 노동과 경제발전을 위한 노력을 상징한다. 불행한 근대사를 체험한 기성세대에게 가난에서 벗어나기 위해 열심히 일만 하라고 말하는 것은 그래도 받아들일 수 있다. 그러나 꿈을 키워야 할 어린 손자들에게까지 대를 이어서 열심히 일만 하라고 강요하는 것은 심각한 폭력이다.

무지개처럼 찬란한 물질적 풍요가 앞에 기다리고 있다 하더라도 일과 빵만으로 살 수 없는 것이 인간이 아니던가? 대를 이어 충성하라는 것도 싫지만 대를 이어 일만 하라는 것도 고역이다. 시인 할아버지 서정주는 이 점을 가장 못마땅해 했던 것 같다. 회갑을 앞둔 그의 입에서, 더군다나 살벌한 유신시대에 "제에길!"이라는 욕설이 나오는 것은 뜻밖의 일이다. 어쩌면 그는 유신시대의 엄혹한 탄압의 실상을 미처 지각하지 못한 상태에 있었을지 모른다. 이후 이런 시는 그에게서 다시 나오지 않았다.

어느 늙은 수부水夫의 고백

바다를 못 당할 강적으로만 느끼고
살살살살 간사스레 항행하는 자들,
바다를 부잣집 곡간으로만 여기어
좀도적 배포로만 기웃거리고 다니는 자들,
또는 별을 어깨에 다섯쯤이나 달고도
해신에게 도전이나 일삼는 만용蠻勇 장군도
바다에 끝까지 이기지는 못 한다.

앙리 루소의 달밤 사막의 집시가
달려오는 사자를 달래 만돌린을 울리듯
먼저 한 자루의 피리를 마음속에 지니고
나는 바다에 떴다.
바다도 잠재운다는 저 옛날부터의 피리 소리로…….

그러고 내가 한 것은
바다의 신의 일족 가운데서도
그 주인이나 마누라를 직접 섣불리 느물거리지 않고
간접으로 그 딸의 로맨틱한 마음을 사려
연거푸 연거푸 내 마음속 피리를 불고,
그래 나는 내 마음속 더 으슥한데 감춘
한 개의 순금 반지를 그녀 약손가락에 끼우는 데 성공했다.

바다의 어느 부분이 그 바다의 딸의 약손가락이냐고?

그것은 묻지 마라.

바다에 엔간히만 정말 친한 수부도

그만큼은 두루 다 잘 가늠하는 일이다.

그래서 나는 그녀가 낀 반지의 빛을 신호로 다녔을 뿐이고,

내가 바다에서 거두어 온 것이란

모조리 그녀의 손이 먼저 닿은 것뿐이다.

이렇게 나는 바다에서 뺏거나 훔친 것이 아니라

늘 항상 은근히 얻으며 살아 왔으니

이 앞으로도 끝까지 또 그럴 것이다.

* 『신동아』(1974. 4), 『떠돌이의 시』.

해설

　서정주 만년의 세계관을 알려주는 작품이다. 제목으로 제시된 "늙은 수부"는 화자인 시인 자신으로 보아도 좋을 것이다. 바다는 늙은 수부 및 타인들이 항해하는 공간, 즉 인생의 환유로 볼 수 있다. 1연에는 바다에 대응하는 세 가지 유형의 인물이 제시되었다. 바다를 강하다고 생각하고 거기 간사하게 아부하는 무리, 바다를 부잣집 곳간으로 여기고 이득을 빼오려는 무리, 바다에 도전하여 이겨보겠다고 허세를 부리는 무리가 그들인데, 이들은 아무도 바다에 이기지 못한다.

　『삼국유사』에 나오는 '만파식적萬波息笛'의 고사에 의하면 세상의 모든 분란을 잠재우는 피리가 있었다고 한다. 시의 화자는 그 만파식적처럼 바다의 파도를 가라앉히는 피리를 마음에 지니려 하는데 그 상징적 매개물로 앙리 루소의 그림을 끌어온다. 앙리 루소Henri Rousseau는 현실과 환상을 결합한 독특한 화풍으로 이름을 날린 프랑스의 화가다. 「잠자는 집시」라는 그의 그림은, 보름달이 뜬 사막의 밤에 만돌린을 옆에 둔 흑인 여인이 잠들어 있고 그 여인 옆에 갈기를 드리운 사자가 서 있는 장면으로 구성되어 있다. 루소는 이 작품에 "아무리 사나운 육식동물이라도 지쳐 잠든 먹이를 덮치는 것은 망설인다."라는 부제를 붙였다고 한다. 미당은 이 그림을 재구성해서 집시 여인이 만돌린을 연주해 달려오는 사자를 달랜다고 해석했다. 그렇게 사자를 달래는 만돌린처럼 자신의 피리가 바다를 잠재울 수 있기를 시도한 것이다.

　그리고 바다 신의 가족 중 주인이나 마누라 같은 핵심 인물에게는 접근하지 않고 어린 딸을 유혹하여 마음을 얻으라고 권한다. 딸의 환심을 사기 위해 자신의 피리를 불고 마음속에 은밀히 감추어두었던 순금 반지를 그녀의 약손가락에 끼움으로써 바다의 마음을 얻는 데 성공했다고 밝히고 있다. 바다에게 아부하거나 바다를 적대시해서 대적하거나 이익만 취하려고 기웃거려서는 안 되며, 바다의 마음을 사서 바다와 화합한 다음 바다의 양식을 저절로 얻는 것이 지혜로운 일임을 밝히고 있다.

이것은 그가 말년의 작품에서 작명한 "종천순일파從天順日波"의 사상과도 통한다. 1988년에 낸 시집 『팔 할이 바람』에 들어 있는 이 작품은 일제 때 자신이 친일하게 된 것이 하늘이 주는 팔자라고 생각해서 일본에 어쩔 수 없이 순종했다는 변명을 담고 있다. 강한 상대에게 맞서지 말고 대신 딸의 마음을 얻어 딸의 손에 닿은 것을 은근히 얻으며 사는 일이 지혜로운 일이라고 생각하는 것은, 자신이 옳다고 믿는 것에 대해 전력으로 투구한 적이 없는 사람이 갖는 지극히 나약한 처세술이다. 신념이나 명분과는 거리를 두고 모든 것을 하늘의 팔자로 돌려버리는 기회주의적 삶의 태도라고 비판을 해도 미당은 달리 빠져나갈 길이 없게 되었다. 시인 자신은 지혜의 담론이라고 제시했는데 실은 그의 부정적 단면을 드러내는 역할을 했다. 이 시는 이런 딜레마를 안고 있다.

슬픈 여우

크레파스로 그려 논 사람은
오 솔레미오를 부르며
멀리 갈 줄 모르고
사창私娼 채송화 같이
쉬이 뭉캐져
구름 밑 하늘에서 설레고

수묵으로 그려 논 사람은
노래도 없어
솔밭 속 절간을 지어서
프리즘에다
그 핏빛 맡겨 버리고는
햇빛보다 더 먼 데로
쑤욱 들어가 버리고

목적 없는 새벽 땅의 네 갈림길 위에서
가노라 간다
육자배기밖에 모르는
색신色身 슬픈 여우는
물구나무 서 물구나무 서
아직도 십 리쯤
둔갑해 스러지는 연습을 하고 있다.

*『떠돌이의 시』.

이 시는 어떤 여인을 대상으로 한 작품이다. "육자배기"가 나오는 것으로 보아 「선운사 동구」의 막걸리 집 여인과도 관련이 있어 보인다. "수묵으로 그려 논 사람"은 뒤에서 검토할 「격포우중」과 연결된다. 이 시에 화자의 상대역으로 등장하는 사람은 "육자배기밖에 모르는 색신 슬픈 여우"인데 문맥으로 보아 중년의 술집 여자로 추정된다. 그러면 1연에 나오는 "사창 채송화"와 2연에 나오는 "수묵으로 그려 논 사람"은 무엇인가? 전자는 사창가에서 몸을 파는 젊은 여자를 말하며 후자는 세속의 애환이나 욕망을 떠나 탈속의 세계로 들어가려는 사람이다. 그리고 "슬픈 여우"는 젊음과 늙음의 중간 지대에 놓인 인물이다. 젊을 때에는 "사창 채송화"처럼 가볍게 몸을 놀리기도 했으나 지금은 젊음의 색신을 잃고 슬픈 색신을 드러낸 중년의 술집 주모 정도로 보면 될 것이다. 나이가 더 들면 슬픈 인생의 뒤안길에서 벗어나 희로애락의 욕망도 가라앉힌 "수묵"의 상태에 도달할지도 모르는 여인이다. 그러나 지금은 청춘과 노년의 중간 지대 네 갈래 길에서 구성진 육자배기 가락을 뽑아내고 있다.

청춘은 유채색의 찬란한 시기다. 그래서 미당은 젊은 사람을 "크레파스로 그려 논 사람"이라고 했다. 청춘의 절정에 놓인 사람은 높은 음의 이태리 칸초네도 힘차게 부른다. 소리가 하늘까지 닿을 줄 알지만 사실은 멀리 가지 못하고 사창가의 젊은 여인처럼 "쉬이 뭉개져" "구름 밑 하늘" 근처에 서성일 뿐이다. 하늘을 뚫을 것 같은 젊음의 기상은 오히려 쉽게 쇠퇴하는 법이다.

노년은 수묵색의 담백한 시기다. 감정의 동요가 거의 없고 높은 음의 노래를 부르는 일도 없다. 하루하루가 그날 같고 오늘내일이 어제 같다.

현세를 떠난 솔밭 속 같은 데 절간을 지어 놓고 사는 격이다. 젊은 날의 다양한 색깔은 프리즘에 분산되어 펼쳐진 것이고 그것이 모이면 단순한 백색 광선이 된다. 노년은 프리즘에 투과되기 전의 담담한 백색 광선에 해당한다. 그러니 유채색의 핏빛은 프리즘에 맡겨버리고 햇빛보다 더 먼 속으로 숨어들어간 은둔의 상태가 노년이다.

1연과 2연에 소개한 청춘과 노년의 상태는 머리로 상상해본 것이고 시의 화자가 직접 목격한 대상은 "색신 슬픈 여우"뿐이다. 이 여우가 서 있는 위치는 "목적 없는 새벽 땅의 네 갈림길 위"라고 했다. 이것은 참으로 막막한 처지다. 새벽에 어떤 네 갈래 길에 섰는데 갈 곳이 없고 가야 할 이유도 없으니 이처럼 딱한 처지는 달리 없을 것이다. 어디로 갈지 알 수 없는 상황에서 그가 할 수 있는 일이란 육자배기 가락을 되뇌는 일이다. 젊을 때 놀던 가락이 남아 육자배기 소리를 꽤나 구성지게 뽑아낼 줄 안다. 앞날은 막막하지만 구성진 육자배기 가락은 한창 때의 절정의 묘미를 여전히 유지하고 있다. 그것을 미당은 물구나무섰다가 둔갑해 사라지는 여우의 묘기에 비유한 것이다. 한물간 술집 여자가 중년의 고비에 서서 육자배기 가락을 간절하게 펼쳐내는 데서 느낀 일말의 비애와 연민을 표현한 작품이다.

격포우중格浦雨中

여름 해수욕이면
쏘내기 퍼붓는 해 어스름,
떠돌이 창녀 시인 황진이의 슬픈 사타구니 같은
변산 격포로나 한번 와 보게.

자네는 불가불
수묵으로 쓴 싯줄이라야겠지.
바다의 짠 소금 물결만으로는 도저히 안 되어
벼락 우는 쏘내기도 맞아야 하는
자네는 아무래도 굵직한 먹 글씨로 쓴
싯줄이라야겠지.

그렇지만 자네 유랑의 길가에서 만난
사련 남녀의 두어 쌍,
또 그런 소질의 손톱의 반달 좋은 처녀 하나쯤을
붉은 채송화 떼 데불듯 거느리고 와
이 뇌성 취우驟雨의 바다에 흩뿌리는 것은
더욱 좋겠네.
짓이기어져 짓이기어져 사람들은 결국
쏘내기 오는 바다에
한줄 굵직한 수묵 글씨의 싯줄이라야 한다는 것을[1]

1 『창작과비평』에는 이 시행이 여기 배치되어 있으나 『떠돌이의 시』에 수록되면서 "짓이

이 세상의 모든 채송화들에게
예행연습 시켜야지.

그런 용묵龍墨 냄새 나는 든든한 웃음소리가
제 배 창자에서
터져 나오게 해 주어야지.

＊『창작과비평』(1975. 가을), 『떠돌이의 시』.

기어져 짓이기어져 사람들은 결국" 앞으로 이동되었다. 『창작과비평』에 발표된 형태가 문맥을 파악하는 데 훨씬 용이하기 때문에 시집 수록본이 잘못된 것으로 보고 『창작과비평』형태로 인용한다.

해설

변산 격포는 절경으로 이름 높은 곳이다. 한쪽에는 파도가 부서지는 채석강 단층이 보이고 그 앞에는 험한 암석들이, 그 옆에는 소담하게 빛나는 백사장이 펼쳐져 있다. 미당은 해가 저무는 무렵에 소나기 퍼붓는 격포 바닷가를 보았다. 그 장면을 보고 그는 떠돌이 창녀시인 황진이를 떠올렸다. 그는 왜 황진이를 떠돌이 창녀시인이라고 한 것일까? 황진이는 몇 가지 일화와 시조 작품만으로 알려져 있을 뿐 구체적인 생몰 연대라든가 생애에 대해서는 알려진 바가 없다. 그러나 당대 제일가는 시인 묵객들과 어울리던 황진이가 나이 들어 더 이상 그들과 노닐 수 없게 되자 창녀시인으로 떠돌다 생을 마쳤다는 발상은 연민 어린 비감을 불러일으킨다.

미당은 소나기 퍼붓는 저녁 어둑한 음영 속에 격포 해안의 물결과 채석강 절벽을 바라보며 많은 시인 묵객들이 스쳐간 황진이의 사타구니를 떠올린 것이다. 황진이를 떠올린 것은 그가 떠돌이이자 창녀이자 시인이라는 세 가지 요소를 다 갖추었기 때문이다. 짠 소금 물결 출렁이고 벼락 소리와 함께 "쏘내기" 퍼붓는 저물녘의 처절한 절경에 어울리는 인물은 삼박자를 구비한 황진이밖에 없었던 것이다.

그런데 미당의 상대역이 되는 "자네"라는 인물은 이 처절한 장면을 보고서도 "수묵으로 쓴 싯줄"을 생각한다. 수묵으로 쓴 싯줄이란 무엇인가? 젊잖게 붓을 들어 수묵을 치거나 굵은 붓에 먹을 듬뿍 묻혀 한시 몇 구 쓰는 것을 떠올릴 수 있다. 어떤 경우든 그것은 떠돌이 창녀시인 황진이의 슬픈 사타구니와는 어울리지 않는 일이다. 모든 것이 "짓니기어져 짓니기어져" 무너져 내리는 이 처절한 장면을 보고서도 수묵의 싯줄을 생각하는 "자네"라는 인물은 미당이 생각하기에 멋대가리 없는 녀석이다.

그래서 자네에게 권하는 것이 '사련 남녀 두어 쌍'이나 '그런 소질의 처녀'를 데리고 와서 이 바닷가에서 놀아보라는 것이다. "사련 남녀"란 바람난 남녀를 말하고 "그런 소질의 손톱의 반달 좋은 처녀"란 바람날 소질을 다분히 갖춘 젊고 건강한 처녀라는 뜻이다. "반달"이란 서정주 시에 자주 나오는 시어로 젊은 여자의 속손톱을 뜻한다. 요컨대 채석강의 낭만을 즐길 수 있는 사람들을 "붉은 채송화 떼 데불듯 거느리고 와 / 이 뇌성 취우의 바다에 흩뿌리는 것"이 굵직한 수묵 글씨의 싯줄보다 더 좋지 않겠냐는 것이 미당의 생각이다. 여기서 "채송화 떼"가 무엇을 뜻하는가를 이해하려면 앞에서 정독한 「슬픈 여우」의 내용을 참고하면 된다. "채송화"는 젊은 유녀遊女를 뜻한다.

「슬픈 여우」에서 파악한 내용을 이 시에 갖다놓으면 "수묵으로 쓴 싯줄"과 '붉은 채송화'가 어떻게 대비되는지 알 수 있을 것이다. 떠돌이 창녀시인 황진이의 슬픈 사타구니 같은 변산 격포에 어울리는 장면은, 달관한 듯한 수묵의 싯줄이 아니라 바람난 처자거나 바람날 소질이 있는 젊은 처녀. 그들을 사창가의 몸단장한 여자들처럼 거느리고 와 격포 바닷가에 흩뿌려 두고 같이 논다면 얼마나 좋겠느냐는 것이다. 회갑 지난 노인이 괜찮게 색이 오른 여인들과 거나하게 술이 취한 상태로 황진이의 사타구니 같은 해안에 노니는 것은 상상만 해도 호쾌한 일이다.

그런데 그 채송화들이 단순히 바람기 있는 여자에 그쳐서는 안 된다는 것이 미당의 생각이다. 채송화의 삶이라는 것은 위의 시편에서 본 것처럼 쉬이 뭉개지고 짓이겨지는 것이어서 지속성이 없고 너무나도 연약하다. 짠 소금 물결 출렁이고 벼락 치고 소나기 퍼붓는 상황을 연약한 채송화가 어찌 견뎌낼 수 있겠는가? 그러니 "짓니기어져 짓니기어져 사람들은 결국" "이 세상의 모든 채송화들에게 / 예행연습"을 시켜야 한다는 것이다. 무엇을 예행연습 시키는가? "한줄 굵직한 수묵 글씨의 싯줄이라야 한다는 것을" 예행연습 시켜야 한다는 것이다. '붉은 채송화'가 '떠돌이 창녀시인 황진이'가 되기 위해서는 '굵직한 수묵글씨의 싯줄'을 쓰는 예행연습의 기간이 필요하다는 뜻이다. 붉은 채송화만으로도 안되고 굵직한 수묵글씨의 싯줄만으로도 안 되는, 그야말로 그 둘이 변증법적으로 결합한 그 무엇이 되어야 황진이의 사타구니 같은 변산 격포처절한 절경에 동참할 수 있으리라는 것이 미당의 생각이다.

그러한 그 무엇이 되는 경지를 미당은 "용묵 냄새 나는 든든한 웃음소리가/ 제 배 창자에서 터져 나오게" 되는 상태라고 말했다. '수묵'을 넘어선 '용묵'의 단계가 되어야 비로소 변산 격포의 절경을 제대로 받아들일 수 있으리라는 생각이다. 이것은 단순한 달관의 포즈가 아니라 오랫동안 시에 몰두하여 살아온 사람이 터득하게 되는 예藝의 경지다. 이념이나 현실의 논리로는 별 가치가 없어보이는 '예'의 한 양식이, 인간 영혼의 어떤 영역에서는 "이승과 저승에 무성한 노랫소리"(「상가수의 소리」)로, 혹은 "용묵 냄새 나는 든든한 웃음소리"로 울려나올 수 있는 것이다.

여기서 말한 '용묵'의 경지란 시인이 추구하는 절대의 경지에 해당할 것이다. 그것은 그가 젊은 시절 바다를 통해 추구하던 절대의 경지와 통한다. 미당은 그 절대의 경지가 짠 소금 물결에 절여지고 벼락 우는 소나기도 맞아야 하는 처절한 과정을 거쳐서 이루어지는 것임을 오랜 시작 과정을 통해 깨달았다. 그리고 이러한 각성과 통찰이 변산 격포, 뇌성 취우의 바다를 배경으로 탄생했다. 변산 격포, 뇌성 취우의 바다에서 용묵 냄새 나는 든든한 웃음소리를 꿈꿀 수 있었던 것은 젊은 시절 바다를 통해 추구했던 절대 지향에 대한 동경과 기억이 있었기에 가능한 일이다. 그러므로 이것은 결코 우연이 아니라 40년에 걸친 바다 상상력의 회오리 속에 형성된 연기緣起의 결과라고 말해야 옳을 것이다.

이차돈의 목 베기 놀이

야소耶蘇 기독基督의 몸이 십자가에 못 박혀 죽어서 그 마음의 힘을 무한대히 늘려 야소교를 세운 효과와, 이차돈이 "내 목을 쳐 보이소" 자원해 숨넘어가서 마음적으로 간절히 살아남아 그 효력으로 신라에 불교가 있게 한 것은 결과로 보아선 많이 닮았소.

그러나 그 육신의 죽음까지의 작태는 매우 다른 것이니, 야소 쪽 이야기는 대단히 처참하고 처량하고 또 아픈 데가 있는 데 반하여, 이차돈 쪽은 그게 그렇지 않고 순전히 어린아이의 한때의 무슨 놀이와도 같아서 적당히 웃기기도 하면서 아조 연한 배나 먹듯이 사운사운 그것이 진행된 점이오.

그렇기 때문에, 야소나 이차돈이나 죽도록 피야 다 흘렸었지만, 이차돈의 피에서만큼은 그 왈칵한 피비린내도 나지를 않고 그저 어린애들이 꿀 컥꿀컥 마시는 그 어머니의 젖내음새 같은 것만 빙그레이 풍겨나고 있는 것이오.

　－『삼국사기』 신라본기 4, '법흥왕'조. 『삼국유사』 권 3, '原宗興法, 厭髑滅身'조.

*『학이 울고 간 날들의 시』(1982. 2).

회갑이 지나자 시적 긴장이 많이 풀어져 이전과 같이 정제된 작품은 거의 쓰지 못하고 연작시를 많이 발표하게 된다. 1977년 11월부터 1978년 9월까지 세계 여행을 하며 쓴 연작시를 1979년 5월부터 12월까지 『문학사상』에 연재하고 이것을 모아 1980년 5월 시집 『서으로 가는 달처럼……』을 출간했다. 116편의 작품이 수록되어 있지만 작품의 완성도는 떨어진다. 이 연작이 끝나자 노익장의 기염을 과시하듯 우리나라의 역사적 사건을 소재로 한 연작시를 1980년 2월부터 1981년 9월까지 『문학사상』에 연재하고 이것을 모아 1982년 2월에 시집 『학이 울고 간 날들의 시』를 출간했다. 113편의 작품이 수록되어 있으나 작품의 완성도는 역시 떨어진다. 그 뒤를 이어 자신의 과거지사를 연작시로 써서 1981년 11월부터 1982년 11월까지 『현대문학』에 연재하고, 그것을 모아 1983년 5월 시집 『안 잊히는 일들』을 출간했다.

이런 기획 연작시 창작에 기울인 미당의 정성을 생각하면 대단하다는 생각도 들지만, 이것은 이미 정상적 궤도에서 벗어난 일이었다. 나는 이때부터 미당의 시정신이 어그러지기 시작했다고 생각한다. 이 시기 이후 미당의 창작의 예봉은 꺾였다. 미당은 무엇에 쫓기듯 정신없이 시를 쏟아내기 시작했다. 호랑이 등에 올라탄 사람처럼 미당은 걷잡을 수 없이 앞으로 내달았다. 1986년 9월에는 어딘가에서 나오는 돈을 받아 『문학정신』을 창간했고, 급기야 1987년 1월에는 그 악명 높은 전두환 생일 축하 송시를 쓰기에 이른다. 이 시절 미당의 내면을 몰아친 동인은 무엇이었을까? 생전에 미당에게 이 질문을 한 사람은 아무도 없었고, 세상을 떠난 이후에는 추정만 무성했다.

『학이 울고 간 날들의 시』에서 그래도 미당의 개성이 담겨 있는 두 편의 작품을 뽑아 해설하기로 한다. 「이차돈의 목 베기 놀이」에는 불교적 세계관에 대한 미당의 강한 선호가 담겨 있다. 이차돈의 죽음은 『삼국유사』에 비교적 자세히 서술되어 있다. 신라는 삼국 중 불교가 가장 늦게 전파되었고 전파된 이후에도 신앙생활이 자유롭지 않았다. 법흥왕 때 하급관리직에 있던 이차돈은 불교를 믿은 지 오래되었다. 법흥왕은 왕권 강화를 위해 불교를 국교로 삼았으면 하는 속마음이 있었다. 이차돈과 법흥왕의 속내가 맞아떨어져 이차돈은 순교를 자처하고 나섰다. 이차돈은 법흥왕을 설득하여 자신을 죽이면 반드시 기이한 일이 있을 것이라 말하고 일부러 법흥왕의 명을 어긴 것처럼 행동해서 사형을 받았다. 이차돈의 목을 베자 흰 젖이 솟아올랐다는 것은 널리 알려진 이야기다.

미당은 이 일을 예수의 죽음과 비교하여 이차돈의 죽음이 지닌 특징을 이야기했다. 남에게 강제로 끌려가 죽은 것이 아니라 자원해서 죽은 것이고, 그 죽음에 피비린내가 나지 않는다는 점을 긍정적으로 평가했다. 그래서 이차돈의 순교는 "어린아이의 한때의 무슨 놀이와도 같아서 적당히 웃기"는 측면도 있고 "아조 연한 배"를 "사운사운" 먹듯 진행되었다고 비유했다. 연한 배를 사운사운 먹는다는 것은 그의 시에 여러 번 나오는 표현으로 매우 유순하면서도 자연스러운 거동을 나타낼 때 사용되었다. 이차돈의 목에서 흰 젖이 솟아났다는 것을 "어린애들이 꿀꺽꿀꺽 마시는 그 어머니의 젖"에 비유한 것이 이채롭다. 죽음의 결과를 신생아의 생명을 지키는 모유로 인식하는 사유의 전환이 나타나기 때문이다.

기독교인의 입장에서는 예수의 십자가 희생의 의미를 너무나도 모르는 무지의 소치라고 비판할 수 있을 것이다. 우리는 이 시에서 처참한 유혈의 비극을 기피하는 미당의 심리를 엿볼 수 있다. 그리고 연한 배를 조금씩 베어 먹는 천진하고 자연스러운 모습, 어머니가 유아에게 먹이는 흰 젖에 대한 관심을 통해 생명을 존중하는 시인의 정신도 엿볼 수 있다.

율곡과 송강

서인의 한 사람인 송강 정철이 같은 파의 구봉령이와 함께 율곡 이이를 찾아가서

"동인 김효원이는 소인이라 못 쓸 사람이니, 초당적超黨的인 그대가 좀 논박해 달라"고 하니,

율곡은 빙그레 웃기만 하고, 거기 찬성은 하지를 않는지라,

송강이 자기 집에 돌아가서 그 거절당한 느낌으로다가 시를 쬐끔 만들어 봤는데,

사람이 멍청하게 산같이만 있으니
내가 강물처럼 거듭 찾안 무엇해?
(君意似山終不動 / 我行如水幾時回)

하는, 이것이 바로 그것이다.

강물은 강물이었겠지만, 꽤나 잘 출렁거리는 강물이었고, 또 거기다가 술기운에도 얼얼히 젖은 그런 강물이었으니, 율곡의 그 미소를 어디 제대로 받아 잘 비칠 수가 있었어야지.

　－『연려실기술』 제18권, 선조 조 '宣祖朝相臣'조.

*『학이 울고 간 날들의 시』.

해설

송강 정철은 동서 분당의 갈등 속에 서인의 강경파로 활동했고, 율곡 이이는 동인과 서인을 화합하려고 노력했다. 이이가 성혼이나 정철과 친하기는 했으나 그의 계보를 보면 서인이라고 단정하기 어렵다. 동인들이 이이의 친소 관계를 중심으로 이이를 비판함으로써 서인 쪽에 가까운 처지가 되었다. 정철은 이이가 세상을 떠난 후 일어난 정여립의 모반 사건 때 국문을 맡아 악역을 담당함으로써 동인들에게는 서인의 극열분자, 천하의 간흉으로 기록된다. 동서 분당의 기폭제가 된 것은 김효원과 심의겸의 대립인데, 정철은 김효원을 비판했고 이이는 늘 그랬던 것처럼 중립에 섰다. 정철의 설득에도 마음을 돌리지 않는 이이를 두고 돌아와 썼다는 정철의 한시를 소개하고 있는데 그 번역이 매우 독특하다.

이 시는 「증별율곡贈別栗谷」(율곡과 이별하며)이라는 작품이다. 『연려실기술』에는 위의 내용처럼 김효원에 대한 탄핵에 율곡이 동의하지 않자 정철이 지어 보낸 것으로 기록되어 있지만, 그로부터 몇 년 후 정철이 탄핵을 받아 사직하고 고향으로 내려갈 때 지은 것으로 봄이 타당할 것이다. '증별贈別'은 이별에 임하여 준다는 뜻이니 장기간의 이별이 있을 때 쓰는 말이기 때문이다. 또 『연려실기술』에는 구봉령과 함께 이이를 찾아간 것으로 되어 있으나 정철과 이이는 1536년생 동갑이고 구봉령은 10살이 위였으므로 그럴 가능성은 거의 없다. 앞의 두 구는 보통 "그대의 뜻은 산과 같아 움직이지 아니하고 / 나의 행보는 물과 같아 몇 번이고 돌아간다."로 해석한다. 나머지 두 구는 다음과 같다.

물 같고 산 같음이 모두 천명이니　　　　如水似山皆是命
가을 날 흰 머리에 생각을 정하기 어렵구나.　白頭秋日思難裁

친하기는 하지만 생각이 달라 화합하지 못하는 동갑의 친구에게 다소 비감 어린 심정으로 자신의 심사를 표현한 내용이다. 미당은 이 시의 첫 두 구에 "멍청하게"와 "무엇해"라는 말을 집어넣어 유머러스하게 번역했다. 이이가 말을 듣지 않으니 정철이 몇 번을 찾아 설득해도 받아들이지 않을 것이라는 뜻으로 해석한 것이다. 원시의 착잡한 심사는 약화시키고, 따지고 원망하는 듯한 일상의 어조로 바꾸어 번역했다. 세상일을 그리 심각하게 고민하지 않는 나이든 미당의 심리가 투영되어 있다. 정철과 이이를 격정과 미소로 대비시킨 것도 미당다운 태도다. 이이는 동서 분당을 막아보려고 노심초사한 인물인데 그 사태를 어찌 웃음으로 대처했겠는가? 이이의 고민은 살피지 않고 도인 같은 웃음으로 이이를 묘사한 데 역사의식의 한계가 있다. 이 시를 쓸 때 미당의 나이 66세였다.

중국인 우동집 갈보 금순錦順이

내가 열세 살 때
나를 이성으로 처음으로 끌어안아 주었던 가시내.
그 '긴쓰루[1] 향유香油'의 쌍내 싸아하게 풍기던,
땋아 늘인 머리채가 허벅지까지 닿던,
그 줄포의 중국인 우동집 갈보 금순이[2]는
지금은 어디서 무얼 하고 있는고?

내 소학교 오 학년 때 급우― 스무 살짜리
김막동이가
장가간 턱으로 중국집 우동을 한 사발씩 친구들한테 샀을 때
그 우동 상 옆 갈보로 취직해 다붙어 있던 가시내.
끼니와 옷과 능욕凌辱가음[3]으로만 취직해 있던 가시내.
임질이니 매독 그런 병도 그네는 꽤나
치르었을 것인데,
그런 걸로 문드러져서
지금은 어느 무덤 속에 백골로나 안착했는고?

나 같은 어린애들도 가위 바위 보로

---

1 화장품 상표 '金鶴'의 일본어 발음이다.
2 미당의 초기 자서전에 '금순이'라는 이름은 등장하지 않는다. 나이가 들어서 이름이
생각났을 리도 없다. 듣기 좋게 지어 넣은 이름일 것이다.
3 "가음"은 '놀림감'이라고 할 때의 '감'의 옛말이다. "능욕가음"이란 '능욕의 대상이 된
사람'이라는 뜻이다.

그네를 어떻게든 맡아 다룰 수도 있었던,

그래 내가 이겨 골방으로 끌고 들어가기도 했던,

그러나 아직도 사내노릇을 모르는 나 같은 애송이는

그저 그저 끌어안고 뒹굴어 주기만도 했던

금순이 금순이 우리 금순이는 지금 어디 있는고?

닐리리 노랫소리도 꽤나 이쁘던,

눈매 가냘프던,

이빨도 쪼록쪼록은 희던

그 금순이는 시방 무엇이 되어 있는고?

• 내 소년의 때는 꼭, '땀도 못 내고 죽을 염병앓이'만 같았다. 이 시에서 열세 살 때라 한 건 만 열세 살 때. 이 해에 나는 줄포공립보통학교 5, 6학년 과정을 한 해에 다 배웠다.

*『안 잊히는 일들』(1983. 5).

해설

이 시에 나온 이야기는 그의 자서전에 이미 자세히 소개된 내용이다. 줄포공립보통학교를 다닐 때 동급생 중에는 학교에 늦게 들어와 나이가 많은 이들이 꽤 있었고 그중에는 이미 결혼을 한 동급생도 있었다. 그 동급생의 안내로 중국집에 가서 처음으로 성적인 접촉을 했던 경험을 자서전에 썼고 그것을 다시 시로 옮긴 것이다. 그때는 중국집에 손님을 끌기 위해 몸 파는 여자들을 두었던 것 같다. 미당은 우리 나이로 열네 살이었으나 남녀의 관계에 대해 아는 것이 없었는지 가장 어려보이는 여자가 그를 끌어안고 오랫동안 애무를 했는데도 아무런 반응을 보이지 않자 "아이고…… 키만 엄부럭하지, 아직 영 어린내여……"[1] 하고 나가버렸다고 자서전에 썼다.

그 여인의 이름에 대해 자서전에서는 '무슨 화'라는 이름으로 기억한다고 적었는데, 이 시에서 '금순錦順'이라는 이름을 내세운 것은 사실의 구체화를 겨냥한 장치일 것이다. '비단 금' 자에 '순할 순' 자로 한자까지 쓴 것은 기억에 의한 미화의 심리 때문이다. 미당은 그녀와의 첫 접촉이 실패로 끝난 것보다는 그 어리고 마른 여자가 헐값에 몸을 팔며 중국인 우동집에 기숙하고 있다는 사실이 매우 가엾게 생각되었던 것 같다. 자서전을 쓰던 때 오십이 다 되어가는 나이에도 그 여자의 기억이 자신의 마음에 깊이 박혀 있다고 고백했다. 어릴 때 성과 관련된 경험은 일생 지워지지 않고 남아 있는 것을 고려하면, 그 고백은 결코 과장이나 거짓이 아니라는 생각이 든다.

"소년 때 잠깐 같이 누워 가슴과 낯을 서로 만지고 비볐을 뿐인 이런

---

1 『미당 자서전 1』, 234쪽.

천한 여자가, 흙탕 위에 비가 내릴 때라든지, 병든 눈썹의 썩은 범벅 같은 장거리의 흙탕이 옷 아래 튀어 박힐 때라든지, 문득문득 20년이든 40년이든 시간 때문에 변한 일 없이 우리 마음속에 역력히 되살아나와 힘을 부리고 있는 일 말이다."라고 회상하며 이 부분을 서술할 때 새벽 4시쯤 깨어 책상에 앉았는데, 조그만 나비 한 마리가 날아 들어와 원고지 한쪽 귀퉁이에 앉아 있는 것을 보고 그 줄포 우동집의 어린 여인이 떠올랐다고 적으며, 이것은 절대 거짓이 아니라는 말까지 보태고 있다.[2] 이로 보면 이 여인과의 접촉, 거기서 얻은 연민의 기억은 인간이 이렇게까지 살아야 하는가라는 질문과 더불어 인간의 기구한 운명에 대한 비애의 감정으로 그의 일생을 지배했다고 보아도 좋을 것이다. 그 연민과 비애가 다시 이 과거 회상시를 쓰도록 유도했을 것이고, 그 여인의 이름을 비단처럼 곱고 유순한 여인이라는 뜻의 이름으로 설정하게 했을 것이다.

끝 부분에 나온 금순이 모습의 미화는 미당의 기억 속에 재구성된 윤색의 결과다. 중국인 우동집에 기거하며 끼니와 옷을 얻어 입는 대신 헐값에 남자들에게 능욕을 당하는 처지의 여인이니 그 여인에 대한 연민이 외모의 미화로 굴절되었을 것이다. 「단골무당네 머슴아이」나 「석녀 한물댁의 한숨」, 「슬픈 여우」 등의 시에서 본 것이지만 미당은 이처럼 세상에서 소외된 기구한 운명의 약자에게 마음에서 우러나오는 연민의 감정을 지니고 있었다. 그 연민이 뚜렷한 사회적 의식의 상태로 각성된 것은 아니지만 그저 마음 밑바닥에서 번져나는 아련한 감정의 기운이 문학적 창조의 동력으로 이어진 것은 부정할 수 없는 사실이다.

2 위의 책, 235쪽.

제주도의 한여름

제주도라 서귀포의 정방폭포 위
그 깨끗하겐 여무진 햇빛 보리밭!
그 보리밭 하늘 속의 종달새 웃음소리!
예까지 온 나는 이미 사람도 아니어서
밭두럭 위에 배꼽 드러내고 나자빠졌는
한 마리의 나른한 작은 신이었노라.

입에 담기는 건 불벼락 소주뿐,
보말조개 넣어 끓인 미역국 정도뿐,
쌀밥도 보리밥도 다 토해 버리고
창생 초년의 들수탉[1] 울음소리로
꼬끼요 꼬르끼요 목울음이나 했노라.

나는 양기陽氣도 벌써 아닌 알콜 분 따위여서
춤추며 대어드는 해녀들에겐
실로 미안한 바보였을 뿐,
한밤중 노송 숲에 별들만이 초롱할 적에
"약혼하세" 이쁜 색시가 옆에 와서 앉아도
꿩 놓칠 매 웃음이나 겨우 피식 했노라.

• 1937년의 한여름 동안을 나는 제주도 서귀포의 정방폭포 가에서 지내고 있었

1 "창생 초년"이란 말을 감안하여 '야생의 수탉'의 뜻으로 보고 붙여 적었다.

다. 이 시에 보이는 '보말조개'란 팽이 모양의 작은 조개로, 이 빈 껍질로는 윷놀이
도 하는 것이다. '보말'이란 물론 제주 말인데, 그 뜻이 무엇인지는 모르겠다.[2]

*『안 잊히는 일들』.

[2] "보말"은 제주도에서 바다 고둥을 가리킨다. 조개와는 다른 종류인데, "팽이 모양의
작은 조개"라고 했으니 바다 고둥이 맞을 것이다.

해설

이 시는 『화사집』 '지귀도시地歸道詩' 편에 들어 있는 네 편의 시, 「정오의 언덕에서」, 「고을나의 딸」, 「웅계(상)」, 「웅계(하)」에 대한 해석의 단서를 제공하며, 『서정주 문학 전집』에 수록된 「한라산 산신녀 인상」과도 시상이 연결되어 있어서 여기서 해설하려 한다. 나는 '지귀도시' 네 편의 작품이 청년기의 과도한 자의식이 정서의 흐름을 압도하여 의미 구성에 실패한 습작기의 작품이라고 보고 해설하지 않고 넘어왔다. 「한라산 산신녀 인상」 역시 서정주의 독특한 상상 세계를 보여주기는 하지만 자신의 경험을 지나치게 과장된 화법으로 표현해서 시적 구성의 긴밀성을 약화시켰다고 보고 해설하지 않았다. 이 시는 '지귀도시' 시편에 나오는 난해한 시어가 어떤 의미를 지닌 것인지 밝혀주는 일종의 해설 편 역할을 겸하고 있다.

'지귀도'는 제주도를 말하는 것으로 서정주는 1937년 여름 한철을 서귀포 남쪽에서 보냈다. 그때의 체험과 사색을 시로 쓴 것이 「지귀도시」 연작이다. 이 작품들은 무질서해 보이는 비약적 심상과 난해한 화법으로 구성되어 있다. 그중 의미 맥락이 어느 정도 파악되는 작품이 「정오의 언덕에서」다. 이 시의 서두에는 구약성서에 들어 있는 「아가」의 한 구절 "향기로운 산 위에 노루와 작은 사슴같이 있을지어다."가 인용되어 있다. 아가의 구절을 인용했을 뿐만 아니라 이 시 전체가 「아가」의 시어와 심상을 거의 그대로 차용하고 있다. '다붙은 입술의 입맞춤', '꿀과 함께 가슴으로 먹었노라', '시악시야 나는 아름답구나', '내 살결은 수피의 검은 빛', '황금 태양을 머리에 달고', '몰약 사향의 훈훈한 꽃자리', '내 숫사슴의 춤추며 뛰어가자' 등은 모두 「아가」에 나오는 구절의 차용 내지는 변주들이다. 그러니까 이 시는 「아가」의 구절을 차용하여 서정주의 마음에 떠오른 표상을 재구성한 것이다.

「아가」를 솔로몬의 창작 송가로 보고 신에 대한 사랑을 남녀의 사랑으로 비유하여 표현하였다는 신학적 해설이 주류를 이루지만, 남녀의 사랑 노래가 솔로몬 이야기에 편입되었다는 해석도 있다. 「아가」를 읽어 보면 전통적인 신학적 해석을 배반하는 구절이 아주 많이 나온다. "그가 왼손으로 내 머리에 베개하고 오른손으로 나를 안는구나."라는 육체적 사랑의 표현으로부터 "네 입술은 홍색 실 같고 네 입은 어여쁘고 너울 속의 네 뺨은 석류 한 쪽 같구나."라는 여성 용모에 대한 관능적 묘사, "네 두 유방은 백합화 가운데서 꼴을 먹는 쌍태 노루 새끼 같구나.", "내 신부야 네 입술에서는 꿀방울이 떨어지고 네 혀 밑에는 꿀과 젖이 있고 네 의복의 향기는 레바논의 향기 같구나.", "나의 누이, 나의 신부는 잠근 동산이요 덮은 우물이요 봉한 샘이로구나." 같은 선정적 표현도 많이 나온다. 서정주는 「아가」의 신학적 해석을 제쳐놓고 남녀의 육체적 사랑에 초점을 맞추어 읽은 다음 그것을 자신의 의도대로 재구성하여 한 편의 시를 완성한 것이다. 이것은 젊음의 관능적 성애性愛에 대한 서정주의 긍정적 반응을 보여준다.

그로부터 40여 년이 지나서 쓴 위의 시에서 서정주는 그때의 상황을 비교적 솔직하게 객관적으로 진술하고 있다. 그는 지상의 모든 것을 포기한 자포자기 상태로 인간의 자리에서 독자적인 신의 자리로 옮겨가려는 듯 독한 소주만 들이켜 자신의 이성을 놓아버리려 한 것이다. '지귀도시' 연작에 나오는 오만하고 방약무인한 어조는 그런 만취의 방일에서 나온 것이다. 먹은 것은 다 토해버리고도 헛구역질이 나와 꺼억꺼억 수탉 우는 소리로 빈속을 토해내고 있었던 것인데, 시에서는 그러한 자신의 처참한 몰골을 과장되게 "웅계雄鷄"라고 이름 붙이고 "지귀 천년의 정오를 울자"라고 정반대의 상황으로 표현했다. 이 허황된 과장의 자의식이 네 편의 작품에 관류하고 있는데, 사람들은 그것이 서정주의 남성적 생명력의 관능적 표현이라 믿고 축자적 해석을 덧붙여왔다.

"불벼락 소주"로 온몸이 알코올에 절어 남성적 생명력인 양기도 어디로 가고 젊고 예쁜 색시가 옆에 와도 "펑 놓칠 매 웃음이나 겨우 피식" 비쳤을 뿐이라고 고백했다. 소장수 마누라에게 열일곱 살 동정을 바친 얘기라든가 아버지의 유산으로 술집 주모와 놀아난 얘기까지 숨김없이 털어놓은 미당이 오랜 세월 전의 젊은 날의 처지를 감추거나 변조시킬 이유는 없었을 것이다. 스물두 살의 한여름 한 달 열흘 동안 세상과 절연하고 주신처럼 폭음으로 보낸 경험을 이제는 과장하지 않고 자연스럽게 서술해놓은 것이다.

낙락장송의 솔잎송이들

2층 위의 3층 위의 창가에 앉아서
"인제는 거짓말을 죽어도 더 못하겠다"고
그대가 어느 겨울날 소곤거리고 있던 때의
그대의 그 꼿꼿하던 속눈썹들처럼만 생긴
낙락장송 소나무 가지의 솔잎송이들이여.
(1988. 11. 24. 서울)

* 『늙은 떠돌이의 시』(1993. 11).

해설

서정주는 1980년대 후반 어용, 친일 시인 논란과 관련된 시련의 시기를 거치고 잠시 미국에 가 있다가 서울로 돌아와 안정을 찾은 다음, 1993년 11월 연작시 모음이 아닌 본격 창작시집 『늙은 떠돌이의 시』를 간행했다. 이 시집에도 연작 기행시가 더러 들어 있지만 다시 시인의 자리로 돌아와 차분하게 구상한 작품들이 여러 편 발견된다. 시집의 머리말에서 "표현상의 새 매력을 탐구해보려는 노력"을 기울이며 시를 써왔다고 말했다. 또한 이러한 새로운 표현미학의 탐구가 자연과학의 발견과 마찬가지로 새로운 경지의 발견이 아니겠느냐는 말도 했다. 이 말은 그가 추구한 새로운 표현의 탐구가 외면적인 기법의 측면에 머무는 것이 아니라 시인의 세계관, 그의 독특한 사상과 관련되어 있음을 밝힌 것이다. 우리는 이 발언이 과장이 아니라 사실과 거의 부합한다는 점을 지금까지의 작품 분석을 통해 확인한 셈이다.

이 짧은 오행시는 간결한 형식 안에 많은 것을 함축하고 있는데, 그 응집의 장력이 그리 만만한 것이 아님을 보여주고 있어서 여기 언급할 만하다. 이 시는 소나무가 지조의 표상이라는 우리의 전통적 관념에 연결되어 있어서 친근하기는 하지만 그리 새롭다는 느낌은 들지 않을지 모른다. '거짓말을 못하겠다고 말하는 그대'와 '낙락장송 솔잎송이'를 동일화시키는 상상력을 그리 새롭다고 말할 수는 없다. 그러나 이 시의 진정한 가치는 표현의 세부와 어법의 섬세함에서 발견된다. 이 시에 동원된 단어나 어절은 어느 것 하나 버릴 것 없이 작품 전체의 자장 속에 완전히 흡수되어 있다.

이 시의 첫 행 "2층 위의 3층 위의 창가"는, 그대가 말을 꺼내게 된 공간적 배경을 나타내는 데 머물지 않고 그대가 생의 한고비에 서 있음을 암시하며, 또 한편으로는 비유의 매개물로 사용되는 낙락장송의 높이를 연상시킨다. 시간적 배경인 "겨울날" 역시 소나무를 휩싸고 있는 계절적 추위와 함께 그대에게 닥친 시련의 시간을 드러낸다. 그다음에 배치된 "소곤거리고 있던"이라는 말은 이 시의 비유를 한 단계 높은 차원의 것으로 상승시킨다. 즉 겨울날 소곤거리고 있던 때의 그대의 속눈썹과 겨울날 삭풍에 바르르 떨던 솔잎의 형상성이 정확히 일치하는 것이다. 그리고 이로써 그 소곤거림은 큰소리로 외치는 것 이상의 매서운 각오를 내장한 것임을 느끼게 한다.

겨울날 찬바람에 얼어 죽을지언정 그 파란빛을 숙이지 않는 것이 소나무다. 소나무가 지닌 솔잎의 날카로움은 지조의 표상이다. 솔잎은 찬바람에 바르르 떨 뿐 아무런 말도 꺼내지 않는다. 백주 대로에 우뚝 서서 정직하고 지조 높다고 큰소리치는 것은 대개 가짜들의 수작인 법. 겨울날 위태로운 3층 위 창가에 간신히 앉아 거짓말 못하겠다고 소곤거리는 그대 속눈썹의 떨림이야말로 솔잎에 대응되는 정직함의 표현이다. 이 시는 소나무가 절개의 표상이라는 전통적 관념을 한차례 뛰어넘어 그것을 더욱 섬세하게 정제함으로써 미당다운 새로운 지조의 표상으로 변형시킨 것이다.

이 시의 표현의 매력은 이러한 새로운 비유의 발견에 국한되지 않는다. 셋째 행 이후의 음감의 변화를 주목해볼 필요가 있다. '소곤거리고'를 기점으로 하여 '소'와 '오'와 'ㅅ' 음이 여러 차례 반복되고 있다. 이 반복되는 음들은 솔잎의 뾰족함, 속눈썹의 꼿꼿함, 그대 내면에서 솟아오르는 지조의 빳빳함을 그대로 환기하고 상징한다. 소위 음성 상징에 해당하는 소리와 의미의 호응이 이렇게 모범적으로 실현된 예는 별로 없다. 이것은 우연의 소산이 아니라 천부의 재능에 고도의 수련이 결합된 결과다. 미당이 나이 들어서도 미당임을 확인케 하는 작품이다.

노처의 병상 옆에서

병든 아내가 잠들어 있는
병원 5층의 유리창으로
내다보이는 거리의 전등불들의 행렬은
아조 딴 세상의 하모니카 구멍들만 같다.
55년 전의 달밤 성북동에서
소년 시인 함형수가 불고 가던
하모니카의 도리고의 세레나데 소리를 내고 있다.
죽은 함형수가
지금은 딴 세상에서 불고 있는
꼭 그 하모니카 소리만 같다.

"쐬주는 제일 좋은 친구지만
이것만 가지구선 안심치가 않어
그 선생인 소금을 곁들여서 마시노라"고.
지낸 낮에 짜장면 집에서
그 두 가지만 사서 먹고 앉았던
늙은 사내가 생각이 난다.
그 사내도
지금 저 하모니카 같은 불들을
보고 있을까? 보고 있을까?
그리고 함형수는
이걸 또 하모니카로 불고 있는 것일까?
(1990. 3. 11. 오전 2시 반. 부산 동래의 '우리들병원'에서)   *『늙은 떠돌이의 시』.

해설

1990년 2월 하순부터 3월 초순까지 약 20일 동안 부인이 부산의 '우리들병원'에서 입원 치료를 받을 때 쓴 네 편의 작품 중 하나다. 유리창 밖으로 보이는 늘어선 가로등이 어떤 딴 세상의 하모니카 구멍처럼 허망해 보이는데 그 모습에서 하모니카를 잘 불던 중앙불교전문학원 동기생 시인 함형수가 떠오른다. 함형수에 대한 시는 이미 몇 편을 썼지만, 아내의 병상 옆에서 75세의 시인이 다시 떠올리는 함형수이기에 의미가 새롭다.

『시인부락』 동인이었던 함형수는 함경북도 경성의 가난한 집안 출신으로 생활고 때문에 학업을 마치지 못하고 만주로 가서 소학교 교원 생활을 하였다. 1941년 1월 서정주가 만주에 있을 때 용정의 하숙방에서 반갑게 만났다고 한다. 사전에는 함형수가 해방 후 귀국하여 고향에서 정신질환에 시달리다 사망했다고 나오는데, 서정주는 해방 열차에 올라타 남으로 오다가 미끄러져서 죽었다고 시에 적었다. "참 많이 아팠을 것이다! / 그래도 까치같이 웃고 죽어갔느냐?"(「시인 함형수 소전小傳」)라고 그의 불우한 죽음에까지 유머러스한 여운을 남겨놓았다. 웃음으로 슬픔을 감싸 안는 독특한 어법이 구사된 것이다. 이러한 어법을 통해 우리는 시인 함형수의 천진함과 그 친구를 일찍 떠나보낸 시인의 안타까움을 동시에 느끼게 된다.

55년 전이면 1935년 중앙불교전문학원 1학년에 입학하여 동문수학하던 시절이다. 성북동 골짜기의 하숙집으로 올라가며 도리고의 세레나데를 불었다고 한다. 시인은 창밖에 보이는 가로등 불빛과 그 너머 어둠의 적막 속에서 스무 살 때의 추억을 떠올리고 있다. 저승 어디에 가서도 함형수는 그 하모니카를 불고 있을 것이고 그 소리가 지금 창밖의 하모니카 구멍 같은 가로등 불로 서 있다는 상상이다. 며칠 전 점심때에는 소금을 안주로 해서 소주를 먹던 늙은 사내를 보았다. 분명 알코올 중독에 가까운 인물이었으리라. 그와 함형수도 젊은 한철에는 그렇게 소금을 안주 삼아 독한 배갈을 마신 적이 있었다. 그는 일찍 세상을 떴고 자신은 병든 아내를 지키며 75세의 봄을 맞이하고 있다. 소금을 곁들여 소주를 마시던 그 늙은 사내도 지금 잠들지 않고 이 하모니카 같은 불빛을 보고 있을까? 함형수는 저승 어딘가에서 이 슬픈 노년의 적막과 비애를 하모니카로 불고 있는 것일까? 이런저런 사념 속에 밤은 깊어가고 미당 또한 노처의 병상 옆에서 눈을 붙였을 것이다.

부다페스트에서 모스코로 날아가는 러시아 여객기 화장실
속의 그 찐한 찌린내

부다페스트에서 모스코로 날아가는
러시아 비행기 안에서 러시아 맥주를 마시고
화장실엘 들어갔더니
아 그 우리네 옛날만 같은
또 우리네의 시골만 같은
찐한 찌린내가 온몸에 풍겨들어서
"야! 이건 도스토예프스키의 찌린내구나!
그의 「죄와 벌」 속의
쏘냐의 찌린내구나!
마음에도 없는 괴로운 매음을 당하고
뒷간에 갔을 때의 바로 그 쏘냐의 찌린내구나!
레오 톨스토이의 부활 속의 카추샤 마슬로바의
시베리아 유형 중의 그 찌린내구나!
안타까운 뉘우침의 눈물 뒤의
그 찌릿턴 찌린내구나!"
이런 생각을 하고 있었다.
그리고 또
"이런 찌린내도 감추지 않고
다 냄새 맡게 해주어서 고맙구나
다 개방해 주어서 정말로 고맙구나"
이런 생각도 하고 있었다.
(1990. 6. 27. 서울)   *『늙은 떠돌이의 시』.

해설

　미당은 1990년 5월에서 6월에 걸쳐 동유럽과 러시아, 중국을 여행했다. 거기서 얻은 9편의 시를 시집에 수록했다. 그중 이 작품과 「마스끄바 서쪽 하늘의 선지핏빛 덩어리 구름」, 두 편의 시가 인상적이다. 이 시는 러시아 여객기 화장실의 지린내를 소재로 러시아의 사회 개방에 대한 감회와 연결지어 유머러스하게 쓴 작품이다. 75세의 작품이지만 이질적인 대상을 연결하여 하나의 코드로 엮어내는 미당의 솜씨가 여전히 살아 있음을 느끼게 한다.

　'모스크바'를 "모스코"로 적은 것은 영어식 발음을 따른 것이다. 미당은 외국어에 상당한 관심이 있어서 영어도 어느 정도 자득을 하고 프랑스어도 공부를 해서 글자를 보고 발음할 정도가 되었다. 모스크바를 굳이 모스코로 적은 것은 영어 발음도 안다는 여행객의 객기를 드러낸 것이다. 「마스끄바 서쪽 하늘의 선지핏빛 덩어리 구름」은 모스크바를 러시아 음에 가깝게 "마스끄바"라고 적고 있다. 역시 유사한 심리의 결과일 것이다. 노년의 미당은 이렇게 젊은 시절의 치기를 그대로 이어받고 있는데, 그것이 오히려 한 인간의 약점을 그대로 드러내는 것 같아 친근하게 느껴진다.

　1985년 3월 소련의 공산당 서기장이 된 고르바초프는 1987년부터 소련의 개혁, 개방 정책을 선언하고 스탈린 체제의 해체를 시도했다. 1989년 동유럽 국가에서 소련군이 철수함으로써 소련의 지배력에서 벗어나게 되고 소련도 민주화를 표방하면서 공산당 독재를 포기하고 행정부로 권력을 이양하였다. 1990년 3월 고르바초프는 대통령으로 추대되어 취임하게 되었다. 이로써 소비에트 연방이 해체되는 과정을 밟는다. 아직 공식적인 수교가 이루어지지 않아 여행이 자유롭지 않은 시대의 전환기에 미당이 동유럽과 러시아를 방문할 수 있었던 것은 어떤 민간단체의 도움에 의해서였다. 동유럽 국가의 정치적 독립과 러시아 사회의 전환을 목격할 수 있는 좋은 기회를 얻은 것이다.

개방은 했지만 국유화의 틀을 벗어나지 못한 러시아 비행기는 시설이 낙후되어 있었다. 헝가리의 수도 부다페스트에서 러시아의 수도 모스크바로 가는 국제선 비행기도 누추하기는 마찬가지였다. 비행기 화장실에서 심한 지린내가 났는데, 미당은 그 불결한 악취에 짜증을 내지 않고 "이런 찌린내도 감추지 않고 / 다 냄새 맡게 해주어서 고맙구나 / 다 개방해 주어서 정말 고맙구나"라고 익살스러운 어법으로 개방을 칭찬하고 있다. 러시아의 개방과 여객기 화장실의 냄새는 전혀 다른 차원의 사항이지만 개방을 하지 않았으면 필경 이 냄새도 못 맡았을 터이니 이 냄새를 맡는 것도 공산주의의 포기, 러시아의 개방 덕분이긴 하다. 시인은 그러한 생각을 해학의 어법을 통해 여유 있게 표현했다.

그가 젊은 시절 즐겨 읽던 도스토옙스키 소설의 등장인물 이름을 거론하며 개방이 준 여행의 즐거움을 드러냈다. 가난 때문에 창녀가 된 소냐의 뒷간 지린내, 어쩔 수 없이 살인을 하고 시베리아 유배형을 받은 카추샤의 척박한 유배지에서 났을 지린내, 그 눈물 섞인 지린내를 끌어내 기내의 냄새와 동일화하며 러시아의 개방 덕분에 이런 냄새도 자유롭게 맡고 소설 주인공의 운명도 함께 떠올릴 수 있게 된 기쁨을 털어놓는 것이다. 좋은 점만이 아니라 이런 누추한 장면까지 다 체험할 수 있도록 해준 개방 정책에 대해 고마운 마음을 거듭 나타냈다. 이제 동서 냉전의 벽도 허물어지고 새로운 개방의 시대를 맞이해서 그의 여행의 영역이 확대된 것도 기쁨으로 받아들였던 것 같다.

미당은 그로부터 2년이 지난 1992년 7월 16일 방옥숙 여사와 함께 다시 러시아 여행길에 오른다. 이유는 러시아어를 공부하여 러시아 작품을 원어로 독파하는 것과 장수촌인 코카서스 지역에 가서 대자연과 호흡하는 것이었다. 77세의 나이에 3년을 기약하고 출국했으나 여러 가지 이유로 뜻을 이루지 못하고 한 달 만인 8월 중순경에 미국으로 가 장남 집에서 휴식을 취하다 11월 2일에 귀국했다. 친한 문우들에게는 코카서스로 가서 장수의 비법을 터득하겠다고 호언장담했다고 한다. 이러한 말년의 일화를 보면 돈키호테가 연상되기도 하고 어린애처럼 천진하다는 생각도 든다. 이성적 판단을 벗어난 자리에서 그의 말년이 전개된 것이 아닌가 하는 생각도 든다. 어쩌면 1987년 1월에 쓴 전두환 대통령 56회 생일 축하시가 그 비이성적 노쇠의 출발이었을지도 모른다.

서정주 연보

1915년 6월 30일(음력 5월 18일) 전라북도 고창군 부안면富安面 선운리 578번
지에서 서광한과 김정현 사이의 장남으로 태어남. 호적에 1914년으로 기
재된 것은 출생 신고 때 잘못된 것임. 이 때문에 동국대학교의 정년퇴직
도 실제 나이 64세, 호적 나이 65세인 1979년 8월에 함.

1924년(9세) 부안군扶安郡 줄포면으로 이사하고 4월에 줄포공립보통학교에
입학함. 줄포면의 집은 부친이 농감으로 일하던 동복영감(김성수의 백부이
자 양부養父인 김기중)이 살던 곳으로 이곳에서 2년 정도 거주함. '동복'은
전라남도 화순의 옛 지명으로 김기중이 대한제국 시절 이곳 군수를 지냈
기 때문에 동복영감으로 호칭됨.

1926년(11세) 3학년 때 일본인 담임교사 요시무라 아야코(吉村綾子)를 만남.
요시무라 선생은 학년이 끝난 후 일본으로 귀국하였음. 그녀는 서정주의
무의식을 평생 지배한 가장 아름다운 여인의 표상이자 정화된 사랑과 그
리움의 대상으로 남게 됨.

1928년(13세) 5학년 때 6학년 과정을 함께 이수함. 이때 나이든 동급생에게 이
끌려 중국집에서 몸 파는 여자와 영문도 모르고 기이한 성 접촉의 경험을 함.

1929년(14세) 3월 줄포공립보통학교 졸업. 일본어와 조선어 성적이 특히 우
수함. 서울의 중앙고등보통학교 입학시험을 보았으나 낙방하고, 김성수
댁의 도움으로 4월에 중앙고보에 입학함. 11월 광주학생운동으로 중앙고
보에도 학생 시위가 일어나 호기심으로 참가했다가 경찰서에 끌려가 얻어
맞고 풀려남.

1930년(15세) 각종 독서를 통해 톨스토이 문학과 사회주의 사상을 접하며
다양한 체험을 함. 여름 석 달 동안 장티푸스에 걸려 고생하고 9월에 학교
로 돌아옴. 11월 광주학생운동 1주년을 맞아 동맹휴학을 일으켜 주동자

중 하나가 됨. 시위 과정에 교무실을 습격하고 기물을 파손하여 퇴학당함. 경찰의 체포를 피해 고향 집으로 돌아오니 마침 부친이 저녁 식사 중이었는데, 아들의 퇴학 귀향 소식을 듣자 크게 낙망하여 들고 있던 숟가락을 방바닥에 떨어뜨렸다고 함. 그 쟁그랑 하는 소리가 나이 들어도 잊히지 않는다고 회고함. 12월 14일 줄포경찰서에 구인되어 서울로 압송되고 조사를 받은 후 20일에 서정주만 기소 중지로 풀려남. 서정주는 나이가 어려서 풀려났다고 했지만, 정식 주모자가 아니어서 풀려났을 가능성이 높음.

1931년(16세) 봄에 부친이 고창 읍내로 이사하고 서정주를 고창고등보통학교에 편입시킴. 그러나 이미 서울에서 반항적 자유인 기질이 발동한 상태기 때문에 답답한 학교생활에 만족하지 못하고 비밀회합이나 백지동맹 같은 모임을 주동하다가 교장의 권고로 자퇴서를 내고 학교에서 나와 떠돌이 건달 생활을 시작함. 그해 겨울 아버지의 장롱에서 3백 원(지금 돈으로 약 3백만 원)을 훔쳐 서울로 올라와 도서관에 틀어박혀 닥치는 대로 책을 읽음.

1932년(17세) 하숙집 아들이자 중앙고보 선배인 미사 배상기와 친해져 각종 기행을 벌임. 독서와 방일로 세월을 보내다가 여름에 고향으로 돌아와 이듬해 초가을까지 1년 동안 국내외의 문학 서적을 탐독하고 니체의『차라투스트라는 이렇게 말했다』도 이때 읽어 깊은 인상을 받음.

1933년(18세) 가을이 되자 다시 방랑벽이 도져 서울로 올라와 마포의 빈민촌에서 넝마주이 노릇을 잠깐 하다가 와룡동의 어느 집 가정교사로 들어가 침식을 해결함. 개운사 대원암의 불교 강원 원주인 석전 박한영이 배상기에게 서정주의 이야기를 듣고 서정주를 불러 만남. 박한영의 어린애 같은 천진한 웃음에 이끌려 이곳에 거주하며 불교 공부를 시작함. 12월 24일『동아일보』에 시「그 어머니의 부탁」을 처음으로 발표함.

1934년(19세) 초파일이 지난 초여름, 불교 공부에 싫증이 나자 금강산 만행萬行의 허락을 받고 금강산 일대를 관광하고 서울로 돌아와 전에 가정교사 하던 와룡동 집으로 들어감. 박한영이 다시 사람을 보내 대원암으로 불러들여 스님들에게 일본말을 가르치도록 하여 옆에 잡아둠.

1935년(20세) 4월 박한영의 권유로 그가 교장으로 있는 중앙불교전문학교에 입학함. 이 모든 것이 석전 박한영 스님의 배려에 의한 것이고 이 인연으로 동국대학교 교수도 되었음을 여러 곳에서 회고하며 고마움을 표시함. 전후의 정황으로 볼 때 박한영은 선승적 직관으로 서정주의 방랑벽 내면에 있는 예술가적 재능을 간파한 것이 아닌가 짐작됨. 입학 동기로 시나리오 작가가 된 최금동과 시인이 된 함형수를 만남. 이해 늦가을 학교에서 시계 도난 사건이 일어나 공연히 자신을 의심한다는 생각이 들어 감정이 상해서 학교에 흥미를 잃게 됨. 입학한 지 1년도 안 되어 서정주 특유의 방랑벽이 도진 것임. 이때 『동아일보』에 「벽」을 독자 작품으로 투고했는데 12월에 신춘문예 당선이라는 행운의 연락을 받음. 12월 28일에 당선자 발표가 났는데 소설 부문에 김동리가 당선, 정비석이 가작, 희곡 부문은 이광래가 당선, 시조 부문에는 이호우가 가작을 함.

1936년(21세) 다시 서울을 떠나 봄부터 여름까지 해인사에 머물며 근처 소학교에서 학생들을 가르침. 서울로 돌아와 중앙불교전문학교를 작파해버리고 김동리, 오장환, 함형수 등과 어울려 동인을 결성하고 11월에 『시인부락』을 간행함. 이때 이후 1941년까지 매년 여러 편의 시를 발표함.

1937년(22세) 초여름에 제주도 서귀포로 건너가 한여름을 보내며 무위도식의 시간을 보냄. 여기서 '지귀도시' 4편을 지음. 고창의 집으로 돌아와 9월에 「자화상」을 씀.

1938년(23세) 3월 24일 전라북도 정읍의 19세 처녀 방옥숙과 결혼식을 올림. 가을에 『화사집』 원고를 남만서고를 경영하던 오장환에게 넘김.

1939년(24세) 봄에 고창 군청의 임시 사무원으로 들어갔으나 두어 달 만에 퇴직함. 서울과 고창을 왕래하며 따분한 무뢰한으로 공술이나 마시며 시간을 보냄.

1940년(25세) 1월 20일 장남 승해 출생. 아이 돌보는 것은 부모와 아내에게 맡기고 『시인부락』 동인 임대섭과 더불어 전라도 일대를 유랑하고, 친구의 어선에 동승해 서해를 떠돌다 8월에 집에 돌아오니 김기림의 『조선일보』폐간 기념시 청탁 전보가 와 있어서 시기는 놓쳤지만 감정을 살려「행진곡」을 지음. 10월경 따분한 생활에서 벗어나 돈도 좀 벌어보려고 만주로 건너가서 친구의 형님 소개로 11월부터 만주양곡회사 연길 지점의 사무원으로 취직하여 근무함. 스스로를 일본인의 용역에 불과하다고 자조하며 생활인과 방외인의 경계 지대에서 시간을 보냄.

1941년(26세) 1월에 용정출장소로 옮겨 근무하다가 만주의 매서운 겨울 추위와 삭막한 허무감을 견디지 못하고 2월에 귀국함. 그가 용정에 있을 때 함형수가 찾아와 만나고 오장환도 찾아왔으며, 오장환은 서정주를 만나고 돌아와「귀촉도」를 써서 발표함. 2월 7일 자로 남만서고에서『화사집』간행. 1938년 가을에 원고를 넘긴 이 시집이 나올 수 있었던 것은 남대문약국 주인이자『시인부락』동인인 김상원이 출판비 5백 원을 쾌척했기 때문임. 시집을 출판하여 시인으로 이름을 알리게 되자 4월에 동대문여학교 교사로 취직하여 고향의 처자를 불러올려 서울 살림을 시작함. 10월에 다시 용두동의 동광학교로 직장을 옮김. 월급을 더 주어서 옮겼다고 했지만, 한군데 오래 못 붙어있는 그의 기질 때문이었을 것.

1942년(27세) 봄에 동광학교를 사직하고 연희동 궁골로 옮겨 일본 서적 번역과「옥루몽」번역 등으로 생활을 함. 7월 13일부터 17일까지『매일신보』에 일제의 동양문화론에 동조한 글로 알려진「시의 이야기」를 연재함. 8월에 선운리 자택에서 부친 사망. 유산 일부를 정리하여 흑석동에 집을 마련하고 이사함.

1943년(28세) 10월 일본의 강성한 힘을 도저히 이겨낼 수 없을 것으로 판단하여 이미 친일의 길에 접어든 최재서와 더불어 일본 군복을 입고 일본군 경성사단이 기동 연습을 하는 김제평야에 종군 기자로 참가함. 이것이 인연이 되어 최재서가 운영하던 인문사에 취직하여『국민문학』편집을 도움. 친일시「항공일에」를 발표한 이후 1944년까지 10편 정도의 친일시와 산문을 발표함.

1944년(29세) 4월에 민족주의 연극에 영향을 주었다는 혐의로 고창 경찰서로 연행되었다가 6월에 무혐의로 풀려남.

1945년(30세) 근로보국대의 징용을 피해 정읍군청 사무원 자리를 얻어 흑석동 집을 팔고 이주하려던 차에 해방을 맞아 마포구 공덕동 301번지의 일본인 가옥을 양도 받아 이사함. 이 집에서 1970년 3월까지 거주함. 10월에 『춘추』지 편집부장을 잠시 하다가 12월에 물러나 한국청년회에 가입함.

1946년(31세) 헌 책을 싸게 사서 이익을 붙여 넘기는 일로 호구지책을 삼다가 최재서의 도움으로 남조선대학(현 동아대학교) 전임강사가 되어 11월에 부산으로 내려감.

1947년(32세) 조랑말이 끄는 마차를 타고 다니며 동동주 마시는 재미로 한 학기를 보낸 후 여름에 사직하고 서울로 올라옴. 윤보선의 주선으로 이승만 박사 전기 집필을 맡아 돈암장, 마포장, 이화장 등에서 이승만 박사를 만나 구술 자료를 모음.

1948년(33세) 전기 집필이 거의 끝났으나 윤보선이 하던 『민중일보』가 폐간됨으로써 발표 기회를 잃음. 봄에 『동아일보』 사회부장으로 임명되어 근무하다가 곧 문화부장으로 자리를 옮김. 4월 1일 선문사에서 『귀촉도』 간행. 정부 수립 이후 시행된 채용 시험에서 3급 갑에 합격하여 9월에 문교부 초대 예술과장이 됨. 12월 10일 『김좌진장군전』(을유문화사) 간행.

1949년(34세) 8월 과음과 과로로 인한 장출혈로 예술과장 재임 11개월 만에 의병 사직함. 10월 15일 『이승만 박사전』(삼팔사)이 간행되었으나 대통령의 노여움을 사 전량 회수됨. 서정주는 이승만의 집안 어른들에 대해 경칭을 쓰지 않았기 때문이라고 했으나, 김광섭의 회고에 의하면 이승만 자서전을 집필하기로 한 것인데 개인 전기를 출간했기 때문에 회수된 것이라 함. 12월 17일 결성된 한국문학가협회의 시분과위원장이 됨.

1950년(35세) 2월 15일 『현대조선명시선』(온문사) 간행. 이 선집은 근대시의 정전을 수록하여 위상을 확고히 했다는 의의를 지님. 3월 13일 『작고시인선』(정음사) 간행. 6·25 전쟁이 발발하여 조지훈, 이한직과 간신히 한강을 건너 서울 탈출. 8월 초 대구에 합류하여 종군문인단에 가입하였으나 극도의 불안감으로 실어증과 환각 증세가 생겨 부산으로 가서 유치환의 사저에서 요양함. 10월 초 서울로 돌아와 가족을 만남. 환청 증세가 사라지지 않아 정신 나간 사람처럼 지냄. 이때 생긴 환청 증상은 평생 지속되었고, 생활의 안정을 찾은 다음에는 하늘에서 오는 무선통신이라 여기며 지냈다고 함.

1951년(36세) 1·4후퇴 때 가족들과 전주로 내려가 전주고등학교 교사로 학생들을 가르침. 여름에 다량의 학질약을 먹고 자살을 기도했으나 살아남. 회복기에 『논어』와 『삼국유사』를 읽으며 마음을 다스림.

1952년(37세) 봄에 광주로 이주하여 김현승의 도움으로 조선대학 부교수로 취임함. 여름방학 때 대흥사로 들어가 삭발을 하고 단식하며 마음을 다스림.

1953년(38세) 7월 27일 휴전 협정이 조인되자 조선대학을 사직하고 9월에 서울로 올라와 공덕동 자택에 복귀함.

1954년(39세) 4월부터 남산에 있던 서라벌예술대학 문예창작과 강사로 출강. 이 강의는 서라벌예술대학이 중앙대학교에 병합되고 그가 동국대학교를 정년퇴직한 1980년대 중반까지 이어짐. 3월 25일에 예술원 창립을 위한 초대 회원 선출 투표가 진행되고 4월 7일에 결과가 발표되어 예술원 회원이 됨. 최고득점자가 이해랑이고 자신이 차점자라고 했으나, 최고득점자는 유치진, 문학 부문의 최고득점자는 김동리였으며, 미당은 7명 중 6위로 당선됨. 2학기부터 동국대학교 강사로 출강.

1956년(41세) 2월 21일 미국 아시아재단이 주관하는 자유문학상 3회 수상자로 박목월과 함께 선정됨. 미당은 1955년에 『서정주 시선』으로 이 상을 받았다고 했으나, 1955년 업적을 대상으로 심사를 한 것이고 시상식은 3월 2일에 개최됨. 11월 30일 정음사에서 『서정주 시선』 간행.

1957년(42세) 2월 4일 차남 윤 출생.

1960년(45세) 문교부 교수자격 심사위원회에 「신라연구」를 제출하여 7월 7일 동국대학교 부교수로 임명됨.

1961년(46세) 5·16 군사 쿠데타가 일어난 3일 후 중부경찰서에 연행되어 조사를 받고 보름 만에 귀가함. 12월 25일 정음사에서 『신라초』 간행.

1962년(47세) 『신라초』로 5·16 기념으로 제정된 '5월문예상'을 받음.

1963년(48세) 1학기부터 춘천 성심여자대학 출강. 5월 5일 장남 서승해 결혼.

1967년(52세) 7월 17일 대한민국 예술원상 수상.

1968년(53세) 11월 30일 민중서관에서 『동천』 간행.

1969년(54세) 시집 『동천』으로 서울시문화상에 지원했으나 박목월이 수상 자로 결정되자 8월 11일에 어떠한 상도 받지 않겠다고 선언함.

1970년(55세) 3월 10일 관악구 사당1동(현재 남현동)의 예술인마을로 이사하 여 당호를 '蓬蒜山房'이라 하고, 이곳에서 타계할 때까지 거주함.

1971년(56세) 1월에 문인협회 이사장 선거에 참여했으나 김동리에게 패하자 2월에 부이사장직 사표를 제출함. 3월에 한국현대시인협회를 결성하고 이 사장에 취임함.

1972년(57세) 10월 30일 일지사에서 『서정주 문학 전집』 간행.

1974년(59세) 5월 19일 전라북도 고창 라이온스 클럽이 주관하여 선운사 입 구에 미당의 시비를 건립함.

1975년(60세) 『동아일보』 광고 탄압 사건 때 1월 13일 자로 격려 광고를 게 재함. 5월 20일 일지사에서 『질마재 신화』 간행. 회갑기념시화전을 전국 대도시를 순회하며 개최함. 7월 한국문화예술진흥원의 지원으로 『서정주 시선』을 데이비드 매켄이 영어로 번역하기로 결정함.

1976년(61세) 숙명여자대학교에서 명예문학박사 학위를 받음. 7월 25일 민 음사에서 『떠돌이의 시』 간행.

1977년(62세) 조연현의 강력한 권유로 한국문인협회 이사장으로 출마하여 1 월 31일 9대 이사장으로 선출됨. 11월 26일 출국하여 세계여행길에 오름.

1978년(63세) 1월 16일부터 『경향신문』에 「미당 세계방랑기」가 18개월 동 안 연재됨. 9월 8일에 280일간의 여행을 끝내고 귀국함.

1979년(64세) 8월 1일 『경향신문』의 세계방랑기 연재를 끝냄. 8월 31일 동 국대학교를 정년퇴직함.

1980년(65세) 4월『경향신문』에 연재한 세계여행기를 동화출판공사에서 출판함. 5월 25일 문학사상사에서『서으로 가는 달처럼……』간행.

1981년(66세) 2월 민정당의 대통령 후보인 전두환 지지 연설을 함. 미국『쿼털리 리뷰』여름호에 데이비드 매캔이 번역한 서정주 시 56편이 합본 수록됨. 8월에 김동리와 함께 민정당 후원회에 참여함.

1982년(67세) 2월 10일 소설문학사에서『학이 울고 간 날들의 시』간행. 11월 일본에서 번역 시집『조선 민들레꽃의 노래』(동수사) 간행.

1983년(68세) 5월 16일 현대문학사에서『안 잊히는 일들』간행. 5월 25일 민음사에서『미당 서정주시 전집』간행.

1984년(69세) 3월 20일 정음문화사에서『노래』간행. 3월 31일 프랑스 정부 초청으로 방옥숙 여사와 함께 세계여행길에 오름. 11월 대한민국문학상 수상.

1985년(70세) 2학기부터 경기대학교 대학원 초빙교수로 취임.

1986년(71세) 8월 실천문학사에서 간행한『친일문학작품선집 2』에 서정주의 작품들이 전문 수록됨. 10월 월간문예지『문학정신』창간. 시사영어사에서 문화공보부의 지원으로 데이비드 매캔이 번역한 시집『Unforgettable Things (안 잊히는 일들)』간행.

1987년(72세) 1월 전두환 대통령 생일축하 시 봉정. 프랑스 파리에서 김화영이 번역한 시선집『Poémes du Vagabond(떠돌이의 시)』간행.

1988년(73세) 스페인과 독일에서 번역 시집이 간행됨. 5월 30일 혜원출판사에서『팔 할이 바람』간행. 12월 운영비를 감당하지 못해서『문학정신』을 김수경에게 넘김.

1990년(75세) 2월 하순에서 3월 초순까지 부인이 부산 '우리들병원'에 입원하여 간병함. 5월에서 6월까지 한 달 간 동유럽과 러시아, 중국 등을 여행함.

1991년(76세) 1월 30일 민음사에서『산시』간행. 10월 24일『화사집』발간 50주년을 기념하는 시제가 크게 열림.

1992년(77세) 7월 16일 러시아어를 공부하여 원어로 러시아 문학작품을 읽고 코카서스 지역에서 자연 친화의 삶을 살겠다는 포부를 가지고 부인과 함께 러시아로 출국. 건강 악화로 여행을 포기하고 8월에 미국의 장남 집으로 가서 요양하다가 11월 초 귀국.

1993년(78세) 11월 10일 민음사에서『늙은 떠돌이의 시』간행.

1994년(79세) 1월 펜클럽 한국본부(이사장 문덕수)에서 서정주를 노벨문학상 후보로 추천. 1990년에 이어 두 번째로 추천한 것이고, 이후에도 몇 차례의 추천이 있었음. 그러나 전두환 정권과 관련된 대목에서 부정적인 반응이 나왔다고 전해짐.『창작과비평』봄호에『늙은 떠돌이의 시』를 긍정적으로 평가한 민영의 평문「그 겸허한 노년의 노래」가 실림. 12월 2일 민음사에서『미당 시전집』(3권),『미당 자서전』(2권) 출간.

1995년(80세) 6월 영국의 디덜러스 출판사에서 케빈 오록의 번역으로 시선집『Poems of a Wanderer(떠돌이의 시)』간행.

1997년(82세) 미국의 아들 집을 방문했다가 차남 서윤의 권유로 종합 진단을 받은 결과, 심장에 이상이 있음을 발견하고 대외 활동을 자제하고 자택에서 근신함. 11월 1일 열다섯 번째 시집이자 마지막 시집인『80소년 떠돌이의 시』를 시와시학사에서 간행.

2000년(85세) 10월 10일 부인 방옥숙 여사 타계. 미당은 문상 오는 제자들에게 아내는 불쌍한 사람이며 미안하게 생각한다고 거듭 말했다고 함. 이후 거의 곡기를 끊고 기력이 쇠약해져 입원과 퇴원을 반복함. 60년이 넘는 시작 기간 동안 1000편이 넘는 작품을 남기고, 12월 24일 밤 11시 7분, 한 시대를 풍미한 삶을 마침. 26일 금관문화훈장이 추서됨. 28일 오전 8시 많은 문인들의 애도 속에 영결식 거행. 유해는 고창군 부안면 선운리 선영에 안장됨.

2001년 6월『중앙일보』에서 미당문학상 제정. 10월 1일 미당 생가 복원. 11월 3일 미당시문학관 개관.

참고문헌

강헌규, 「'며느리발톱' 외 세 단어의 어원」, 『어원연구』 1, 1998. 12.

고 은, 「미당담론」, 『창작과비평』, 2001년 여름호.

구모룡, 「초월 미학과 무책임의 사상」, 『포에지』, 2000년 겨울호.

김수이, 「서정주 시의 변천과정 연구」, 경희대학교 박사학위논문, 1997. 8.

김승구, 「일제 말기 서정주의 자전적 기록에 나타난 행동의 논리와 상황」, 『대동
　　　　문화연구』 65, 2009. 2.

김옥성, 『한국 현대시의 전통과 불교적 시학』, 새미, 2006.

김윤식, 『미당의 어법과 김동리의 문법』, 서울대학교출판부, 2002.

김인환, 「서정주의 시적 여정」, 『문학과지성』, 1972년 여름호.

김재용, 「전도된 오리엔탈리즘으로서의 친일문학 – 서정주의 친일문학에 대하여」,
　　　　『실천문학』, 2002년 여름호.

김점용, 『미당 서정주 시적 환상과 미의식』, 국학자료원, 2003.

김진희, 「1930년대, 서정주의 시와 화단의 관련성 연구」, 『비교문학』 40, 2006. 10.

김학동 외, 『서정주 연구』, 새문사, 2005.

김학동, 『서정주 평전』, 새문사, 2011.

김현자, 『현대시의 서정과 수사』, 민음사, 2009.

김화영, 『미당 서정주의 시에 대하여』, 민음사, 1984.

김화영, 「미당과 나」, 『현대문학』, 2001년 2월 호.

남기혁, 「서정주의 동양 인식과 친일의 논리」, 『국제어문』 37, 2006. 8.

남기혁, 「서정주의 '신라 정신'론에 대한 재론」, 『한국문화』 54, 2011. 6.

남진우, 「집으로 가는 먼 길」, 『현대문학』, 2001. 2.

박수연, 「근대 한국 서정시의 두 얼굴: 미당 문학에 대하여」, 『실천문학』, 2002년
　　　　봄호.

박수연, 「친일과 배타적 동양주의」, 『한국문학연구』 34, 2008. 6.

박순희, 「미당 서정주 시 연구」, 성신여자대학교 박사논문, 2005. 8.

박정선, 「파시즘과 리리시즘의 상관성 연구」, 『한국시학연구』 26, 2009. 12.

박현수, 「서정주와 미학적 기획으로서의 신라 정신」, 『한국근대문학연구』 14, 2006. 10.

박호영, 『서정주』, 건국대학교출판부, 2003.

손진은, 『서정주 시의 시간과 미학』, 새미, 2003.

손진은, 「문학교육과 제재 선정의 문제 - 서정주의 시를 중심으로」, 『우리말글』 33, 2005. 4.

송기한, 『서정주 연구』, 한국연구원, 2012.

송승환, 『김춘수와 서정주 시의 미적 근대성』, 국학자료원, 2011.

신범순, 『바다의 치맛자락』, 문학동네, 2006.

심선옥, 「해방기 시의 정전화 양상」, 『현대문학의 연구』 40, 2010. 2.

안현심, 『서정주 후기시의 상상력』, 서정시학, 2011.

엄경희, 『미당과 목월의 시적 상상력』, 보고사, 2003.

오봉옥, 『서정주 다시 읽기』, 박이정, 2003.

오성호, 「시인의 길과 '국민'의 길 - 미당의 친일시에 대하여」, 『배달말』 32, 2003. 5.

오세영, 『한국현대시인연구』, 월인, 2003.

오태환, 『미당 시의 산경표 안에서 길을 찾다』, 황금알, 2007.

유종호, 「소리 지향과 의미 지향」, 『작가세계』, 1994년 봄호.

유종호, 「서라벌과 질마재 사이」, 『현대문학』, 2001. 2.

윤은경, 「유치환·서정주의 만주체험과 시대의식 비교」, 충남대학교 박사학위논문, 2012. 8.

윤재웅, 『미당 서정주』, 태학사, 1998.

윤재웅, 「서정주의 줄포공립고등학교 학적기록에 대한 고찰」, 『한국시학연구』 27, 2010. 4.

윤재웅, 「한국문학과 미당」, 『서정시학』, 2010년 가을호.

윤재웅, 「서정주 『화사집』의 문체 혼종 양상에 대하여」, 『한국문학연구』 44, 2013. 6.

이경수, 『한국 현대시와 반복의 미학』, 월인, 2005.

이경철, 「미당 서정주 평전 1」, 『문학의오늘』, 2013년 봄호.

이경철, 「미당 서정주 평전 2」, 『문학의오늘』, 2013년 여름호.

이경철, 「미당 서정주 평전 3」, 『문학의오늘』, 2013년 가을호.

이남호, 『서정주의 '화사집'을 읽는다』, 열림원, 2003.

이남호, 「예술가의 자기 인식 - '화사집' 시절의 미당」, 『한국시학연구』 28, 2010. 8.

이수정, 『미당시의 현대성과 불멸성 시학』, 국학자료원, 2007.

이숭원, 「서정주 시에 나타난 '바다'의 의미 변화」, 『한국시학연구』 29, 2010. 12.

이숭원, 「서정주의 친일과 시정신 재고」, 『인문논총』 24, 2012. 2.

이어령, 『시 다시 읽기』, 문학사상사, 1995.

이영광, 『미당 시의 무속적 연구』, 서정시학, 2012.

이은지, 「서정주의 시적 자서전에 나타난 기억 형상화 방식 연구」, 서울대학교 석
　　　사학위논문, 2012. 8.

정우택, 「서정주 초기문학의 심성 구조」, 『한국시학연구』 32, 2011. 12.

정효구, 『20세기 한국시와 비평정신』, 새미, 1997.

조연현 외, 『미당 연구』, 민음사, 1994.

최현식, 「민족, 전통, 그리고 미 - 서정주의 중기문학을 중심으로」, 『실천문학』,
　　　2001년 여름호.

최현식, 『서정주 시의 근대와 반근대』, 소명출판, 2003.

하재연, 「개인의 언어와 공동체의 언어」, 『문학과 환경』 1, 2002. 12.

허윤회, 「1940년대 전반기의 서정주」, 『한국문학연구』 34, 2008. 6.

허혜정, 「서정주의 '김소월 시론'을 통해 본 현대시와 전통」, 『한국어문학연구』
　　　56, 2011. 2.

홍용희, 「전통지향성의 시적 추구와 대동아공영권」, 『한국문학연구』 34, 2008. 6.

황현산, 「서정주, 농경사회의 모더니즘」, 『한국문학연구』 17, 1995. 3.

황현산, 「서정주 시세계」, 『창작과비평』, 2001년 겨울호.